用理想剪裁天下

刘国强　著

北方联合出版传媒（集团）股份有限公司
春风文艺出版社
·沈阳·

图书在版编目（CIP）数据

用理想剪裁天下 / 刘国强著 . —沈阳：春风文艺
出版社，2022.7（2023.8重印）
ISBN 978 - 7 - 5313 - 6256 - 2

Ⅰ . ①用… Ⅱ. ①刘… Ⅲ . ①报告文学 — 作品集 — 中
国 — 当代 Ⅳ. ①I25

中国版本图书馆 CIP 数据核字（2022）第084615号

北方联合出版传媒（集团）股份有限公司
春风文艺出版社出版发行
沈阳市和平区十一纬路25号 邮编：110003
永清县晔盛亚胶印有限公司印刷

责任编辑：崔 丹　　　　　　助理编辑：周珊伊
责任校对：陈 杰　　　　　　封面设计：鼎籍文化　鲁妍
印制统筹：刘 成　　　　　　幅面尺寸：155mm × 230mm
字　　数：238千字　　　　　印　　张：17.5
版　　次：2022年7月第1版　印　　次：2023年8月第2次
书　　号：ISBN 978-7-5313-6256-2
定　　价：65.00元

书写新时代恢宏史诗

滕贞甫

歌唱"百年华诞"的乐曲绕梁依然，迎接党的二十大的锣鼓已经敲响。这是中国人民政治生活中的两桩大事，也是关乎祖国大踏步前进、应对世界百年未有之大变局的经纬运筹。站在新的历史节点上，面对第二个百年梦想，迈开新步伐，开启新征程，各行各业中华儿女都箭在弦上，期盼着有更加骄人的作为。

辽宁省作家协会以深情的文字迎接党的二十大胜利召开，编辑这套反映党的十八大以来辽宁振兴发展的报告文学作品，为祖国放歌，为时代放歌，为人民放歌。

《大爱无边》，为省作协副主席、著名小说家周建新的报告文学集。作者用饱蘸深情的笔墨、生动的描绘、感人的情节、曲折的故事，书写了7个典型人物对党的忠诚，对祖国的热爱，对职业的敬重，对人民的深情。

《用理想剪裁天下》，为著名报告文学作家刘国强的报告文学集。作品以赞美大工匠和弘扬工匠精神为主题，塑造百折不挠、坚忍不拔、勇攀新峰的人物形象，讲述8个情理之中又意料之外的故事。8篇文章若8朵滴鲜带露的花，各有华姿，各具神韵。

《凤鹏正举》，为辽宁18位作家的报告文学作品集。展现了全省近年来在脱贫攻坚、乡村振兴、生态文明、工业振兴、军民情深、抗击疫情等方面做出突出贡献的先进集体，或各条战线获得省级以上荣誉称号先进个人的优秀事迹。尽管作家们手法不一，题材选择各异，却共同展现了辽宁老工业基地全面振兴、全方位振兴和高质量发展的生动画面和宏大场景。

三本书若三个取景框，联袂描绘时代风采，展现时代风貌，各有千秋。三本书的内容合起来，则是一轴长长的手卷，让各具风采的闪光人物登场，让活色生香的系列故事温暖人、启迪人、鼓舞人。这些人物虽职业各异、性格有别，但他们有着共同的精神特质：对党和祖国满怀深情，对事业孜孜以求、百折不挠，把吃苦耐劳、奋力打拼和不懈追求当成人生常态，谱写一首又一首时代壮歌。

作品付梓之际恰逢读书节款款而来，这套书在引发读者兴趣、凝聚改革力量上，将成为报告文学枝头上闪亮、抢眼的三粒红果。

期待这三本书发挥不俗的作用，成为读者精神世界的三朵温暖之花，成为振兴激情中的三叶扁舟，成为逐梦、圆梦路上的三颗启明之星。

记录新时代赶考之路，书写新时代恢宏史诗。辽宁作协将继续在"建一流队伍、出一流作品、创一流品牌、做一流贡献"上发力，继续秉持"脚踏坚实大地，眼望浩瀚星空，头顶复兴使命，书写时代华章"的作协文化理念，引领全省广大文学工作者高举旗帜，贴近时代，深入生活，扎根人民，以走心入情的妙笔，续写好民族复兴中国梦的辽宁篇章。

目录 Contents ▶

大国大工匠 ……………………………………1

用理想剪裁天下 ………………………………32

本钢"三剑客" …………………………………100

搏冰我当先 ……………………………………135

安居在小铆钉里的"全世界" …………………184

一心向党的百岁英雄 …………………………195

60岁，点燃激情 ………………………………207

点亮"绿月亮" …………………………………262

1

大国大工匠

——记中国航空工业集团公司全国
"双冠王"大工匠王刚

大理想，山高人为峰

公元2008年11月1日，中国东北山舞银蛇，原驰蜡象。

雪虽歇，风正劲。腾空而起的北风格外欢快，一跳一跳地这里扬一把，那里扬一把，沈阳城雪屑纷飞，寒气袭人。

举国瞩目的第四届"振兴杯"全国青年职业技能大赛决赛高调拉开帷幕，来自全国各省市自治区的技能高手蜂拥而来，似要逼退寒气，搅热这座古老城市的空气。

参赛者都是过五关斩六将的分赛市级擂主，他们经过激烈的鏖战，通过了层层的选拔，最终只有全国各省级赛区的前三名选手才有幸在此一决高下。

在铣工决赛赛场，与王刚同台竞技的各省区精英共有九十多人。

赛场像一锅沸腾的开水，紧张而热烈。忽然，机床前的王刚放慢了节奏，这可急坏了现场的"粉丝"们。眼见参赛选手们个个手忙脚乱，恨不能"搜尽奇峰打腹稿"，答出最精彩的考卷。王刚却不慌不忙，东摸摸西瞅瞅，胜似闲庭信步。

去年，在辽宁省铣工争夺全国资格赛决赛前三名的选拔现场，王刚也是这样。当选手们手忙脚乱地操作，各种型号的工具和铰刀轮番上阵，个个大汗淋漓时，王刚却悠闲地玩起了单调的"钻术"。原来，他没带铰刀和应手家什，只能靠笨拙的手摇机床来铣圆弧。

由团中央等四部委主办的大赛，制定了严格的赛程制度。为确保比赛的公平，各决赛现场全是异地专家督裁。同时，号召参赛选手互相监督。

热闹的赛场突然吹来一股冷风，王刚被举报违规。

因为他不用工具，却交出了高难度铣活答卷。

几位山东专家冷着面孔走过来"抓现行"，他们仔细查验了王刚的操作流程，绝不放过任何一个细节。专家们严格地量了数据，你看看我，我看看你，个个都很吃惊。这样精致的活，最先进的数控机床也很难干出来，王刚竟在没有铰刀的情况下，就用手摇常规床铣得如此精彩！专家们激动而兴奋地合议后下了结论：不管用什么方法，达到精度就行，这不算违规。

这个技术从前听说过，但已经失传十多年了，铣出这么薄的壁，这么精的圆弧，这么严实的间隙，太难了！太不可思议了！

王刚以精湛的手艺夺冠。

全国决赛设置的难度是顶级的，加工精度非常高，技术难度超常。相比之下，四个小时的比赛时间实在是太短太短。因时间不够用，九十多名选手只有三四个人完成比赛。题为两件配合的"试卷"，对孔径精度的要求达到0.008毫米，不到一道（一根头发丝的直径为十一二道）。王刚的手太快了，同台征战的决赛选手们硝烟正浓，恨不能让时光倒流，让时针"停摆"，王刚却轻轻松松"走闲棋"，在收拾床子，整理工具，清扫铁屑。他用三个小时就完成比赛，配合间隙达到令人吃惊的0.005毫米！

当主持人激动地宣布比赛成绩，王刚以高超的技艺摘得金牌时，全场响起雷鸣般的掌声，那些汗水淋淋的对手也拍疼了巴掌！他们为能和这样的顶级高手同场竞技而自豪！

夺得这个殊荣"够吃一辈子了"。换言之，登顶过这个充满荣誉的制高点，享受过"一览众山小"的畅快，应该歇口气了。我们看到不少摘冠者即刻罢手，或者改行。王刚却另有所思，绝不让明确目标变成死守目标。领导来征求王刚意见，如果他愿意，可以当个不用在一线打拼的管理者。王刚毫不犹豫地拒绝了。理由就一个，他选择"在车间发挥作用，如果我能带出一个团队，我们沈飞就更厉害了"。追求无止境，难度决定高度，他还要继续探索。

哦，亲爱的朋友，请允许我放缓叙述速度，在此喘一口气，细细打量一番这位有传奇色彩的人物。他，瓜子脸，直鼻，一双不大的眼睛闪闪发亮，格外有神，似乎随时能捕捉、发现什么。一米八的个头儿，体形不胖不瘦，着工装，言谈拘谨。跟女孩子说话时，话还没出口，脸就腾地红了。因为为人礼让、谦逊，他不时地给人以木讷、迟钝之感。可是一旦谈起铣工技术和科技创新，他立刻精神起来，双眼放光，思维异常敏捷，澎湃的语言洪流从紧闭闸门呼啸涌出，炸起千堆雪！

当众多"脑瓜活"的人想尽招数，蜂拥扑向利益，王刚却一个猛子扎进技能探索的深海……

时隔四年，由中华全国总工会、科技部、人力资源和社会保障部、工业和信息化部共同举办的全国职工职业技能大赛再次敲响战鼓，王刚带领徒弟们摩拳擦掌、披挂上阵。许多人建议王刚不要再参赛，手里攥着一个全国冠军奖牌，再参赛十有八九会"丢面子"。有好心人做了统计，那些曾经取得过冠军的人再次参赛个个无功而返。有的甚至进入不了决赛圈。王刚笑了笑说："我试试。"人们太了解王刚了，一句轻轻的"我试试"，对王刚来说，便若食指钩紧了扳击，便似赛手半跪在起跑线上……

四年时间，同行们的技能水准已经突飞猛进；四年时间，技术人才后浪推前浪，前浪被拍在沙滩上；四年时间，王刚把主要精力用在培养徒弟和带队伍上，他还行吗？

在辽宁省决赛的赛场，异地监督专家们严阵以待，时隔四年，赛题的难度大幅提升，竞争更加激烈。

世界永远会偏爱那些有目标有远见的人，情愿给他们让路。

公布比赛成绩时，王刚的理论和实践总分数，超出第二名30分！这太神奇了！好比百米比赛，第一名冲刺夺冠，亚军则刚抵达了70米处！参赛的选手们个个钦佩有加。

与全国各省市自治区九十多名冲击决赛的高手们对决，王刚再次改写历史，勇摘金牌！

"台上三分钟，台下十年功"。世界上所有大赛的非凡成绩，无不沉潜在平常平凡的日子。王刚将自己的世界缩小，入职十年来一直闷在厂区，每天埋头在小小的铣床前；他又把自己的世界扩大，根扎厚土，放眼未来。我们仿佛看见，铣床的摇把摇起一轮轮青春的太阳，明媚的月光在窗外与铣件对诗，创新的星星在铣刀上睁开睡眼……

他创下的精度0.002毫米极限纪录至今仍被同行交口称赞，无人破此纪录，这样的纪录正是在这样"痴迷"状态下创造的。王刚独创了"绝招"，靠冷却与润滑介质，合理调配，让铰刀加工出需要的孔径，就这样抵达了令同行仰视的精度。

嫩芽天天长，枝头岁岁高。

王刚连续保持着加工高精度航空零件无废品的纪录，累计实现600多项技术革新和生产改进，获得2项国家专利。他加工的薄壁零件只有0.1毫米，薄如一张A4纸，登顶该零件加工技术的世界最高峰！

很难想象，这位一米八大个儿的东北大汉，这双掰腕子几乎打遍厂区无敌手的大手，是怎么驾驭钢铁机器，完成"绣花作业"的。他创造的0.005毫米和0.002毫米加工铣削精度为行业最高水平，他连续摧城拔寨，攻克了歼31等新型战机研制生产的技术难关。

成功的大门是虚掩的，只要你勇敢地叩，成功就会热情地来迎接你。

怀揣精艺报国的梦想，王刚在探索科学和技能的道路上疾步前行。

中国航空工业集团公司人才济济，高手如林，承担着大国航空工业科技攻关和精工制造两副重担。在浩如烟海的比拼队伍里，王刚一枝独秀，荣膺首席技能专家，人称铣削加工领域的"妙手神医"、精工领袖。全国劳动模范、中华技能大奖、全国技术能手、全国"五一劳动奖章"、全国青年岗位能手、新中国成立六十周年航空报国突出贡献奖等荣誉接踵而至，他轻轻地挥挥手，再次"从头越"。他一次又一次破解新课题，一次又一次翻越新高峰……

2017年9月28日，在"央企楷模"表彰典礼上，给王刚的颁奖词富于诗意地写道：千锤百炼铁成钢，报效航空情成行。越生活之山，越技术之山，艰难困苦，玉汝于成。从继承到创新年华换。问鼎世界难题心不乱。坚守平凡，成就非凡。质量"零缺陷"，是你交给大国航空工业的完美答案。

荣誉是世界上最美的花，怎样形容她的惊艳俏丽都不为过。可是，当我们艳羡花朵的妩媚和绚烂时，千万别忘了，花朵只是枝头的勋章，这勋章，别在根上。那么，王刚的根在哪儿？我从他写的一段文字中找到了答案："每天我迎着朝阳，进入沈飞公司的大门，一看到矗立大门内蓄势待发的战鹰，就有一股子干事创业的激情在心中熊熊燃烧着。仿佛一幕幕'航空报国，拼搏奉献'攻坚场景就在眼前，一声声攻坚的号角响彻耳际，一代代沈飞人怀着对航空工业的无限热爱，用双手将一架架战鹰送上蓝天，翱翔苍穹！"

大胸怀，用事业托举爱情

爱情能催理想发芽，理想能让爱情生根。

2011年5月21日，在象征"我爱你"的激情浪漫日子，王刚与陈丽举行了热闹而气派的婚礼。他们的婚礼特别而温暖，六十对沈飞青年工人花开并蒂，共同举办集体婚礼。大礼堂正面的巨型图画最为震撼，这六十对情侣精心准备，挑选最动情最优美的照片，拼成昂首飞翔的飞机。这架中国新型战斗机威风凛凛、直冲蓝天，表达了新人们航空报国的雄心壮志！

我翻开当年的旧报纸，一段火热的文字从时间深处钻出来：沈飞承担的科研生产经营任务日益繁重，现在整个任务到了紧要关头。公司的青年员工工作量都非常大，加班加点工作已经是常态。他们当中，多数人都已经到了谈婚论嫁的年龄。因为科研生产任务重，这些青年在面对筹办个人终身大事的问题时，没有足够的时间和精力，很多员工婚期一推再推。因此，沈飞公司决定举办一场集体婚礼解决这一问题。

时逢中国航空工业创建六十周年，也是航空工业沈飞建厂六十周年，又即将迎来建党九十周年纪念日，"三喜临门"，沈飞特别组织六十对新人共同庆祝。

第四届全国"振兴杯"铣工冠军、全国技术能手、全国青年岗位能手、中央企业先进职工标兵、航空工业首届十大杰出青年、辽宁省"五一劳动奖章"获得者、沈阳市特等劳动模范、沈飞数控加工厂"王刚班"班长王刚带领全体新人共同宣誓：从今天开始，一同肩负起婚姻赋予的责任和义务，彼此珍惜，彼此守候，相亲相爱，直到永远！

人生像天气，可预料，但往往出乎意料。嘭的一声，美好的日子突然从高空跌落，降到低音区！春叶正嫩，却遭遇严霜——2016年10月19号，陈丽英年早逝！

王刚遵照陈丽的遗愿，将爱妻的骨灰撒向大地……

年轻的陈丽病入膏肓，她在离世前最牵挂的还是丈夫王刚。她忍着剧痛，将瘦弱的病体坐直了，倚着高高摞起的被子，微笑地向前来看望她的王刚单位的领导"求情"，拜托他们多多帮忙，在她离开后帮王刚早日成家。

真正爱你的人，不是说许多爱你的话，而是做许多爱你的事。

一次昏迷醒来，陈丽郑重地嘱咐王刚，她死后不留坟墓，不立墓碑，把她的骨灰撒了。她想，只有这样，王刚才能"没有牵挂"……

一份好的感情，不是追逐，而是相互吸引。可以肆意畅谈，也可以沉默不语，因为彼此心意相通；可以朝夕相处，也可以各忙各的，因为爱守候在原地。

骨灰盒空了，王刚好像也被掏空了，他在荒原上久久伫立……

树叶沙沙响，用母语诉说着无尽的悲伤，鸟儿啾儿啾儿叫，声声断人肠……

回忆像这鸟，频繁在同一片林子里飞，却再也找不到从前的伙伴。

最美的感情往往生长在最无能为力之处。多少次，王刚一个人悄悄来到与爱妻最后的离别地，感叹年轻的叶子过早飘落，再也回不到枝上，感叹遭受摧残的小苗过早夭折，再也无法继续成长。他在心里一遍又一遍呼唤着爱妻的名字，让过往的每个细节在眼前过电影……

愧疚陪妻子太少了，他掰着手指算，这么多年，只陪她看过3场电影！

愧疚当初太粗心，爱妻嗓子疼，怎么就以为是咽炎呢？

愧疚一时的轻慢耽误了病情，陈丽正教高三数学，带领学生们全力备战冲刺高考，没有及时去检查身体。

愧疚头一次检查竟是陈丽一个人去医院的。她独自一个人面对诊断书上"肺癌"两个字，该有多么绝望啊！

愧疚自己陪她太少，没有尽到丈夫的责任。爱情已深吸入肺，想吐都吐不出来。爱妻跟他一样坚强，一样少言寡语，一样说少做多。别人得了绝症，都是家人瞒着病人。陈丽恰恰相反，天大的痛苦自己扛，瞒着她的亲人们！

双方老人过生日，她笑呵呵地送去礼品，送上祝福。她将剧烈的肉体疼痛向下压，向下压。再将原本不应存在的微笑向上提，向上提。每个传统节日，她都热心地张罗买东西。过年了，婆婆见陈丽的头发剪得那样短，很不顺眼，却不知那张微笑的面孔下竟掩盖着巨大的痛楚。原来乌黑亮丽的头发掉光了，儿媳年轻的生命也即将走到尽头。心中有千钧压力，陈丽却孩童般笑了笑，回答婆婆，我妈给剪的，手法不好，一下剪短了。婆婆说，怎么用老人给剪头，能跟上流行趋势吗？

　　美人在骨不在皮。一个人真正的善，是深入骨髓的爱。陈丽心藏大爱，即便病魔掏空了自己，也不愿意让亲人担惊受怕。她重疾缠身后隐瞒双方老人长达一年半的时间，直到即将离世的最后一刻。

　　提起儿媳，王刚的母亲当即泣不成声："我儿媳对我可好了，关心我身体，让我天天泡脚。怕我手着凉，在网上给我买手套。看我用的塑料盆坏了，赶紧买新的。平常就不用说了，对我可亲、可孝顺了，邻居们不知道她是我儿媳，都以为是我姑娘呢。唉，这么好的人，哪承想说没就没呀！"

　　没人扶的时候，自己要站直。最强大的不是征服什么，而是承受什么。在陈丽生命的最后时刻，瘦得只剩一把骨头，每每有人来看她，她立即挺着坐起来，微笑着。她太刚强了，即使身处绝地输掉一切，也绝不输掉微笑。

　　我问王刚，陈丽在外人面前特别坚强，有骨气，只有你们两个人的时候，才疼得叫唤、流泪吧？

　　王刚的回答出乎我的预料："不。即便再疼她也坚持着，从来不哭不叫。连剧痛难忍的脊椎穿刺，她也不吭一声。"

　　我深深地感动。貌似弱小的陈丽，自控力却超常巨大。我想，世上再难忍的剧痛，也抵不过真挚的爱。为这爱，陈丽用坚强忍耐了身体里山呼海啸的疼痛，以微笑面对世界。

　　陈丽的心思，比火焰还温暖，比重逢还生动。

只有那一次，陈丽真的哭了。脸上的微笑却更加灿烂。那是2015年高考结束的第二天，全班四十多名学生来看望恩师，他们拉着"老师加油"的条幅，送上祝福卡片和千纸鹤。他们亲切地叫她"丽姐"。多么难忘啊，那年运动会，教师组接力跑，观众们离老远就看见一个黑色影子超过了身边所有人。师生们看得目瞪口呆，那张熟悉的面孔越来越近，同学们沸腾起来，那是他们的"丽姐"！

此刻，同学们见心爱的老师备受折磨，好几个孩子心疼地落下眼泪。陈丽却一直笑着安慰他们，逐个询问他们高考发挥的情况。学生都走了，疲乏却一脸兴奋的陈丽偎依在王刚怀里说："几十个孩子叽叽喳喳地围在左右，看看他们，我知道自己赚到了，这一生赚到了，作为一个老师，还有何求……"

2010届高三毕业生刘栋，快递来一幅老师的画像。他在空白处写道：我把您画成花，盛开的一朵花，再把祝福一点一滴化成雨落下，希望就在不远的前方，等待秋去春来，等待花儿再一次盛开。我们期待您最美的盛放，老师加油！

还有很多陈丽教过的学生纷纷来看她，打电话问候她。2010届高三毕业生隋思瑶隔段时间就来陈丽家看望恩师。陈丽病重走不了路，她赶忙送来了一辆轮椅，并说："有了它，您外出看病就不再那么辛苦，走不动了，出屋晒晒太阳，还能随时下楼呼吸新鲜空气。"

陈丽将东北师范大学数学系高才生的风采应用到工作上，有着痴迷忘我的工作精神。隋思瑶告诉我："她是我最佩服的数学老师，高三课外书上的数学题又多又难，可我们问多难的题都从没难住过她。陈老师没有一次不会，也没有一次将难题拿回去，而是当场就为我们解出答案。"唉，隋思瑶叹了口气说道，如果没有陈丽老师，我肯定是个"问题学生"。2010年考大学，闻知我数学得了60分，陈丽老师当时眼泪就下来了。向来模拟考试我都能答120分，高考却没发挥好。我见她挥泪如雨，反而安慰她，我才18岁，还会有很多机会的。隋思瑶当年逃学，陈丽给她发短信：我有个弟弟中途辍学了，我没引导好；你就是我的亲妹妹，我绝不放弃你。

隋思瑶因为有位"老师姐姐"而像换个人一样，她毅然斩断逃学恶习，学习成绩直线上升。

隋思瑶红着眼圈儿说："我最遗憾的是陈老师不知道两件事。老师2016年10月19号走的，我10月23号考上了公务员。12月24号我又考上研究生，如果老师知道该有多好。如果没有陈老师，我不定什么样呢！"

"陈丽老师对人有十个好，顶多说出来两个。这两个，也是别人逼着说的。"

王刚和爱妻是知音，像一起跳动的同体脉搏。两人的性格惊人地相像。

王刚的母亲告诉我，王刚这孩子特别有扛劲儿，当年家里穷，人家孩子吃零嘴，王刚从来不要。偶尔菜里有几片肉，他赶忙夹给弟弟。冬天冻得脸都白了，也不说冷。

王刚的师傅张显育感慨道："王刚上班不久，他父亲就得了重病，王刚从未提起过。直到他父亲去世，我们才知道。"

王刚的老技术科长焦威东告诉我，无论有多大的困难，王刚都一个人扛。前年，厂里把王刚报为全国劳动模范，省领导来厂调研，定好了日期。王刚突然提出他能不能不参加？厂领导急了，这么大的事，怎么能缺了"主角"？王刚说跟医院约好了，要去看病。谁病了？陈丽。什么病？有点小毛病。重不重？不太重。

焦威东立刻警觉起来，王刚向来不请假，怎么会在这紧要关头突然张口请假？再三逼问，王刚实在无路可退，才交了实底：陈丽在一年半前就得了癌症……

妻子病重，王刚挑最好的进口药给她用，每个月需要数万元。瞒着"所有人"，无论多难，都要自己扛。就是卖掉房子，也要救回爱妻！

王刚是个"暖男"，全力照顾妻子。他包揽了所有家务活，把爱浓缩在菜谱里，在碗碟间排兵布阵，美食顿顿不重样。只有一条规矩不变，每天早上提前一个小时上班。王刚知道，这也是妻子所希望的。他们早有共识，干好工作，才是最有意义的爱情。

然而，命运仍然向这对患难伉俪落井下石。

陈丽的病药石难医，再也无力回天，强忍悲痛，王刚决定带爱妻出去转转。假都请好了，陈丽的病情又急剧恶化，用药后突然双目失明，什么也看不见了！

头一次用这种进口药降颅压，陈丽头部剧痛、抽搐，昏迷过去，眼睛失明后又缓了过来。这一次，彻底失明了！

早在2012年，沈飞组织技能专家到青岛疗养，规定可带家属，王刚也想借机补度蜜月。二人兴高采烈地做好出发准备，工厂突然接到让王刚备战第四届全国职工职业技能大赛的通知。王刚只好怀着对爱妻深深的愧疚"爽约"，谁知这次之后再没了机会与爱妻携手同游。

无论多么疼痛，陈丽的表情始终水波不惊。

生命的蜡烛无可救药地渐渐矮短，她不可能经常开心，但，她经常微笑。

剧痛一口一口咬噬着她的肉体，让她浑身冒虚汗，陈丽若无其事地拿出她和丈夫的影集，以手当眼，一页一页地翻着，动作迟缓而深情，仿佛按着触屏开关，每触按一下，过往美丽的画面便一串串上演，有爱，有快乐，也有忧伤。她一张一张摸着相片，摸了这页再摸下一页，摸了这张再摸下一张……

在场的人无不落泪。有人忍不住要哭出声来，赶紧捂了嘴跑出屋子……

王刚红着眼圈向我慨叹："陈丽在省实验中学教数学。数学太难，也太累脑，每天晚上备课备到十多点钟。我跟她一样忙，白天上班，晚上备课，第二天辅导'王刚班'。我俩埋头在两堆书里，各忙各的。她教的既有尖子班也有基础班，还有艺术生班，这种'深一脚、浅一脚'的课最不好上。而且，她对每一个成绩落后的学生从不放弃，免不了跟他们着急上火。"

我理解王刚的彻骨之痛，她曾对你的明天有所期许，但却完全没有出现在你的明天里。

对于世界而言，陈丽是一个人；但对于王刚，陈丽是他的整个世界。她无情地被带走，他却在原地无休无止地回忆。"下次你路过，人间已无我"，为什么？春天短到夭折，你我相知相爱的时光短到不能回头？

2014年岁尾的一天，王刚加班回家后见陈丽坐在餐桌前发呆，饭菜还是温的，王刚略带疑惑地说："还没睡呢？""嗯，等你吃饭呢。"陈丽回道。王刚见爱妻神情有些异样，追问道："这么晚怎么还没睡呢，怎么了？"

陈丽坐到王刚身边冷静地说："刚啊，和你说件事，先别担心，最近我咳嗽总是不见好，今天去医院检查了一下，说我的肺好像有点儿问题。如果有一天我不能照顾你，不能照顾咱妈，你得挺住……"

陈丽置自己得绝症于不顾，反倒安慰起王刚来。王刚惊骇又感动，妻子等他回来竟是想要与他商量"建立同盟"，瞒住所有的亲人……

只有浅水才喋喋不休，深水是沉默的。

以礼让浇灌爱，多做少说，是这对夫妻共有的习性。他们将这习性栽培到工作和生命中便花开三朵，一朵叫勤奋，一朵叫敬业，另一朵叫昂然向上。

悲伤是一条河，即便耗尽一生的力气也难以渡过。

风穿过河边树林时发出的声音令人痴迷，而消失的往事将于枝叶的和声中悄然复活。

爱妻没有走远，她一直活在王刚的伤口里。

大担当，盼祖国早日挺起腰杆

站位决定视野，格局决定高度。

1999年，王刚才20岁。他以当届第一名的成绩跨出沈飞技校的大门，如愿以偿地迈进航空工业沈飞数控加工厂。为了这一天，王刚准备了好久。今天他终于穿上那身期盼已久的沈飞工作服，即将亲手制造保卫祖国蓝天的飞机，多么自豪荣耀哇！

位卑未敢忘忧国。王刚从入厂的那天起，就把自己的命运与国家的命运紧紧捆在一起。他告诫自己，为了祖国早日挺起腰杆，光有决心远远不够，必须苦练基本功，向难题冲刺，翻越一座一座科技险峰。

新分配的技校生，惯常要师傅带一年才能独立操作。王刚工作没几天，就直接上岗，很快便独当一面。一位师傅去世，空出个铣床，王刚义无反顾地顶了上去。尽管师傅张显育看出王刚是棵好苗子，十分信任他，可还是有些不放心地问："能行吗？"王刚腼腆而自信地回答："行。"

王刚是技校的尖子生。毕业后车间按顺序挑好的录用，按成绩从前往后数，王刚被一单元要去了。实习单位的张显育师傅火急火燎地找车间，硬是将王刚换了回来。

浮云飘散，水落石出。当年王刚在技校时的班主任佟艳云老师的记忆穿透二十载时光，还原了那段历史。佟老师说："王刚很内向，不善于说，不爱表达，特别沉稳、扎实。干活前他不是伸手就干，而是爱琢磨，爱思考，特别能钻研。"

时有落花至，远随流水香。仿佛眼前的迷宫里藏着别有洞天的风景，他一定要找到入口。同样铣工件，同学们可能刀碎了，也可能尺码串位，表面有划伤。而王刚绝不犯这样的低级错误。铣刀下的"镜面"闪闪亮，能照出人影，能铣出奇异景观，蕴藏着别样精彩，王刚不能辜负了它。

让思考照亮暗处。当年有种手雷式鞭炮，同学们点着就放。王刚却将它开肠破肚，仔细观看它的五脏六腑以及脉管神经，研究它的构成，分析它的原理。

新机型飞机精密而复杂的部件，个个都是极富挑战性的"首件"。当年的首件生产犹如处在无人区，无人领航，无既定规则，无技术参照，无前贤经验，件件都是处女作。面对接踵而至的困难，王刚没有退缩，而是大胆上前，自信地回答师傅："我行。"即便碰上高难的问题，王刚也尽量独自拆解难题，实在解不开，才去请教师傅。第一次做升级换代的产品，每个零件都会碰到问题，每道工序都有疑难，王刚逢山开道，遇水架桥，越战越勇。他心里涌动着激情和豪迈，能亲手制造中国空军跨越好几代的先进战机，为守卫祖国蓝天尽力，多么令人自豪！

正青春，一起拼！

挂上高速挡，开足马力，王刚和工友们实施"712"工作制。每周工作七天，每天工作十二小时。王刚和张显育师傅暗暗较劲，"比早"。张师傅每天提前一个小时到车间，王刚力争比师傅来得更早些。节奏还嫌慢，王刚干脆把工厂当成家，弄张钢丝床，找来军被，在单位安营扎寨。以单调的方便面、面包、火腿肠为给养。埋头苦干，减去所有业余爱好，减去所有的休息日。

大年三十，火树银花，万家团圆，王刚在车间忙碌。

大年初一，人们推杯换盏，走亲访友，王刚还在车间忙碌。

正月十五，灯会上人山人海，夜空礼花飞舞，王刚仍在车间忙碌。

一个小小车床，就是他全部的世界。仿佛花儿在此开，风儿在此吹，鸟儿在此归巢，日月星辰在此落下，又升起。

晚上干到十一二点收工算早的，他有时一连好几天干到后半夜一两点钟，早上5点钟又出现在工作现场。时间闪电一样划过，三年时间转瞬而逝，王刚没休息过一天！此后，常年不休息，成了他的工作常态。

王刚忘了自己多么劳累，却深深被工友们感动。

由于常年加班加点，"两头不见日头"，工友们很少有时间陪孩子玩。这天，老师让每个学生写一个愿望，想写什么就写什么。吴学文的二年级儿子写道："我希望在周六和周日爸爸妈妈休息的时候，爸爸能带我去游乐场玩一次。"

吴学文盯盯看着字条，鼻子一酸，眼泪扑簌簌地掉落。

一位工友的孩子才两岁，哭着闹着要见爸爸，孩子妈妈实在哄不好，便想了个办法，约好时间把孩子抱到工厂大门口。爸爸请一会儿假从大门里跑出来，抱着孩子亲了亲，说几句暖心话，再急匆匆跑回工厂。

国庆大阅兵，吴学文指着电视里战斗机在天安门上空威武翱翔的壮观场面，告诉儿子那飞机就是爸爸和工友们亲手建造的，儿子像崇拜英雄那样盯盯看着吴学文，说："长大了，我也像爸爸一样，上'沈飞'当大工匠！"那一刻，吴学文挺直了腰杆，觉得所有的苦累都值得，他向儿子高高地竖起了大拇指……

新的一天，不必为昨日担忧，更无须忧虑未来，做好今天最关键。

我采访时，沈飞工友们对我说："什么时候来找王刚，什么时候就能见到他瘦高的腰背弯成了一张弓，趴在车床边忙活。"

铣刀像紫藤枝，卷成弯儿的铁屑则是盛开的一串串银藤花，这一串刚落，那一串接力而来，四季不歇地盛开……

其实，王刚入厂不久，颈椎便出了问题。床子小，大个子王刚总是一个姿势，弯腰，弓腿，歪脖，马步。弓腿和马步姿势，能减弱腰肌劳损，可是却对关节造成了损伤。王刚每天工作十几个小时，每月至少工作三百多个小时，每年义务献工七八百个小时，多时献工千余小时。

每一分钟都是宝贵的。遇到超级难题时，王刚干脆把面包和火腿肠拿到铣床前，边吃边想，一会儿眯起眼睛，一会儿上手摸摸。吃饭时间，也是他宝贵的"解题"时间！

错觉是偏见之母，而偏见比无知离真理更远。王刚必须将所有错觉和偏见消灭在萌芽之中！

钻研的过程犹如钻进一口拐弯的深井，在没有光线的盲区，只能用手看，用数字看，用感觉看，一个一个排除误导和假象，甚至，排除那些带回钩的暗器。憋闷了不知道多久，才在很深很深的井底，猛然抬起头来……

王刚的技能一再超越，终于达到了得心应手的境界。他靠敏锐的双眼和灵活的双手操纵机床，想切掉多少就能切下多少。横梁、主轴、吊架、摇把都是他身体的一部分，他用得灵活自如。而铣刀，则是他随心所欲的"绣针"，"绣出"精美部件，也"绣出"中国战斗机的锦绣前程！

新型战斗机还在升级，新的"首件"和新的难题也相伴而来。王刚已经适应破险前行，再高的峰也没有脚高，再宽的河也没有桥宽，兵来将挡，浪来坝拦，一个"行"字接活，一个"优"字交工。

王刚很快成为"首件王"，成为最年轻的铣工"少帅"，连入厂多年的老师傅也常常把干不了的活交给王刚来干。每逢"首件"，每遇疑难杂症，人们都会不约而同地说，交给王刚吧！

飞机前大梁是飞机的重要部件。这个"大块头"比床面都大，在飞机翅膀根与机身连接的部分。"大翅膀"捂严了小铣床，遮挡了视线，阻碍了操作。而且它的头部形状复杂，不便装夹。几位老师傅接连怯阵，明确表示"干不了"，领导问王刚行不？少言寡语的王刚惜字如金，却内心强大，他怎么能说不行呢？

这是一个人的战斗，除了王刚，别人伸不上手。不，这是整个国家在战斗！一架机身上贴有五星红旗的飞机直冲九霄，傲视群雄，代表着中国的国家形象！

一想到国家，王刚就浑身有使不完的劲儿，有势如喷泉的智慧！

一个人是渺小的。当这渺小与责任连在一起，与使命连在一起，与祖国连在一起，瞬间便会强大起来。这是王刚力量的源泉。有这样的底气，一个飞机大梁又算得了什么？

一台机床搭成攻坚的舞台，一双妙手筑起人生的高度。王刚献身航空，精益求精，将坚定的信念化为一个个零件的灵魂，用精湛的技艺托起一架架战机腾空而起！

别说地上尽是阴影，因为你总是低着头。

因为现实太骨感，我们才需要丰满的理想。

王刚入厂不久，就上交了一份入党申请书。母亲朴实的话在他耳边响起："尽早加入中国共产党，别计较个人得失，做事要做到前边来。"

虽然同在太阳光底下，各种草木都欣欣向荣，可是最先开花的果子总是最先成熟。

当传统经验统统败下阵来，王刚艺高人胆大，改变了装夹方式，改进了走刀路线，改变了加工方法。既降低了操作难度，更保证了产品质量，原来需要一天做完的机件，用这种方法，半天就完成了。

有些关注细节的人格局都窄，格局大的人又不重视细节，两个都好才是高手！

王刚技能高超，上手快，别人干活都留有余地，不行再补一刀，他干活一次干到位。多难的工艺，他都能迎刃而解。这么多年，无一件废品。厂里的难活急活，别人干不了，全部交给王刚。

所谓"掉头零件"，指装配厂把零件干废了，再补一个。每逢"掉头零件"急需救场，大家都必找王刚。

一次数控加工五六米长的大件，因为零件大夹装困难，整个工艺干串位，壁板厚度也同时串位，复不了原，一下就损失好几十万。厂长无奈地找到王刚："你看看这东西能不能补救？能补救最好，不能补救就算了，我绝不埋怨。"

一大帮技工围上来，有的叹气，有的摇头，有的眉头紧皱了松开，松开了再皱紧，用不同的方式表达同一个共识：废了，彻底废了！

性格内向的王刚没有说话，眼睛却放着亮光，他左看右看，上看下看。这里量量，那里摸摸，歪着头锁眉思考。仿佛他的眼睛就是探测仪，他的手能点到复活穴，他的眉头里装着设计方案。

厂长叹了口气，问王刚："没救了吧？"

王刚腼腆地笑了笑："我试试。"

我无法精彩地描述王刚到底用怎样的高超技能让大件起死回生，我却能告诉亲爱的读者，王刚高妙的技艺让厂长乐坏了，称赞王刚"妙手回春"，不仅仅为厂里挽回了大额损失，也抢得了时间，为战机尽早上天保卫国家交出了精彩答卷！

每年王刚都有多次这样的"紧急救场"，尽管问题各不相同，难点五花八门，可王刚回回都能续写传奇。

人们称王刚是生产线上的"120"，救险灭火的"消防员"。

2013年年底，北京某研究所一项大型箱体类零件的加工遇到特别棘手的难题。因该零件是大型设备的关键部件，精度特别高，精度误差只能在0.005毫米至0.01毫米之间，所以研究所找了国内多家企业却无人敢接。慕名找到王刚后，他立即组织班组骨干刻苦攻关，在最短的时间内攻克了各种难题。

精美的机件是他的第二张脸，张张脸必须"颜值"出众！每一串卷曲的"亮铁藤"都是韵脚，每一个精美吻合的机件都是诗句。

王刚认为，加工每个工件都要精雕细刻，像对待艺术品一样。一手托着巨额价值，一手托着战友的生命，没有出错的机会。不能焊接，也不能补救，只能一次做成优质品。哪怕机件上有个毛刺，飞机就完了！因此要格外精心。蚁穴溃堤不可小觑，历史上飞机出事故，问题都发生在小部件上。

人们普遍有个错误的想法，以为数控机床完全可以替代人。是的，数控机床可以减轻大量的人力劳动，而且按输入的数据执行不容易犯错，一般性的操作交给机器没有问题。但有一个事实不容忽视，数控机床使用的次数越多，精度也将随之下降，而一些特殊角度，没有列入计算机程序，机器也干不了。高级技师的手工操作，精度会远远超过数控机床。就连美国这样的科技大国，最高精度和异型构件也都要由高级技师手工完成。

一再创造奇迹，做常人所不能做之事，大家把王刚视为"奇才"。其实，奇才并非凭空造就。若水结在泉上，花结在枝上，路结在脚上，王刚强大的技能后盾结在学习上。

虚心竹有低头叶，傲骨梅无仰面花。

从普通技工到航空工业集团首席技能专家，不论工作多么繁重，王刚一直没放松过学习，他的专业技能一再向巅峰迈进，向极限精度挑战。

读书是为自己的人生筑起一个加油站。王刚兴趣广泛，看了许多"杂书"。中学时，他买了四五箱子武术图书。尽管是自学，自娱自乐，还是聚集了一些功夫于身，锻炼有利于增强体能，锻炼手力。而气功的沉稳和敏感，是否为后来王刚能准确"铣件"赢得先机呢？

传统中医博大精深，是大智慧，王刚很痴迷。当年上初中，他就一次次勒紧裤带，省了饭钱买书。一本《黄帝内经》翻旧了，越翻越有意思。针灸太神奇，哪个穴位管哪个脏器，针到便可病除。《易经》高深玄妙，又是一个有趣的神奇世界。

老子庄子诸子百家，唐诗宋词元曲明清小说，则更是别有洞天！

孤单是一个人的狂欢，狂欢是一群人的孤单。这个小小书虫，告别了游戏，告别了足球篮球，只要钻进书中，便不知黑夜白天，忘了吃饭睡觉。

上技校后，时间的海绵里已很难挤出水分，王刚不舍地告别了武术，将好几箱子图书卖了。有的图书舍不得卖，也坐上"冷板凳"当了陈列品。因为，铣工类的书后来居上，成了他阅读的主力。

刚入职沈飞，见几位象棋高手每战必胜，王刚的手痒了。连战连败，王刚仍然不服气。他买了几十本棋书研究，摆残局，破棋势。再次出战时，曾经赢过他的人大惊失色，这小子怎么突然成了象棋高手？

直到在铣床技能中独挑大梁，时间的海绵里已经没水可挤，他又像丢掉武术书一样，丢掉了铣工以外的所有图书，全力投入技能攻关。

独木不成林，孤树难成材。我们不知道哪本书使王刚萌生了智慧，我们说不明白什么智慧拨动了王刚那根解惑、发明的琴弦，我们却清楚，王刚没有白当书虫，他拥有的知识已经积水为潭，聚沙成塔。

大气派，从"一枝独秀"到"满园春色"

童年是人生的早晨，在"王刚班"，唱"司歌"则是一天的开始。

早8点，工人们刚刚到岗，"王刚班"的工友们已经整齐列队，挺胸昂首，精神饱满，高声唱起嘹亮的司歌——

有一个梦想，在信念中历经沧桑。有一声呼唤，在蓝天里荡气回肠。航空报国，强军富民，一代代志士上下求索，为中华铸就铁壁铜墙。啊，告诉世界，告诉未来，新的世纪属于中国。啊，告诉世界，告诉未来，航空工业前景辉煌。啊，前景辉煌！

司歌像一道早霞，照亮了一天的勤恳工作。司歌如同饱满的供给能源，为他们的一天充电。激情的司歌，揭开崭新的一天！

沈飞有745个班组，只有"王刚班"每天早上唱司歌。

与其说这是调动热情的形式，不如说这是激励员工的诀窍。因为，一首司歌承载着团队精神，承载着个体面貌，也承载着蓬勃的动力。

从2009年开始，王刚号召全班唱司歌。

有的工友有意见，别的班都不唱，为什么我们班唱？

面对异议，王刚腼腆地笑笑，不强攻，不激化，不难为工友，而是采取友好的迂回办法。理解的执行，不理解的在尝试理解的过程中执行。

他让不唱的工友站在后排，唱的站前排。开始人们小声唱，一旦唱起来兴奋了，便大声唱起来。那些不唱的渐渐被点燃，也高声唱了起来。

王开欣原在"王刚班"，认为唱不唱司歌、工具摆放得整齐不整齐都无所谓，凭什么让我做这些？我不少干活就行呗！他调到别的班组后，特别怀念"王刚班"。每天早上8点，当"王刚班"的司歌的声音嘹亮地响起时，王开欣立刻昂首站直，停下手里的活，敬慕地仰望歌声响起的方向，心潮起伏地在心里默唱，直到歌声结束。

滴水穿石要持久，众志成城需合力。

一次搞班组演练，各分厂的工友们都去第七厂集合。30多个班组，大多三三两两行走，交头接耳，随意而散漫。唯独"王刚班"列队入场，步伐整齐，昂首正襟。时任数控厂厂长的姜明感慨道："以为先进的'王刚班'，就是比别的班稍好一点儿而已。真的没想到好到这种程度，自觉性、纪律性、关爱程度、技能提高、质量保证，能这么大幅度地提升！"

榜样前锋，还需定力做坚强后盾。

头一次摘得辽宁省铣工冠军，就有人高薪挖王刚，被王刚当即回绝。在他之前，沈飞的一位省冠军，就曾被山东潍坊高薪挖去。

挖墙脚的"猎头"不死心，又抛出更具诱惑力的"橄榄枝"，王刚这才直言："我对沈飞感情很深，我不会走的。""这辈子我只从事航空事业，我为此自豪，也是我的使命所在。我要把班组带起来，把徒弟们带起来。"

2007年，沈飞技校要调他去当老师，王刚有过短暂的犹豫。可想到张显育师傅就要退休，若他一走了之，工段里就没有挑大梁的了，便婉言谢绝。

技术大拿、"铣王""双冠王""大满贯"得主等荣誉光芒四射，王刚却想着要让更多的人头上闪耀这些光芒。

2010年，沈飞成立了第一个以员工名字命名的班组："王刚班"，30岁的王刚任班组长。王刚深知肩上的担子很重，他立志把"一枝独秀"拓展到"满园春色"。

没想到刚一上任，就碰了钉子。

吴学文比王刚大3岁，得知要他拜王刚为师后，他的抵触情绪很大，也不服气。张显育师傅找到吴学文，直言吴学文的技能确实赶不上王刚。看在师傅的面子上，吴学文才勉强与王刚"结对子"。

李晓亮跟王刚同岁，比王刚早进厂一年，有着干数控铣床二十多年的丰富经验。而王刚，一直操作"笨方法"的常规铣床，听说王刚要讲数控课，李晓亮很不服气。可在听了王刚讲课后，这个经验丰富的老员工很震惊，没想到他讲得这么好！

李晓亮想，讲得好，不一定做得好。心里憋着一股气，李晓亮将这气撒在产品上。很快，"出气"的时候到了，二人狭路相逢，一同加工飞机长梁，零件的精度要求很高，正负达到两道半。李晓亮暗暗窃喜，自己操作几千万的数控机床，高智能化，优势明显。王刚几十万的常规床只能靠笨拙的手摇，靠惯常经验，差距不言自明。不想，结果令李晓亮大吃一惊，李晓亮质量标准达到H7，王刚却比他高出一个等级，达到H6！王刚加工的机件简直是艺术品，标准又漂亮。李晓亮彻底服气，王刚独创的"差补法"竟然设计了好几千个加工点位，这太不可思议了！

李晓亮是生产一线的绝对骨干，擅长加工价值高质量精的关键机件，被评为沈阳市特等劳动模范。他带的十四个徒弟，个个炙手可热，各班组抢着要。徒弟们干活"都有李晓亮的影子"。

不愿意当王刚徒弟的吴学文，拒绝参加沈阳市技能大赛，怕丢面子。王刚替他报了名，又倾心辅导，他才参赛。结果，王刚摘金，吴学文第四。2012年"第四届全国职工职业技能大赛"的赛前训练期间，王刚晚上同他住一个房间，毫不保留地手把手教，差一道上一道，差半道上半道，他们既是师徒，也是竞争对手。

8月如火的日子，吴学文右脚长了骨刺，脚后跟疼得厉害，走路一瘸一拐的，脚跟像踩根钉子。王刚在周围走了好多地方，累了大半天才找到毛毡鞋垫。他回来把鞋垫脚后跟抠了孔后交给吴学文，让他试试。吴学文看着王刚被汗水浸湿的后背，心中大受震动，垫上鞋垫之后果然脚不疼了，吴学文的双眼布满了感动的泪水。

在中国传统匠人文化中，绝活儿是手艺人的铁饭碗，是保障一家老小温饱的"一招鲜"，不能外传。很多老技师都将自己的绝活带进棺材。

王刚不仅教自己的徒弟"和盘托出"，就连比赛的竞争对手，来自沈阳金杯公司的同行们向他请教，王刚也让他们享受毫不保留的徒弟待遇，甚至将自己亲手画的图纸送给这些竞争对手。

方法和技能是并肩绽放的两朵花，花儿能否结出饱满的硕果，还有很多因素。跟王刚学过的人技能个个突飞猛进，但，要达到王刚的技能精度，实在是太难了！

赛后成绩公布，王刚夺魁，吴学文第二。沈飞铣工包揽了前五名。

后来，在2013年，吴学文夺得"沈阳市技术大王"，并于2012年和2014年两次摘得辽宁省"技师杯"亚军（师傅王刚夺冠），2016年荣膺沈阳市超级技工，与队友协同作战，夺得复合工种团体第一名，被评为沈阳市劳动模范。

"王刚班"刚一成立，班组人员构成复杂。原两个常规班计三十六人，合成一个"王刚班"。王刚迅速制定了新的班规制度后，开始讲课。对班组成员们开展了全方位培训，即培训技能、质量、科技攻关，也培训他们组织纪律、为人处世和待人接物。

像一首歌分成了许多个声部，分而有合，合而有分，貌合神离，每个音符都要精心设计。

可是有些老师傅故意弄出了杂音。干了大半辈子了，现在听你毛头小伙子讲课？

白天工作任务这么紧，晚上还要加班听课，谁受得了？

可王刚心宽似漏斗，任何流言都过而不留。

厚道的王刚不难为大家。天天晚上讲课，刚开始有人不以为然，觉得不比我们强哪儿去，有的找借口请假。可是王刚却依然夜里认真备课，班后认真讲课。有人发现了"问题"，王刚不怕教会徒弟饿死师傅，有什么讲什么，一点儿后手不留，真的假的？

信你的人不怕你说出实话，就怕没实话。

有人偷偷用王刚的办法试试，发现真的很灵！

这消息很快传开，听课的人多了。以至于在噪音杂乱的车间里，每天班后都能看到工友们齐刷刷聚精会神地听课的场景，再也没人请假。

开始的时候，有人对每天必须学习的"班规"有意见，对人人都要买书有意见。都干一辈子了，从来没摸过书本，现在才看，有什么用？

事实是最好的教科书，学后工友们的技能大幅度提高，消耗降了，废品少了，工时多了，收入涨了。

王刚的智慧像一把种子，种在工友们的心上，种在机器的腹部，种在零件的动力的转弯处，让它们长出茂盛的枝芽。

连续讲课培训，王刚又带头一大摞一大摞地往回买书，工友们也争相自费买书。理论与实践比翼齐飞，"王刚班"的技能水平和综合能力突飞猛进。两年后，沈阳市举办技能大赛，"王刚班"六人参赛，全部入围。此后从2011年至2015年，沈阳市举办职工技能大赛，"王刚班"包揽了铣工的前六名。

百尺竿头仍嫌短，王刚又瞄准新的高度，由"满园春色"到"果实累累"。白天他借班组会翻耕经验沃土，把自己多年总结积累的"内参"和绝活摆上桌面，与大家分享；晚上让社交软件打通时空壁垒，与班组成员进行深入交流和探讨，共同研究技术，携手创新。很快，"王刚班"打出"点子最多""精度最高""速度最快""质量最好"的"四最"品牌，成为能人聚集的高手团队、"明星班组"。多名员工成长为专家级技能人才，"王刚班"被誉为"大件班"，先后荣获沈阳市工人先锋号，航空工业六型示范班组、中央企业先进集体等荣誉称号。班组成员累计9次夺得全国、省、市技能大赛冠军，荣膺全国"安康杯"竞赛优秀班组、全国工人先锋号等殊荣。

打着"选贤任能"的幌子砍掉"排尾"，从队伍中挑拔尖的不算本事，把不拔尖的变成拔尖才算真本事。

"成绩就是'班组的脸'，我们不能丢脸。"个人和班组全面提升，握指成拳，才能形成合力，达到质的飞跃。"我们的班组，一个人也不能掉队。"

风会记得一朵花的香，工友们会记得一个人的暖。

刘振荣师傅快退休时还是初级工，在"王刚班"群体氛围的影响下，他非常努力，踊跃参加技能比赛，一年晋一级，退休时已是高级技师。

2015年，公司有一次临时工转正的机会。不少临时工干了十来年，终于迎来改变命运的历史时刻，厂里三十多个临时工跃跃欲试。"王刚班"有陈思君、张立凌和邵瑞东三人。邵瑞东已50多岁，即将退休。王刚特意挤时间亲自辅导他们，让这三人技能直线上升。考试公布结果，全厂只有三人幸运地转为正式工人，这三人，全是"王刚班"的！邵瑞东转正后，他儿子也考进沈飞。陈思君现在已经离开"王刚班"，但永远记着"王刚班"的恩情，他在此转正，完成初级、中级晋级，现在已是高级技工了。

技能拔尖还远远不够，"王刚班"要全面发展。"灵魂如果没有确定的目标，它就会丧失自己，因为，俗语说得好，无所不在等于无所在。"

不能统一人的思想，但可以统一人的目标。团结在一个共同的目标下，要比团结在一个人周围容易得多。

针对工人们普遍表达能力差的短板，每天的早会上，王刚要求人人都要锻炼说话。一位工人不敢在人前说话。实在没办法，便把话写在纸上，唱着说出来。几个月后，这位"只会唱着说话"的工友，已经能流利地表达了。

万物并行不悖，世界和而不同。推行6S管理，王刚要求班组成员刀具、刃具、量具不能混放，必须摆放整齐。机床边画了白框地标线，一改过去铁屑下来扫扫就不管的乱象。他还要求成员们把床根清理出来，不留一点儿残渣。有人质疑说："你今天清了，明天还有，为什么这样做？"王刚说："这是我们班的脸面，我们班与别的班不一样。"

有的工人不接受。他可以屈服于生活，但绝不迁就工作。

有的话没人说，有的人没话说。王刚却撇开了"说话"，将重心放在"做"上。他拿着小铲，去清扫机床周边的铁屑。工人急了："你干什么？你这样做我多不好意思？"王刚温和地说："你不扫，我替你扫。"工人说："算了算了，不就这点儿事嘛，我收拾。"王刚笑了笑："说好了，以后你天天收拾。""没问题。"

宽容是一把伞，伞下有温情。工人们不爱做，王刚不翻脸，也不罚钱，而是一个一个感化。年轻人做了，老师傅不做。王刚也不多说，班后主动把老师傅们的床子收拾干净。王刚连续收拾三天，老师傅不好意思，主动放下架子，拆掉思想的"阻碍墙"，又添新动力。

大志向，瞄准航空报国

城市拓延的浪潮哗哗翻涌，吞没了许多城边村镇。当年沈阳城北有个叫"虎石台"的镇子，早已被"沈北新区"紧紧搂在怀里，成为繁荣发展的新引擎。那些长久卧伏地面的平房像吃了催生素，个头儿呼呼上蹿，成片成片的高楼向天而立。

童年像一首令人陶醉的长诗。

王刚的第一朵"航空诗花"，就开在虎石台。

村子不远就是飞机跑道，刚起飞的飞机飞得很低很低，能清楚地看见戴头盔的飞行员，清楚地看见机身上的国旗和红五星。王刚像一只快活的小鸟，每一次飞机轰鸣而过，他都要张开翅膀，追出去好远好远。

王刚羡慕极了，飞机太神奇了，要是自己也能造一架该有多好哇！

王刚对飞机十分着迷。不管在哪里，只要有飞机飞过，他就停下来看哪看，直到大飞机越来越小，成为天空中的一个黑点儿，看不见了……

为了看飞机，只要听见天空"嗡嗡嗡"响，王刚就跑出屋子看，激动的心随着飞机一起震颤。好几次来不及穿鞋，他就光着脚丫跑出来。

为了看飞机，王刚故意推开窗子，在窗台上写作业。一旦飞机来了，他立刻一个鱼跃跳出窗子，热血沸腾地跑上高坎儿抬头仰望，跳脚欢呼，目送飞机远去。

在同龄孩子中，王刚最早能分出飞机的种类。他绘声绘色地给小朋友们讲，战斗机体形瘦，飞得快，能像鹰一样上下翻飞，能拐急弯，还能打滚翻。飞机尾部会拉白线的，叫喷气式飞机。那种双层翅膀的，是打农药的飞机。大肚子细尾巴，头顶上有"大转轮"

的，叫直升机。

飞机怎么能轰的一下飞上天呢？这太神奇了！

王刚央求父亲带他去一次沈阳飞机制造厂，看看飞机是怎么造出来的。得知飞机厂是保密的地方，不让外人进，王刚很失望。

上学后，王刚的学习成绩始终拔尖，并以全校第一名的成绩升入初中。因为心里装着飞机，他尤其喜欢物理和化学，对力学电学光学情有独钟，看了很多课外书。他最崇拜伟大的科学家爱因斯坦，把爱因斯坦当成自己的样板。

家里的破收音机不响了，小王刚像个外科医生，将它解剖了，把里边的肠肠肚肚心肝肺都掏出来，这个件脏了擦擦灰，那个螺丝松了紧一紧，再像模像样地装上。他自以为完成一件惊天动地的大事，一边向家人报喜，一边插上电源。父亲夸他做得很好——如果坏收音机重新响了，就更好了。

小王刚见了机器就手痒，还给家里的挂钟和马蹄表做过大手术。

他还在铜锈里加了醋，铜锈溶解变成绿色，绿色弥漫成绿雾。再把钉子放里边，在绿雾里淹一阵子，钉子表面上了铜，便成了"金钉子"！

让全家为之振奋的"壮举"是做电铃。王刚手工缠了线圈，安上弹簧片，将弹簧片吸在铁丝上。这样，当开关闭合时，电磁铁就有了磁性，能把簧片上的衔铁吸引过来，簧片下端的小锤在铃上打一下。电流一通一断，小锤便不停地敲打。

时间"潮来潮去，左边的鞋印才上午，右边的鞋印已黄昏了"。

初中三年时间，王刚的数理化遥遥领先，老师看在眼里，喜在心头。毫无疑问，这成绩，能轻松考入市重点高中。

人们对世界的期待，大都来自青春的幻想。

沉迷在美妙的幻想里，王刚做出一个令人意外的决定，不上高中了，报考沈飞技校！

班主任老师赶紧找他谈心，帮他规划前路辉煌的人生，希望他回心转意。王刚的眼睛闪烁着异样的光芒，他安静地听老师说完，微笑而执着地回答："老师，我不是心血来潮，我早就想好了，就考沈飞技校。"

命运像自己掌上的指纹，无论多么曲折，终究掌握在自己的手中。

王刚给自己规划了另一条路，他从小的梦想就是"造飞机"，考沈飞技校才能进沈飞，这是造飞机的最佳途径。

1997年夏天，王刚以第一名的优异成绩，考入沈飞技校。

两年后，王刚以技校第一名的成绩如愿以偿地入职沈飞，以"航空报国"为己任，全身心投入工作。

飞机快若闪电，直冲云天，我们称它为战鹰，我们叫它蓝天的宠儿。可是，战鹰上的每一根"羽毛"，宠儿的每个潇洒的腾跃，都源于飞机制造厂的工匠们。一架飞机总共有数百万个零件（一架波音747飞机有600万个零件），哪个零件都要精益求精。每一样零件都会打上编号，连最小的螺丝钉和铆钉都有严格的设计尺寸，材质也要分门别类。

甫一入职王刚便迅速进入角色，自觉做到"上班早来点儿"，每天至少提前一个小时到岗；"工作多干点儿"，加班加点和义务献工成习惯和常态，用十八年的时间完成了二十六年的工作量；"平时多学点儿"，所有业余时间都用在买书学习和科学探索上；"产品干好点儿"，把每一件产品都当成是精雕细刻的工艺品。

春风轻轻摇，那些僵硬的树梢悄然萌芽；排浪接力推拥，沉闷的大海便焕发生机；集微成群的细雨不停地滴落，才润泽了大地焦渴干裂的唇。旷日持久的拼搏，才造就出大国大工匠。

"钳工怕钻眼，铣工怕铣扁。"没有思考，再多的体验也毫无价值。摸索中探路的"首件"生产，随时会出现千奇百怪的"意外"问题，王刚第一时间以"三快"救场，"快速到达生产现场，快速分析问题原因，快速给出解决方案"。

不能踩着别人的脚印找自己的路。与众不同的背后，是无比寂寞的勤奋。

哪敢有半点儿疏忽？肩上压着沉甸甸的使命，一手托着国家的巨额财产，一手托着战友的生命。入厂十八年来，王刚做过数万数十万工件，从未出过一件废品，达到"零缺陷"，堪称奇迹。现数控加工厂工会主席、当过十一年技术科长的焦威东，一提王刚就激动，称王刚是"奇才"，从未有人达到这个水准！

昨日，他那隔夜的风风雨雨已变成美妙的音符；今日，他的胸中激昂地回荡着科技创新、航空报国的畅想曲。

王刚强调："产品就是人品，它折射着加工者智慧和人性的光芒。""每一件产品就是一件精美的工艺品。在加工产品时，唯有投入自己全部的热情、融入全部的心血，对它进行精雕细刻，才能真正赋予产品一个灵魂。"

每一件产品都关乎战友的生命，关乎军队的战斗力水平，更是战争能否打赢的关键。为此，王刚大力推广"零缺陷"产品交付活动。让"零缺陷"成为一种工作态度和工作目标，让创造优质产品成为一种责任，团结协作，多重防控，同检验人员和其他班组协同作战，严格践行"九检查"。同时，王刚坚持"质量工作人人管，质量案例天天讲"，破除了"出现质量问题都是难免的"误区。工作必须确保万无一失，因为，即便问题为产品总数的"万一"，便是当事战机的100%。在员工中普及对产品质量的重要性的认识是必须做好的，"一次做好、缺陷为零"是可以做到的，要精益求精、追求卓越。

春去春又来，当年的小王刚已迈进不惑之年，当初的普通员工已是大国制造业扛鼎的大工匠。不变的，是他的谦和、热情、执着、善良和乐于助人。

大格局，高站位，精标准，是王刚做事的前提。

为了这个前提，他要攀爬一座又一座险峰，钻过一个又一个

"瓶颈"，甚至勇于"逆势"而上，抵达理想的彼岸。

2011年，公司组建了"王刚劳模创新工作室"。以"顾问专家领军、生产攻关同步、创新育人并举"为导向，汇聚了活跃在公司各条战线上的各专业顶尖人才30余人，发挥技术引领和辐射作用，专攻生产技术难题。目前，"王刚劳模创新工作室"已完成技术革新和工艺改进480多项，为加速推进技术进步和科研生产铺平了道路。培养出国家和省市人才130多人，成为全国首批示范性劳模创新工作室。

种壳被人从外打穿是破坏，芽儿从内破壳是新生。

2016年11月18日，王刚又开辟了一片新天地，在数控加工厂组建了以优质高效为主要目标，"精益生产"为核心思想和理念的生产组织模式——构建"精益单元"。由王刚担任单元主任，再创辉煌，实现了传统生产模式向先进生产模式的跨越。以摧枯拉朽之势，跨过高质量、高效率、低成本的门槛。月产工时总额和设备利用率大幅度提升，优化后的程序比优化前的程序平均效率提高138%；产品质量合格率达到100%；刀具数量从原来的100多种降至30多种，用技改实施"一人多岗"（"抓急"时一人看3台机器）模式，操作人员从15人降到9人，又一支活跃在型号研制战线的"尖兵班"惊艳亮相……

要看日出的人必须守到拂晓。

而今，世界航空工业风云激荡，每天都有新的事物不断涌现，天天不一样。为了适应新变化，实现新超越，王刚构思的航空报国的腹稿穿透厚厚的夜，拥抱曙光。

我们深信，王刚心中的宏伟蓝图一定会实现，一定能够实现，因为，他向来秉持一个信条：只有回不了的过去，没有到达不了的明天。

用理想剪裁天下

2019年8月19日上午，我被一个视频吸引，股神沃伦·巴菲特先生春风满面，笑容灿烂，边说边比画，一会儿摊开两手以示坦诚，一会儿又端缩双肩以示快乐，眼神滴溜溜转，厚嘴唇灵巧张合，像中国快板书道具小竹板"碎嘴子"那样，以迅捷而又喜气洋洋的方式，送来美好的祝福。

我看了字幕上打出的时间，这是2009年8月25日，时逢大连大杨集团有限公司成立三十周年，沃伦·巴菲特在遥远的西半球专门送来了祝贺：

> 我很高兴通过这段视频与中国的朋友再次相聚。两年前我拜访了大连，大连的市长、这座城市以及我见到的每个人，都使我的这次旅行非常成功和愉悦。我希望不久再次回到大连。
>
> 那次旅行的一个亮点是与李女士的结识，了解大杨创世，这家由她建立的了不起的公司。想一想三十年前这家公司还仅仅只有几台缝纫机，现在年产已达到了500万套西装，这是了不起的成就。这个故事应该给中国人和全世界的人以启迪。我把这个故事讲给很多的美国人听，他们都

很敬佩大杨创世在三十年间取得的成就。

我要告诉大家，我现在有9套创世的西装，我扔掉了以前所有的西装。我的合伙人查理·芒格、我的律师都穿创世西装，现在比尔·盖茨也穿创世的西服。他们了解李女士的成就，都很喜欢她。事实上，我认为比尔·盖茨和我应该开一家男装店，卖李女士的西装。我们会是出色的推销员，因为我们真的太喜欢创世西装了。

我们收到的这些产自中国的西装，从来不需要一点儿的改动，它们太合身了。已经好久没人夸我穿得帅了，但自从穿上李女士的西装，我们不断得到朋友们的夸奖。我想比尔·盖茨和我真的应该开一家服装店，卖大杨的西装，说不定我们会更富有。

我想借这个机会说：大杨创世三十年，真的了不起。我祝愿你们在下一个三十年再创辉煌。我希望十年后，再回大连，庆祝你们的四十周年。同时真的希望有机会再和大连的朋友们相聚，和大家共度美好时光。

非常感谢李女士，感谢大杨创世为人们树立的典范，它证实了在一个人的生命周期里，究竟可以成就怎样的事业。

2019年9月21日，大连大杨集团成立四十周年，89岁高龄的沃伦·巴菲特精神抖擞，身着大杨集团生产的"创世"牌西装，身披西半球即将落下的夕阳，逢东方的中国太阳高高升起的早晨，在中国时间6：28分，再次发来视频道喜：

恭喜李董事长！

十二年前我们在大连相识，那是我人生中非常幸运的日子。我非常美慕您所取得的成绩，也很高兴看到我们的关系多年来一直这么融洽。现在您带领几千员工生产出最好的西服产品，正如我身上穿的这件。我每天都会穿创世西服，创世西服已经占据了我整个衣橱。我的很多朋友也都穿创世西服，这让他们显得更有品位和智慧。

我想借此机会表达我对您的敬佩之情，同时恭贺大杨集团成立四十周年。您一定要请我去参加大杨集团五十周年的庆典，那个时候我虽然将是99岁了，但是我觉得我一定可以到场的。

再次对大杨集团四十周年庆典表示祝贺！

巴菲特非常尊重的"李董事长"，叫李桂莲，是大连大杨集团有限责任公司的董事长。

原本，朋友间或单位间发个视频贺喜也没有什么特别，但二者反差之大，似乎"毫不相关"却又"如此紧密"，这就特别了。

巴菲特在遥远的西半球美国，李桂莲在东半球的中国大连；巴菲特从事金融行业，是著名的世界股神，李桂莲是乡镇企业的带头人，以服装业著称；巴菲特为哥伦比亚大学经济学硕士，李桂莲只读了小学四年书……

然而，巴菲特却对李桂莲"情有独钟"，从认识起，他亲笔给李桂莲写了7封信。7封信都在表达一个内容，他钦佩李桂莲的人格魅力和宏大的事业格局。许多大学请巴菲特讲学，无论走到哪儿，他都要讲一讲李桂莲的创业故事，并称"这是全美国也很少找到的故事"，号召美国的年轻人要向李桂莲学习。

从2007年开始至今，巴菲特每年的年会，都要邀请李桂莲参加。

巴菲特的年会规模近五万人，多数人会后用餐自理。只留下四十多人参加巴菲特的私人宴会，李桂莲必然是座上宾。

巴菲特还把比尔·盖茨等好朋友介绍给李桂莲，边介绍边眉飞色舞地比画，指着自己身上穿着的创世牌西服，夸这是世界上最好的西装，号召朋友们都穿"创世"西装。巴菲特的公司从律师到高管，都穿创世服装。

欧洲首富、非洲首富、亚洲首富、大洋洲首富都来了，都在这个聚餐的宴会里。巴菲特说："这个圈子，每个人的信誉都没一点儿问题。我们之间的经济往来，从来不写合同。在这里，哪怕有人一次不讲信誉，这个圈就不欢迎你了。"

我现摘录网上2009年9月18日香港《文汇报》的一段话：在上海上市的成衣生产大连大杨创世集团，日前获得"股神"巴菲特高调追捧……消息一出，大杨创世股价应声飙升，更连续3个交易日飙升10%而涨停，这一事件反映了巴菲特一言一语对投资者信心的影响力。

我闻知觉得奇怪，亏我还是辽宁人，竟然不知道这样的传奇故事。李桂莲谦逊地说："好产品是干出来的，不是说出来的。"

巴菲特每次对参加年会会后的"小宴会"的客人都精挑细选，每次被他奉为座上宾的人员都有变化。但相识十二年来，李桂莲却都是巴菲特雷打不动的邀请对象。巴菲特友好地说："如果李董事长忙可以不去，但要派大杨集团的朋友们参加。"在巴菲特心中，在全球很有影响力的一年一度的盛会上，怎么可以少了李桂莲和她的创世服装？

李桂莲时刻驾驭着企业发展的主旋律，在高音区放宽能量，既要防止喊破音儿，也要提防尖厉失真的声音；在低音处则收紧"散音"，集中能量"冲高"，在深厚雄浑中展现挺拔的嘹亮。

创世服装不仅受到国家元首和世界大亨们的喜爱，也在世界各国有着非凡的影响力。在日本，每四个日本人，就有一人穿创世服装。日本有人口1.27亿，如此算来，有近3000万人穿创世服装。在欧洲，创世服装年销售达到200万套以上；在美国，华尔街的两家分公司也干得风生水起……

李桂莲两次荣获全国劳动模范，为第七、第八、第九、第十届全国人大代表，率领她的企业摘取了50多次国家级荣誉。

早在20世纪90年代，李桂莲就与禹作敏、鲁冠球、吴仁宝、卢志敏、常忠林、钟作良、肖水根等被评为全国十大农民企业家，并且是这群风云人物中唯一的女性。

春秋代序，白羽化雪。而今，当年的十大企业家有的折戟沉沙，有的因病辞世，只剩下三人健在。七旬有五的李桂莲却逢山开道、遇水架桥，越战越勇，率领她的企业抢占全球制高点。

2005年起，大杨创世开始私人订制，凭借创新的经营理念全国超前，世界领先。

目前大杨集团智能化水准为世界同行业翘楚，产品出口占95%，年出口600万套西装，是全球最大的单量单裁服装企业。

"领先半个身位"的战略家

我查过诸多资料，影响企业家成功的要素众说纷纭。不过有一点却是公认的，那就是诚信和诚实。"诚"字当头不一定走得远，没有"诚"字，却一定走不远。如果说"诚"是一片肥沃的土壤，在这片沃土上可以种植任何东西，那么，没有"诚"字的土地犹如寸草不生的盐碱地，将成为任何物种的杀手。

现在，我们从另一个角度看，设若"诚"字为宝塔牢固的地基，那么高高的塔尖则为战略。没有战略家眼光的人，可以挣许多钱，但只是大了"塔肚子"，永远上不了塔尖。

从财富的聚集量上说，李桂莲算不上惊世"大亨"。但她却是具有战略家眼光的企业家。四十年探索与发展，许多风云企业烟消云散，许多名噪一时的人物销声匿迹，李桂莲领衔的大杨集团却冲过无数的暗礁险阻、惊涛骇浪，过污塘而不染，走险桥而不坠，日益身强体壮，稳健前行，扶摇直上，始终是中国改革开放大潮的弄潮儿，勇立涛头，"领先半个身位"。

1989年，企业有了一定数量的财富积累，李桂莲想到的不是自己的腰包越鼓越好，而是想到跟她打拼了十多年的工人们。这些农民们没有养老保险，他们老了怎么办？

当时国家没有如今这样健全的社会养老保险制度，李桂莲郑重承诺：公司出钱，给200多名老工人办理了人寿保险，解决他们的后顾之忧。国家出台养老保险政策后，所有工人都入社会保险。

回想当年刚做出这个决定时，当时领导层也有争议："国家对企业没有这样的规定，我们也不必花这钱。"

"全中国的企业这样多，没有这么办的，我们也没必要尽这样的义务。"

"从现在开始公司交钱给工人参保，一直交钱到退休，数目不小哇！"

"不管多少钱也要拿，"李桂莲坚定地说，"工人们辛辛苦苦地工作，我们应该解决他们的养老问题。要让工人们心里有底，我们大家一起干事业，也一起分享劳动成果。"

这件事引起了"轰动效应"，集团的工人们万般感动："自己上班挣着工资，人家还管着养老，这是全国私企头一份儿啊！"

国家健全了社会养老体系后，大杨集团的工人全部入保险。先前办理人寿保险的工人未入现行社会养老保险体系，公司"兜底"每人每年补助13000元，将养老保险进行到底。

按部就班不会出错，但很难出彩。

2000年年初，在公司发展如火如荼的时候，李桂莲却看到潜在的危机，感到公司的传统管理会跟不上时代步伐。"未来企业发展，要放眼全国，放眼世界，要靠高科技管理团队，现有的班底肯定不行。"她决定培养年轻人才。

早在几年前，李桂莲就招收一大批本科大学生和研究生入职，她组建了"新生代委员会"，挑选了七名核心培养成员，给这些年轻人压担子、放手锻炼。

2009 年，李桂莲觉得时机成熟了，为了给年轻人成长腾出空间，她主动带头辞去总经理职务，让位给研究生出身，在企业管理上表现出众的胡冬梅。

公司再召开业务会议时，李桂莲在会前主动问胡冬梅："需要我参加吗？需要我参加我就参加，不需要我参加，我就不参加。"

为了"不挡道"，每次开会，李桂莲都挑选边位坐下。开会时，她尊重主持人，尊重年轻人，放手培养年轻人，绝不抢话、抢风头。

但是，几位年过 50 岁的副总"非常伤心"——

"董事长不要我们了？流血流汗这么多年，怎么狠心将我们一脚踢开？"

"这不是过河拆桥、卸磨杀驴吗？"

"企业效益直线上升，我们干得好好的，怎么说撤就撤？"

江山代人，后浪前涌，李桂莲对与自己搭档多年的副手非常满意，个人关系也非常好，可这跟现代企业发展有关系吗？核心领导层带个什么样的头，关系到企业未来的发展大计，未来的竞争是科学智能和科学管理的竞争，也是国际化、全球化的竞争啊！就拿企业上市和将要实施的工厂智能化来说，眼下这些滞后的管理班底，"谁都冲不上去"！

大家也犹豫，李桂莲向来重感情，善待搭档，也善待每一位老员工。每年新旧交替时，无论多忙，她都要请老员工吃顿饭，面对面座谈，问询每位员工家里有什么事；感谢他们创业时的贡献，感谢他们对她的信任和支持，精心挑选礼品送给他们。每次聚会李桂莲都要让办公室将 150 多名退休老员工全通知到，能来的都请来。时代在变，社会风尚在变，服装厂的设备、产品、科技水准和名气也都在变，退休工人逐年增多、人数也在变，但李桂莲年末请客的事雷打不动。这样把退休员工视为兄弟姐妹的座谈式聚会，已经坚持了四十年。

李桂莲说："想当年，没有她们的信任，没有从家里抬来缝纫机的艰苦创业，哪有今天？"

老员工说："这么多年来，董事长一直不忘我们，看重我们，还有什么挑？"

李桂莲非常注重大家的感受，就连工厂加班，李桂莲都会在广播中有礼在先，和风细雨地跟大家说清楚为什么要加班，请大家串开时间，照顾好老人和孩子。

对这些风雨与共的班子成员，难道就这么狠心？

一百个宣言，不如一个实际行动。李桂莲的决定又让退位的副总们"震惊"了：副总们退位后，年薪20万元的待遇不变，一直发到辞世。愿意兑现股票的，可以直接提现。

大家个个都瞪大了眼睛："哪有这么干的？退位了还给任职时的年薪？一直发到死？"

"全世界也找不到这样的先例呀，这样的待遇，工厂可'亏大了！'"

"这样的承诺，能兑现吗？"

李桂莲还是不多说，而是以行动证实决心。她请来了律师，与每位退位的领导签订了协议。

有人立刻提现600多万，有人回家颐养天年，仍然"挣年薪"。

当年"稀里糊涂"退位的人，几年后都"幡然醒悟"这个决策是多么英明，他们眼见年轻人主政后的公司，年年有进步，几年就是一个大飞跃，把个普通的服装公司打造成同行业的领军企业，在世界同行业中赫赫有名，单量单裁"世界第一"，经济效益和社会效益直线飞升。

"在最好的时候开始改"，这是李桂莲的战略观点之一。

在西装订单销路很好，企业效益扶摇直上时，李桂莲却提出把工人们的坐式作业改为"站式"作业。这是件惊天动地的事，多数人反对，工人更觉"难度太大"。"强力推广"后大家却笑逐颜开：

效率大幅度提高，有利于工人身体健康。

2009年，在传统产品"最好的时候"，李桂莲提出"单裁转型"，又遭到许多人的反对。现在市场形势这么好，这样做会丢失很多用户的！事实再次验证，李桂莲又一次超前行动，布局新的战略，抢在了国内国际同行的前头，产量和效益双双腾飞，甩比肩同行"好几条街"，现在成为全球最大的单量单裁服装公司。

舍得年投入上亿元资金实现智能化，又是一个超前布局。

过去人工每天完成100件衣服，忙得鸡飞狗跳。现在流水线作业每件完成精准的600道工序，每台智能机器日产5000件。

国内同行业定制服装为十五个工作日，大杨创世服装为四个工作日。

原版型处理，人工要两个小时，现在只需要两秒。60台上百万的裁床，每台裁床日裁上万件，这样的效率世界罕见。

大杨集团开启了"智能化"工厂时代，突破传统轻纺行业的发展模式，通过智能化生产线，实施大规模个性化定制。生产线已经实现了80%智能化，AVG机器人负责运送物料，车间里每个工人工作时面前都有一台电脑，工人按照电脑指令完成相应工序，然后由智能吊挂系统将成衣运走，效率比以前提高3倍以上，人力成本则减少了3成。以前定制一件西装需要半个月，现在仅仅需要四天，抢占了全球定制时装的高端市场。

几位退位的老同志说："李桂莲董事长非常有远见卓识，她考虑问题，至少能看到十年后的目标。"

"非常了不起，她不只是一个企业家，而且是一个战略家。"

"她很超前，她当时决定的事，我们多数人并不看好。多年后发现，人家是对的。"

2019年8月19日，负责安排采访的小徐告诉我，公司刚刚分给他住房，100多平方米，他只花了5万元。我为此感到惊讶，同行的智勇告诉我："这是公司给工人的福利待遇，以前花得更少。"

早在三十年前，一套房子职工只花1万元，后来依次增长到3万、4万、5万。

原来，这是公司补助后的"福利价格"，低于成本。

我去了距厂区不远的三个工人住宅楼小区，均为多层建筑，设计优美，环境优雅，花坛、健身设施穿插其间，绿树成荫。

李桂莲告诉我："农村的空巢老人和留守儿童怎么出现的？难题就是工作和房子。青年人跑很远外出打工，老人孩子就没人管了。让农民当上工人，又解决住房，让他们既有事业，又方便照顾老人，方便教育和培养儿女，问题就解决了。"

为此，李桂莲特别在教育上精准发力，她十分舍得在教育上投资。不光在本地教育上投资，还资助外地教育。我采访时，李桂莲已经资助建了一所中学、24所小学。

李桂莲说："光闷头拉车不行，还要抬头看路。光抬头看路不行，还要仰望高空。""在家边上出行，骑自行车就行。上沈阳就要坐高铁，上国外要坐飞机，将来登月要坐宇宙飞船，想实现这些，头一条就是要让孩子们增长见识。"

我采访时，大杨集团刚刚建好图书馆，正在筹建科技馆。李桂莲主张："把孩子憋在小圈子里不行，要让孩子们开阔眼界，知道世界上各个领域最先进、最科学的信息。"

人们往往不缺少大功率马达，却缺少正确引领航向的舵手。好舵手要有超前的预判能力，还要有纠偏能力、果断的决策能力，能正确导航思想和灵魂。

四十年前，李桂莲带领85名农村妇女开始创业，全靠脚蹬家用缝纫机，只能从国企那里捡点儿活干，以做套袖、坐垫求生存。那时她就放出"大话"："我们现在苦了点儿，这是为了好日子在奋斗。将来我们要住楼房、开汽车。"

当时的杨树房村十分贫困，住破房，穿破衣，多数人家吃不起酱油。农民们一年到头看不见现钱。

李桂莲的话谁能信？有人说，人家"说几句鼓励话，千万别当真"。有人说，这叫"精神胜利法"。现在，这些早已成"家常便饭"。

十多年前，李桂莲在新闻联播中得知，国务院总理温家宝向国际做出承诺，中国要为优化人类生存环境做出贡献，即将在全国推行节能减排，李桂莲立刻召开公司高管会议，建议关掉洗水厂。

一石激起千层浪，会场当即"炸了锅"："挣钱的活，为什么不干？"

"一年挣几百万的项目，怎么能砍呢？"

"这样的厂家到处都是，没一个砍的，咱们也不能砍。"

"环保局又没下令，坚决不能砍！"

"国家号召的事，我们必须走在前面。"李桂莲力排众议，挥师前行，为优化家乡环境负责，为子孙后代负责。左手砍掉洗水厂，好几百万打了水漂，右手立刻投资五六千万实施煤改气，推倒大烟囱，上光伏发电，宁愿成本增加1.5倍，也要力挺节能减排。

几年后，眼见许多企业为环保付出了昂贵代价，在更高的成本区位被动地拆改污染设备，甚至因此关闭工厂，当初的反对声"一面倒"，开始赞扬李桂莲有先见之明。

李桂莲说："凡是国家号召的事，马上行动。中国改革开放，我既是参与者，也是见证者，更是受益者。必须怀着感恩的心，去做好每一件事，报效国家。"

累并快乐着

理想像长脚的云，跳上高天等你。

1979年8月，一桩"新鲜事儿"在辽宁省新金县杨树房公社不胫而走，人们像仰望高空那样仰望李桂莲，这位满脑袋"高粱花"的农村妇女，竟办起了服装厂！

彼时，杨树房公社有15家企业，当时叫"社办企业"。这些企业家家都有很硬的"后台"，最次的也是有公社撑腰。农村姑娘小伙以进社办企业为荣，穿上工作服上班，骑上自行车（道近也骑，那是身份地位的象征），早上日头大老高从家走，晚上日头大老高下班，很令人羡慕。而"爬垄沟子"的庄稼人却一年四季在地里摸爬滚打，起早贪黑干活，"两头不见日头"。

最大的差别在于，当工人活儿轻闲，还挣现钱。少了紫外线照射和风吹雨淋，不与脏污的泥水灰尘打交道，许多人成了人们羡慕的"小白脸"。"爬垄沟子"的庄稼人，一年累到头却几乎见不到现钱，许多家庭妇女连条好裤子都穿不上。

1978年12月，农村改革的劲风吹热了东北大地，李桂莲隐约感觉到中国农村将有翻天覆地的变化，她的一颗心如发芽的种子要破壳，要钻出地面，要拥抱阳光！

1979年1月，安徽省凤阳县梨园公社小岗队十八个农民冒着极大的危险，在承包书上按下了鲜红的手印，开始搞起了大包干的新尝试。彼时，这件事一下子轰动全国！这十几个农民的冒险之举，打破了新中国农村延续数十年的"大锅饭"！其"轰动效应"、巨大的冲击力和影响力，远远超出农村和农民的想象，几乎"点燃"了各行各业、每个人……

四十年转瞬即逝，至今中国农村仍然沿用这种土地承包模式。

小岗村农民的做法得到党中央肯定后，与其说是给中国土地松绑，不如说是给整个中国农民松了绑。

李桂莲格外激动，土地承包到户，每家都有闲余劳动力，如果把那些穿不上好裤子的"锅台转"们（指在家看孩子做饭的家庭妇女）组织起来，办个服装厂，让她们有班上，有钱赚，就可以改变命运，同走富裕路！

所有伟大的梦想，都有一个微不足道的开始；每一场卓越，都始于你迈出的第一步。

1979年9月，在枫叶正红、寒霜频降的时候，李桂莲正式向公社党委书记王兴发提出申请，她要办一个服装厂。

"你在哪儿办服装厂？厂房怎么解决？"

李桂莲隔窗向前一指："我把这个破楼收拾收拾。"

"这个烂尾楼倒没什么用。可都破成那样了，连门窗都没有，能行吗？"

"废物利用嘛。"

"办服装厂不那么简单，你有机器设备吗？"

"我调查过了，现在个人有的是缝纫机，谁当工人，就把家里的缝纫机拿来用。"

"你有工人吗？"

"家庭妇女都闲着，将她们招进来。"

"技术呢？"

"在国营厂请几个兼职技术员，指导指导。"

"有活源吗？"

"从国营企业找。"

王兴发书记见李桂莲对答如流，知道她已经成竹在胸，也知道李桂莲"是个干茬"，当过生产队妇女队长，当过六七年生产队长，当过大队党支部书记，多次荣获公社县市省劳动模范，是个有主见、有见识、有能力的人。这才松了口："你这个想法，我可以带到公社党委会上研究。"

闻听李桂莲要牵头办服装厂，招收工人还要考试录取，有人讽刺道："从古到今只有升学才考试录取，没听说过招工还要考试录用。"

"一个农村妇女要办工厂，真是异想天开！"

公社党委书记王兴发深谋远虑，她提醒李桂莲："要把困难估计足了，现在白手起家，条件太差，没有任何优势，要防备骑虎难下、'收不了手'。"

"收不了手"的潜台词即是：干到半路干不下去，没法收场。

李桂莲却充满了自信。

其一，同样是农民，人家小岗村十八位农民干了件"捅破天"的大事，我怎么连个服装厂也干不了？其二，自己从16岁下生产队劳动起，样样活干得出彩，相信也一定能在服装厂出彩！

1946年2月24日，李桂莲出生于辽宁省新金县杨树房公社河西大队高屯小队。幼小的李桂莲永远记着她人生第一位导师——父亲李永刚的教诲："人要是不要强，活在世上就不是人。"

李桂莲11岁上学，刚读完小学四年级，母亲说："桂莲哪，别上学啦。你爸身体不太好，家里又这样困难，你回来挣点儿工分吧。"

李桂莲真的舍不得离开学校，她学习好，在班里当班长，又是少先队中队长。因为组织能力好，还负责做操、上体育课喊排。同学们愿意听她的，班主任老师韩亚范特别喜欢她。让她退学，好似从秧上硬把长得好好的生瓜扯下来，李桂莲疼啊！但李桂莲还是听了母亲的话。她偷偷抹着眼泪，把心爱的书精心地包上，收藏好，到生产队参加劳动。

班主任老师韩亚范找上门来劝说："这孩子脑瓜好使，一直是尖子生，不念书太可惜了！"

母亲也犹豫了，怕耽误孩子前途，她认真地征求李桂莲的意见："要不，你还上学吧？"

可孝顺的李桂莲没有回学校。

生产队的姑娘小伙们也"勾"她："你别上学了，咱们在一起多热闹哇！在生产队，你绝对能干好！"

李桂莲向班主任老师行了个礼："谢谢韩老师，一直对我这么好，还让我当班干部。可我爸身体不太好，也需要我。父母养我这么大了，也该为家里出力了。"

还有另一个因素，李桂莲心疼父亲。父亲特别要强，干什么都很像样。

李桂莲相信，向父亲学习，自己在生产队也能干得很出色。

第二年，李桂莲17岁，在一次选举妇女队长的社员大会上，她居然以满票当选为生产队妇女队长！

可李桂莲才17岁，严格来讲还没有选举资格。

可有人提议："我看李桂莲这小姑娘行，干起活来像个假小子，口才也不错。"

这个提议像导火索一样"引爆"了大家，所有参会者异口同声，都说李桂莲当妇女队长"太合适了"！

李桂莲不够岁数的事也端上桌面，有知情者"揭发"道："李桂莲生日大，2月份的，过了年就18岁了！"

生产队长表态道："年龄不是问题，就差两个月就到18岁了。"

于是李桂莲被列上候选人名单，经过大家投票，数李桂莲的票数最多。

当晚，有小伙伴把这消息告诉李桂莲，李桂莲根本没信："我岁数小，哪里能当妇女队长？你这玩笑开得也不像啊？"

第二天，生产队长跟李桂莲谈话，郑重地说了这事。诸如"妇女能顶半边天"，生产队有多少妇女，哪些活都是妇女干的，"这项工作很重要"……

李桂莲心里不是没有顾虑，弱弱地问一句："我不当妇女队长行不？"

"不行。"生产队长态度很坚决，"既然选上了，你就得干。"

"干就得干好！"李桂莲暗暗下着决心。

李桂莲自己样样活都带个好头，多数姐妹们很支持她。但也有暗中偷懒耍滑的。比如铲地，垄台铲好了垄边铲不利索，有人甚至铲"盖扒铲"，把铲头向前一推，没铲掉的矮草便埋在浮土里，外表还看不出来。李桂莲看到会当场"批评指正"。对"耍滑"的人，李桂莲很有办法，每人分几垄铲，有人第一遍没铲好，铲不净草，这几垄第二遍还由她铲。

生产队的农活，一年四季都很累。春天种地，苗出来就铲地。第一遍地没铲完，第二遍地又该铲了，第三遍地踩着第二遍地的脚后跟。夏天，李桂莲带领大家割草，把沉重的湿青草装上车，车不够用就肩膀扛，再把青草放进大粪池里沤肥。烈日暴晒下，李桂莲带领队员们拔地瓜地的草，汗水像急雨一样湿透了衣衫。她们顶着烈日，迅速把地瓜秧子翻过来，拔净草后再翻回来。

秋天割苞米的活最累，4点钟下地时天还黑着。苞米叶子上结着厚霜，一伸刀，霜呼啦啦落下，前身和裤子很快就被淋湿。庄稼上的灰尘泥土增加了衣裤的厚度，太阳出来又将湿衣裤晒干，像似穿了一层"铁甲"。日头完全沉进地平线，大家耗尽了力气，甚至连步子都迈不动了，李桂莲也曾有过灰心的时候："活得一点儿意思都没有，什么时候能熬出头呢？"

但这话只能憋在心里，妇女队长绝对不能说泄气话。

日头快要沉下来，浑身的力气用尽了，腿都抬不动了，更不想干活。但李桂莲相信，人的精神力量是无穷无尽的。我累没劲了，别人也一样。我坚持着，坚持从坚持不住的时候开始，谁能坚持得久谁厉害。李桂莲这样一想，果然就有劲了。不少人纳闷儿，李桂莲小矮个儿，身体也不健壮，怎么劲儿劲儿的，总也不知道累？

只要内心晴朗，人生便没有雨天。

每次干完活，李桂莲回家急忙吃点儿饭，吃完饭就出门嗷嗷喊几嗓子："看电影去喽，姐妹们，快点儿走哇！"只要有她喜欢的电影，五六里路的不嫌近，十里八里的不嫌远。当时都是露天电影，大家步行加小跑，在泥路上跑出一溜烟儿。三更半夜回到家，第二天，她又生龙活虎地带领大家干活，周而复始。

扒苞米更是考验，手必须像机器人那样忙个不停。李桂莲的速度最快，这棒在手，那棒又拿起来，一块儿扒两棒苞米，像一对白鸽子展开双翼振翅飞。别人扒150棒，快手李桂莲能扒300棒！

李桂莲每年挣4000多工分，能跟男劳力"平起平坐"。

李桂莲和姑娘们也有理想，比如，能买一双凉鞋，夏天干活别碰坏脚。下水田的时候，把凉鞋放在田埂上，多好哇！比如，一人买一块上海牌手表，戴在手腕子上，多好哇！比如，中午一人分一碗土豆，皮都不扒，就相当不错了！

简单的理想，单纯的"干就要干好"，把李桂莲推上一个又一个台阶。

每一次普通的改变，都可能改变普通人的一生。

22岁，小矮个儿李桂莲以极高的威望和人气，当选为河西大队妇女主任，很快又被委以重任，任职河西大队党支部书记。她主管全村全面工作，整天与生产生活和老百姓打交道，事无巨细，工作如漂泊在急流上的小船，忽上忽下忽左忽右，李桂莲撑稳船舵，带领她的团队破浪前行，整整干了八年！

"把工作当成自己家的事"，李桂莲投入了所有的热情和精力。

河西大队有16个生产队，李桂莲像熟悉自己的掌纹一样熟悉各个生产队的情况。早晨醒来第一件事，就是把16个生产队的事"过一遍电影"，分出急事难事重要事，各个击破。排出待办和潜在的"纠葛"，或抓主要矛盾，或以点带面，或辐射全局，迎头上，逐一解套。

年末会有生产队长不干了，在选出新队长之前，工作不能断档，李桂莲便"兼职"小队长。驾驭宏观，也不忘自身修为。李桂莲每次出门都背个粪筐，边走边捡粪，粪筐捡满了，走到哪儿就放在哪个生产队的粪堆。若平湖中突然翻起惊浪，有的生产队长毫无征兆地撂挑子不干了，李桂莲扔下手中的工作便第一时间赶去"灭火"。不时遇到"挑皮捣蛋"的男队长，李桂莲风风火火赶到，三下五去二就能即刻摆平。

长期在农村一线打拼，经受了太多大风大浪的考验，李桂莲的境界升华了，练就了一身本事。她有着坚强出色的意志品质，从未向困难低过头。

开始创业，李桂莲向工业办借了3万块钱，把烂尾楼铺了地面，安好门窗，把工作车间间壁好，挂上牌子，服装厂即将开张。

没有任何广告，她自己就是一个品牌，闻知李桂莲要开服装厂，妇女们热烈响应，人们兴奋地奔走相告，相互传递消息，纷纷要来当工人。

李桂莲没有答应任何人，而是设了"考试入厂"的门槛。

有人开始议论道："到国企上班，也没有考试的呀？"

"不知道能不能办起来，还兴师动众的。"

"工人要自己带缝纫机入厂，哪有这样办工厂的？"

有起伏的道路，才能看到更多的风景。

不管人们怎么议论，杨树房公社从来没这样热闹过，听了李桂莲在广播里讲的考试通知，全公社12个大队共有600多名妇女报名应试。一时间，上千人参与了这次史无前例的活动，一人应试，家人们也要提供支援。有丈夫送妻子来的，也有父母送女儿来的，近道的两口子抬着缝纫机来到考场，远道的有用手推车运的，马车、牛车、拖拉机都成了运输工具，人来人往，人声鼎沸，场面比赶大集都热闹。

李桂莲严格地组织了这次考试。任何人不得说情，更不许走后门，"只认能力不认人"。

她事先公布了规则：每名考生，自己在家里用的卡其布裁好衣服，带上线，限两个小时在考场里做好衣服。应试者的名字保密，缝在衣服里面。李桂莲在县里请了作为"陌生面孔"的"五七"战士监考，谁都没有作弊机会。

应试的妇女们"交卷"后，由师傅逐一打分。因为名字缝在衣服里面，不知道哪件衣服是哪个考生做的。全部考生的分打完后，李桂莲才打开缝在衣服里的名字，当场公布成绩。

公布完成绩，李桂莲用广播告诉大家："凡是考上的，请把缝纫机留下。没考上的，请把自己的缝纫机抬回去。"

这话如同阵风狂猛吹来，"平湖"上顿起波澜。因为说话的人太多，李桂莲听不清大家都说了什么，但从众人的表情上，她知道"落选"的考生很有意见。

富有爱心和基层工作经验的李桂莲十分清楚，沙子只是缩小的石头。沙子扬在身上毫发无损，拳头大的石头则会伤人。人无完人，没考上的人心里难免有大石块似的阴影，要用爱将这些"石块"消化分解成"沙子"，这些"石块"带来的危险也随之分解。事不迟疑，一定要把小矛盾化解掉，别伤着乡亲们。

李桂莲又在广播中给大家吃了定心丸："这次没考上的同志，不要着急。以后我们服装厂业务肯定还要扩大，还需要更多的工人。今天录取的只是第一批，手艺不行的回家练练。以后我们还要招第二批、第三批……"

我现在描述当时妇女们争相报考工人的火爆场面，当今的人可能不理解。其实这个场面有其特殊时代的合理性。其一，当时农村一年到头见不到现钱，这是"刨穷根"的好机会；其二，在"工人阶级领导一切"的时代，这也是身份地位的象征；其三，赋闲的"锅台转"成为赚钱的帮手，助力家庭"打翻身仗"，怎能不兴奋？

即便现在招工，许多人也常常被20周岁至35周岁的年龄限制挡在工厂的大门外。而李桂莲招工，却只收进厂无门的农村妇女。

李桂莲兑现了自己的承诺，第一次招收工人85名，此后又多次招工。学生毕业没一点儿基础的，李桂莲便举办培训班。她接连办了四期培训班，培训一批进厂一批。

目标就像蝴蝶，你去追它的时候总是很辛苦，其实你只要种下很多花，蝴蝶便会自己飞过来。

伴随企业规模的扩大，企业声望的提升，企业的招工规模也跟着水涨船高。最多的时候，工人总数已达到1.5万人。

1979年10月3号，杨树房服装厂正式开工。

面对百余人的工人队伍，厂长兼党支部书记李桂莲激动地向姐妹们说："姐妹们，党的十一届三中全会的春风唤醒了我们，党的富民政策激励我们办起了这个服装厂，我有信心办好它，也有信心带领大家共同致富。我们大家要有决心改变自己的命运，我们只要齐心合力，不怕苦，不怕累，发扬艰苦奋斗、发愤图强的精神，我们的厂子一定会办好！"

第二天，李桂莲带领大家开展"大练兵"。请来大连皮口服装厂的戚科长亲自指导培训，有的人练带电的缝纫机，有的人练从自家带来的脚蹬"笨机"，练习做鞋垫、凳子垫、套袖、围裙和工作兜。练习了十几天，这批考试录用的工人基本上掌握了出口服装的技术要领，这才开始承做国营皮口服装厂承接的加拿大和日本伊藤万下的工作服裤子的订单。

工厂拉开了架子迎接一个接一个的困难，头一道大坎就是货源问题。

当时中国国有企业一家独大，"民营企业"几个字还在字典里卧着。1979年农民开办工厂，在全国范围来看都属于凤毛麟角。社会上许多人不认同，国有企业也瞧不起。李桂莲只好以"低人一等"的姿态去国企找活干，宁可让人家在利润上"扒一层皮"，可人家还是待理不理。好歹有国企"开了口"，却提出：你们工人的水平不行，产品质量不合格，我们的产品卖不出去，会砸我们牌子。给你们点儿活也行，但你们的工人要送到国营企业培训。

彼时国家有很多限制门槛，乡镇企业寸步难行，李桂莲只好依言行事。

尽管这样，做成衣的活还是拿不到手，厂子只能给国企做些套袖、凳子坐垫。可这总比没活干强。在制作标准上，李桂莲下了一道"死命令"："从人家手里要活不容易，我们一定要珍惜这机会，我们的活，一定要比国营工人做得好！"

李桂莲的世界是一片遍布向日葵的原野，那里满眼阳光，绽放希望。

她鼓励大家："万事开头难。我们先干着，打开局面后，我相信，活会很多很多。"

"打开局面"只是理想中的画面，现实怎么办？用现在的话形容，便是理想很丰满，现实太骨感。现状比想象中要残酷得多。尽管厂子做的都是些小来小去的活，可还要不来钱。国营企业之间周转速度缓慢，互欠三角债，李桂莲麾下的"下游"服装厂等不起呀，从1979年10月建厂到1980年1月，服装厂连续四个月都开不出工资！

每句话里都揣着嘲讽的议论声随之而起——

"一个农民，本来就是种地的，开什么工厂呢？"

"一个个老娘们儿晚上9点还不回家，不侍候老爷们儿，不管家人，不管孩子，都疯了吧？"

"干不了几天，服装厂肯定黄摊！"

上坡路起车

人生是座桥，两头都是路。

1980年2月，李桂莲从国营企业要回来一些加工款，又借了一部分，把以往欠的工人工资悉数补发，总算稳住了军心。

当时工人的月薪三四十元，在消费很低的农村已经算是"奇迹"了，这些"锅台转"们，出门连套不带补丁的衣裳都没有，哪见过这么多钱？手里接过一沓子钞票，妇女们个个笑逐颜开，有人高兴得直落泪。姐妹们很是感动，这多亏了李桂莲哪！她们感恩李桂莲，也心疼李桂莲。她们亲眼看着这位小个子女人整天都在忙碌，脸窄了，眼窝深了，姐妹们都很焦急。她们知道自己只是个裁缝，也帮不上什么大忙，便自发地组织起来："咱们把活干好了，就是帮李桂莲的忙了。"

这一提法，正好吻合了李桂莲倡导的理念："质量就是生命。"

掏出木头里的火，牵出躲在黑云后头的闪电，唤醒睡在石头皱纹里的风，让人生的希望在姐妹们的指尖上重逢！

"我们服装厂能不能办得好，走得远，权力在大家手里，"姐妹们已经习惯了李桂莲利用广播开会，"一件衣服有好几十道工序，哪道工序差了都不行，差一点儿都不行。我们从国营企业要来活，我们送去的衣服，一定要比国企干得还要好！我们一定要打出杨树房服装厂的牌子来，这牌子要在全县叫响，在全市叫响，在全省叫响。将来，我们还要在国外叫响！能不能叫响，质量就是我们的命根子。而这条命根子，就攥在姐妹们的手里……"

女工们特别要强，个个力争上游，生怕因为自己的手艺差拖了工厂后腿。偶尔有返工的活退回来，当事女工急得以泪洗面，不吃饭不睡觉也要做好活，把损失抢回来。

工人们经过技术上的严格训练和管理层的层层把关，杨树房服装厂的"牌子"渐渐有了名气。

弱者等待机会，智者创造机会，强者把握机会。

1980年6月，服装厂承接了一批2.5万件的棉衣订单，要求在60天内完成。这简直是不可能完成的事，时间太紧了！

眼下才有百余名工人，百余台缝纫机，差得太远了！

进则生，不进则退。我们这些端"泥饭碗"的人往哪退？再说，在李桂莲的人生词典里，从来就没有"退缩"二字！

抛开犹豫，李桂莲果断决策："我们下定决心，接！困难再大也要干！"

李桂莲通过公社广播站下发通知：杨树房服装厂要进行第二次招工。进行两天的考试，择优录取200名新工人，全厂员工翻倍、增加到300多人。

工人们从来没做过棉衣，用户要求高，制作的工艺难度太大。李桂莲专门召开一次全厂职工大会："我们这些人就是要创造奇迹，我们就是要干别人干不了的事！"

时值酷暑，天气炎热，动不动就是一身汗。李桂莲身先士卒，带领大家摸爬滚打，极大地激发了职工劳动热情，连续两个月，大家干在车间、睡在工厂，大家汗流浃背、昼夜奋战，像军人攻打堡垒那样勇猛拼搏。一起都憋着一股劲儿，没有一个人叫苦，年迈的母亲惦记女儿，到工厂看几眼就走；有的孩子整整60天，没有见到妈妈！

当2.5万件棉衣按期交货，外贸公司非常吃惊："没想到哇！杨树房这样一个农村小厂，太厉害了！"客户兴奋地拉着李桂莲的手："速度快，质量好！我们再有活，还找你们厂！"

1980年，这个厂龄才一年的小企业，奇迹般地实现加工服装产量18.7万件，实现工业总产值34.8万元，实现利润12万元。

你若坚强，生活中便有一条属于你的路。

1981年春节刚过，人们还沉浸在过年的喜庆氛围里，国营工厂大连第三呢绒服装厂王厂长登门拜访李桂莲，请求杨树房服装厂帮忙，加工美国客户的产品。

王厂长原来是皮口服装厂老厂长，现接任刚刚组建的呢绒厂。该厂工人多数是从农村回城的知识青年，不具备承制出口产品的能力。当时省外贸恰好接了个美国客户的西服生产订单，要求在三天之内做出160件样品。样品合格了人家就下订单，否则人家就离开大连去别处生产。

王厂长说："这几乎是不可能完成的任务。"李桂莲却从中看出了商机。一个"行"字出口，她立即组织技术人员和生产骨干昼夜赶制，每道工序都要保证高标准。

时间飞逝，每一分钟都是至关重要的。李桂莲不能阻止时间的流逝，但她要加快单位时间的劳动速度，让所有的秧苗多开花、多结果。

第三天上午，姐妹们按质按量地完成了样品！

李桂莲立刻联系外贸的同志，回话说美国客户正准备回国，如果在下午3点以前把做好的样品送到大连周水子机场，就能让客户看一下，如果来不及，机会就错过了。

"绝不能错过！"李桂莲果断地说。

当时这个乡下服装厂连辆汽车都没有，李桂莲当即向新金县第二工业局求助，借用局长的北京212吉普车火速出发，将条绒西服样品送到机场。那位蓝眼睛的美国客户看了样品十分吃惊，没想到样品做得这样好。他当即退掉机票不走了，并决定第二天要亲自到杨树房工厂看看。

消息传到工厂，职工们拍手庆祝，跳脚欢呼！

李桂莲却有点儿发愁，当时厂里没有食堂，没有卫生间，物质条件太差了。

李桂莲非常清楚，这不是普通的接待，而是涉及杨树房服装厂未来走向的重要接待。县市政府闻讯非常重视，安保部门做了严密的部署和安排。

闻知美国人以到私家做客为尊，简陋的服装厂又不具备接待条件，李桂莲索性在自己家接待这位美国客户，外贸公司的业务人员陪同。

当天下午，美国客户亲眼看了杨树房服装厂，他非常兴奋，向着车间竖大拇指，向着身穿白衣、头戴白头巾的女工们竖大拇指，向制作出来的衣服竖大拇指，连声说了无数次"OK"！并且当即拍板，将1.6万件条绒西服制作订单签在杨树房服装厂。

叩开了国际市场的大门，杨树房服装厂的声望和订单量同比大幅度提升，工人们的士气和积极性也似旭日东升，霞光灿烂，厂子的前景令人振奋。但是，李桂莲绝不是小富即安的人，她要迈上更高的台阶。但随着规模的扩大，各方的压力也随之而来。有时候，连几万块钱的买原料的钱都没有，财务人员去银行贷款，可是被拒之门外。李桂莲亲自去找行长，行长明明就在办公室，却让工作人员转达他"不在"。

"外边"无法提供支援，李桂莲只好向内部改革"要出路"。不能把习惯当标准，而是要把标准当成习惯。李桂莲打破"大锅饭"薪酬制度，实行计件工资，开始推行全面质量管理。提出"出类拔萃争第一，群体向上攀高峰"的口号，把客户满意当成"最高标准"。最终，工厂的产品实现了无一返修、无一索赔、无一拖期，打出了响当当的"信誉牌"。

在国营企业一家独大的时代，李桂莲像夜空上划过的一道闪电那样"刺眼"，她率领的"娘子军"，在客户中"叫响"了口碑，堪称一支"王牌军"。

有了梧桐树，才能招得凤凰来。长了钢牙铁齿，才敢吃下大单子。

一次，服装厂从外贸接了批"打样活"，要做丝绸衣服。丝绸布太软，既要掌控衣服的形体，还要精工细做，垂如尺量，弧线似月，针脚整齐若刀切，这就难了。

生活向来是你强它就弱，你弱它就强。人生有些选择题，无法回避，只能勇于做出抉择。

"姐妹们，我们必须迎难而上！"李桂莲又在广播中讲起来，"难度决定高度。活不难，也显示不出我们的真正水平。活不难，别人早就抢走了！能不能打开局面，为今后顺利拿下更大的订单铺平道路，这个做丝绸衣服的活至关重要！我们一定要把活干好，争口气！外贸的负责人说，谁家的活干得好，他们就到谁家看看。姐妹们，我们必须干好，争取让他们到咱大杨来看看……"

外贸召集了很多服装厂家开会，这个订单量很大，他们同时向多个厂家发出试制邀请："先做出样品看看，谁家干得好让谁家干。"

李桂莲当即召集全厂的技术人员，反复研究怎么做才能让丝绸料子不起皱，用什么方法做出的服装最漂亮。技术人员按方案做出样品服装，再把新技术的标准严格落实到车间里的每个工人。

又滑又软的丝绸好似在激流旋涡里流动的水流，又像摆动不定的金鱼的长尾巴……

工人们的手指尖灵巧地导向纹络，或顺手牵羊，或倒挂金钟，或力挽狂澜，或请君入瓮，将它们引上裁缝师早就谋设好的巢位，依序定居。

当李桂莲派人把丝绸衫样品送到外贸公司，客户眼前一亮、又惊又喜，兴奋得眉毛像翅膀那样飞起来："这是谁家做的？"

"杨树房。"

"杨树房在哪儿？"

"在农村。"

客户不相信："丝绸衣服做得这样精美很难很难，怎么可能是农村的厂家做的，你们一定搞错了吧？"

外贸公司的同志一再确认，客户决定亲自到厂家看看。

杨树房的服装厂条件太差了，连把椅子都没有，远道而来的客户只好坐在长条板凳上。可当手里攥着"生杀大权"的大客户看到简陋工厂挂起来的丝绸服装时，他顿时眉开眼笑，对外贸的负责人说："订单就下这里！"

那一刻，李桂莲眼窝潮润，她强行抑制着那颗快要跳出嗓子眼的心，礼貌而心平气和地向客户介绍服装厂的情况。正在忙碌的女工们比李桂莲还激动，好几位姐妹热泪盈眶。一次又一次练习，披星戴月地加班，家人的不理解，在此刻全值了！

临别之际，大客户告诉外贸负责人："这里就是样板。你要组织一下别的工厂，都来这里看看。"

这一建议果然引起了许多议论。

"什么？让我们去农村看样品？"

"我们堂堂的国营工厂，上农村去跟一帮家庭妇女学，有没有搞错呀？"

第二天，两台大客车，拉来100多人，到杨树房服装厂参观学习。

市里第一服装厂、第二服装厂和几家大型国营服装厂的领导和技术人员，悉数来取经。柏油路换成宽阔的黄沙路，宽阔的黄沙路换成窄泥路，车上的人心里五味杂陈。可当他们到了杨树房镇服装厂看到精美的丝绸产品时，瞬间一个一个眼放光芒，放下城里人的"大架子"，由衷地发出了赞叹。

简单亦化境，方寸也汪洋。

中午，李桂莲热情地留大家吃饭。歉意地表示农村条件简陋，可是端上来的全是应季的蔬菜，烀苞米、烀地瓜、烀土豆、烀茄子都上来了，这些新鲜的农产品让大家吃得兴致勃勃。客人们吃饭时也不忘赞扬杨树房服装厂制作的丝绸衣服，尤其那些抢眼的夹克衫"太好了"。这些挑剔的服装同行不吝啬把"很精美""没想到""出乎意料"等溢美之词，赠送给李桂莲和她的姐妹们。

好的产品果然赢得了广泛赞誉，杨树房服装厂生产的丝绸夹克衫，摘取"国家优质产品"荣誉。

专注力是对抗岁月的无穷力量。

从为国营企业做套袖和坐垫起步，到从外贸找客户，再到从客户中间商手中接活，又找到美国、日本企业，李桂莲率领她的企业一步一个台阶地拾级而上，从练手到独当一面，从探索到打出品牌，辛苦却从容，始终在市场经济波涛翻卷的汪洋大海中稳健地破浪前行。

李桂莲从来没有停止探索的脚步，在客户的认可和同行的羡慕中，她始终"超前半个身位"，引领企业小步快跑、大步不倒，奋勇冲浪。

没有任何参照坐标，有谁能像李桂莲那样怀揣着闪电和刺眼的光芒，让理想越过千山万水，带领姐妹们用手指歌唱？

为了适应更高的制作水准，李桂莲派人到大连服装研究所去学习，培养自己的人才。这是由于一次外人不知道的"教训"，给李桂莲敲响了警钟。有一次，厂子高高兴兴地接了日本青川客户的夹克衫单子，可开始具体操作时却看不明白客户给的图纸！李桂莲和技术人员把图纸铺在炕上仔细研究，可是一些地方还是弄不明白。手举在半空，不敢下剪子！

活儿是通过大连某单位拿来的，李桂莲担心如果去问人家，会被人家瞧不起，以后不给订单了。李桂莲心里很清楚，要重视每一单生意。第一单活干好了，以后就有第二个订单，第三个订单……

最终，李桂莲亲自去请瓦房店服装总厂的朋友帮忙，总算研究明白了图纸。

问题迎刃而解，这单活干得相当漂亮。技术人员提升了水准，工人练了手，工厂声望也水涨船高，效益又迈上了新台阶。

不是每一事都要算出来才有意义，也不是每一件事都能够算出来。任凭花开花落，不管潮跌潮升，心安然，阵脚不乱，在自己的节奏里才能稳健前行。

正当李桂莲要带领姐妹们迈大步向前进时，阴云却压顶而来。

一开始，李桂莲带领一群家庭妇女开服装厂，镇里的一些干部们瞧不起，横挑鼻子竖挑眼，怎么看怎么不顺眼。

后来工厂干起来了，前景一片大好，"紧箍咒"也越勒越紧。

其实，不少劳动的果实正被一些人扒进私囊。

镇里有人要伸长手臂管辖服装厂。每月工人开支的工资报表，都要上报镇里，镇里批了才能开支，不批就开不了工支。如果是正常管理倒也没什么，按规定走审批程序便是。可是事实并非这么简单。

人家的母鸡还趴在窝里，有人便惦记着分鸡蛋。

不断有人来找李桂莲，今天安排个亲属，明天安排个困难户，不同意就甩脸子。他们说出的每个字都如同陨石一样砸下来，这样的"陨石"一颗接着一颗，叫她怎么应付？

"突发事故"像晴天下起了"太阳雨"一样突然，令人毫无防备。

太憋闷了，李桂莲把门开个缝，半米宽的光亮像伤口一样卧在她的脚下。

为了工厂平稳发展，李桂莲即使心里十分生气，可也只好忍气吞声做出让步。可是，堤坝一旦有了裂缝，口子就很难堵住。安排了几个人后，这个来找，那个又来找，事情没完没了，性情耿直的李桂莲实在按捺不住，便直言回绝："我们招收工人都是要考试的。谁手艺好谁来。这么安排人，工厂还怎么干？再说，这里不是照顾人的地方，现在企业一步一坎、困难还很多，等我把企业干起来，再照顾这些人。"

事业还没有干起来，家乡这么穷，就有人捣乱。"别这样急着拆台，再给我些时间好吗？"李桂莲站在楼上眺望村庄心里很不是滋味，一座座屋舍那样陈旧，像缩着肩膀的孩子。

可是这难免会得罪一些人。管事的没有达到目的，嘴上不说便背后较劲、暗里刁难。服装厂的工资表报上来，便以各种理由压着不办，让工人发不上工资。厂子起步举步维艰，到开支日子不开，工人们便悄悄往不好的方面猜测，人心开始不稳。工厂在西边，镇工作地点在东边，服装厂财务人员频繁往返、"两头跑"，也无济于事。

有时候现实比小说更加荒诞，因为虚构是在一定逻辑下进行的，而现实往往毫无逻辑可言。

有人劝李桂莲："差不多就行了，别太突出了。古人讲，出头的椽子先烂。"

李桂莲说："出头椽子先烂，我先抹上臭油（沥青）防腐，心正不怕影子斜，我不怕。不干则已，干就干出样来，干就要干第一！"

1983年，服装厂干出令人振奋的成绩，加工费收入达到120多万元，实现利润30多万元。在当时，这是了不起的成绩。

这样出色的成绩，反而"引火烧身"。知道李桂莲不怕硬，有些人便背后小动作不断。

李桂莲生气万分,她直接去找新金县委副书记巴殿璞,怒火中带着委屈,说道:"巴书记,我从没向谁低过头,现在看,我干不了了!"

巴殿璞觉得事态的确很严重,李桂莲说的每个字都在理。这是以往不曾有过的。巴殿璞耳朵里塞满了李桂莲的故事:一块儿能扒两棒苞米,当大队书记也要身背粪筐捡粪,把16个生产队男队长管得服服帖帖。为了工作,把结婚的事都放诸脑后,连自己的婚期都"随便改"。

李桂莲和石祥麟结婚,先后改了3次婚期。第一次因市里开会而改,再订婚期,省里通知让她去沈阳做先进经验交流报告,婚期被再次延迟。第三次正式结婚当天,这对新人已经把结婚的消息通知亲友,正要举办简单的婚礼时,李桂莲闻听一位生产队长去世,便当即决定晚一点儿举办婚礼。她连忙赶过去,处理完丧事后,又急急忙忙赶回来,草草地进行了结婚仪式。婚礼简陋至极,李桂莲走3里路到男方家,晚上只是一起吃了顿便饭。婚后第二天李桂莲就正常工作,一天班没耽误。

我在前边说了,李桂莲才读到小学四年级就退学了。可她的演讲水平,却出类拔萃。巴殿璞在省城沈阳听过她的报告演讲,李桂莲能当着千余人的面脱稿演讲,故事精彩,语言优美,声音响脆,感情真挚。人们听得入迷,完全被她的声音所吸引。伴随她演讲的节奏时而跃上浪峰,时而跌进谷底,时而热泪滚滚,时而欢欣大笑……

巴殿璞后来才知道,无论多忙,李桂莲每天都要挤时间读书。读《青春之歌》《红岩》《红旗谱》等革命题材的小说,读新闻时事,也读马列著作和毛主席著作。许多毛主席的重要论述,她倒背如流。她还在阅读中记录令她印象深刻的部分,对着镜子练演讲口才……

把这样一个干啥像啥、能嚼钢咬铁、向来不惧硬的人逼成这样，问题一定很严重。

"先消消气，"巴殿璞亲自给李桂莲倒一杯茶递过去，态度鲜明地表示会帮她主持公道，"你不要不干，你都干出眉目来了，这时候不干多可惜？你不能向这些人低头，你要相信我能解决这些问题，我马上派人去调查。"

此浪刚平彼浪起

胸怀春光穿过暗夜，在眼泪里寻找笑容。

调查结果毫无悬念，李桂莲没有丝毫不当，只是镇里的一些人嫉妒、得了"红眼病"。该放权的不放，该批的不批，该管的不管，却又插手太多。巴殿璞书记相当生气，把镇里主要领导换了，组成新班子后，服装厂的工作立刻理顺了，如同卸掉绑在鸟儿翅膀上的铁坠。李桂莲带领姐妹们加快速度，向更高的目标迈进。

培养人才上要"提速"，产品质量要"提速"，工厂管理也要"提速"。"见到好的咱马上学。"成了李桂莲时刻挂在嘴边的话。

1984年，李桂莲第一次去日本，她惊奇地发现。"日本咋这么干净呢？"别的做不到，我们连干净也做不到？"从现在起就努力，十年做不到就二十年，二十年做不到就三十年，我们一定要赶上日本！"

李桂莲从管理层面对工人们提出新的要求，号召姐妹们从现在做起，从自己做起，注意保持环境整洁和卫生。几年后，日本企业家来到大杨树房服装厂，发现工厂里没一根线头，也没有保洁工。工人们自己就能收拾好自己的环境卫生。日本人连连赞叹："你们工厂太好了，太干净了！"

在李桂莲看来，干净不仅仅是环境卫生，而是一种上档次的管理水准。干净既是人们心理环境，也是精神水准，更是心理境界。一个向现代化国际化迈进的工厂，连"干净"二字都做不到，其他也很难做到。

工厂效益持续提升，李桂莲又瞄准新的目标，那就是要带领工人们实现共同富裕。工人工资要涨，还要给工人盖家属房。从那时起，李桂莲就开始用行动实现这一目标，工厂掏补贴，工人拿1万元，就能住上双室楼房。

厂房要扩大，设备要增加，生产品种要增多，质量档次要升级，销量要扩大。丝绸夹克衫获得国家优质产品奖还不够，还要有更多的品种拿大奖，拿全国奖，拿世界奖，更要打造自己的服装品牌，扩大产品附加值。

李桂莲格外忙碌，也格外兴奋。寻货源，抓技术，设计新产品，打开新市场，都要管，甚至要亲力亲为。为了工厂的发展，她再累也高兴。事业步入生机盎然的春天，"枝头"虽然多，可每个枝头都结着密密麻麻的春芽，这春芽就是未来的丽花和硕果呀！

李桂莲不光口才好，还天生有副好嗓子。无论多忙，每年她都要抽出时间，跟一起创业的姐妹们聚一聚（在我创作此文时，李桂莲已将"每年一次"的聚会传统持续了四十年）。李桂莲的视野、见识和水平，让姐妹们望尘莫及。但她们之间的姐妹情深却从未改变。每次聚会，李桂莲都要操起麦克风，主动为姐妹们献歌一首。在创业初期的20世纪80年代，她唱《双脚踏上幸福路》——

> 青幽幽的那个岭
>
> 绿油油的那个山
>
> 丰收的庄稼望不到边　望呀么望不到边
>
> 麦香飘万里
>
> 歌声随风传
>
> 双脚踏上丰收的路
>
> 越走心越甜　越走心越甜
>
> 来

得儿呀嘿呀哈依呀呦呦哦

越走心越甜

情之所至，歌由心生。李桂莲的歌声感染了姐妹，也激发了姐妹们的工作热情。大家知道，跟李桂莲在一起工作很舒服、不累心，不用送礼，不用请客，不用说客套话。就一条，"把自己的活干好就行"。

服装厂风生水起，声誉越来越高，引起海外企业的关注。

1985年，李桂莲麾下的服装厂迎来自创业以来最令人振奋的机遇，日本大名鼎鼎的蝶理公司，找上门来，成为服装厂的客户。此后好戏连台，日本两家最大的服装营销公司，排行第一的青山公司，排行第二的青木公司，也都对大杨树房服装情有独钟，先后伸出橄榄枝。两家公司的大老板亲自率领几十人的团队来大杨树房工厂拜访，签订了长期合作合同。创业时的上国营找活，做套袖、椅子坐垫的时代一去不返了，服装厂摆脱了以人家名义干活的束缚，也不用花大力气找中间商，工厂刚起步四年，形势就来了个颠覆性的变化，这都是李桂莲倾力付出的成果……

酒香不怕巷子深。小小的乡办服装厂名声在外，许多国外的客户也不远万里前来洽谈合作，工人们个个兴高采烈，每天都像过节一样开心。告别了发不出工资的苦日子，告别了向国企求援、商量、说小话做套袖和椅子坐垫的时代，工厂效益直线上扬……

站在新的里程碑，李桂莲瞄向更远的远方。正当李桂莲准备率领姐妹们再度发力，向更高更美好的目标迈进时，有些人的嫉妒和"红眼病"又死灰复燃，他们拿着"打击经济犯罪运动"的"尚方宝剑"，对服装厂施以重拳。

使人疲惫的不是长途跋涉，而是鞋子里的一粒沙子。

不管你多么真诚，遇到怀疑你的人，你就是满口谎言；不管你多么单纯，遇到复杂的人，你就是充满心机；不管你多么天真，遇到现实的人，你就是不切实际。

1984年3月26日，新金县派来了40多人规模的"经打工作队"，由陈家仁带队，浩浩荡荡地开进杨树房，来势凶猛。在动员大会上宣布"要长期作战"，不揪出"大地瓜"来，决不收兵！

他们当即抓走了乡党委书记、木器厂厂长和工程队队长等7人。

"盖子揭开了"，他们要把手伸向"大地瓜"，对服装厂进行明察暗访，发动群众检举揭发李桂莲……40多人板着面孔呼啦啦进驻工厂，轰轰烈烈地查账、调查。

人若没有高度，看到的全是问题；人若没有格局，看到的全是鸡毛蒜皮！

服装厂风声鹤唳、草木皆兵，"一切为调查组让路"。他们颐指气使，声张要严格查账，严肃处理。他们的"深入分析"有鼻子有眼，从喉头挤压出的声音，像鱼身上的鳞片，零碎，散发着腥气。

当真相在穿鞋的时候，谎言已经跑遍了全城——

"她李桂莲要是不送礼，厂子靠什么干起来？"

"现在只抓了些地瓜秧子，就剩'大地瓜'（指李桂莲）没抓了！"

"党委书记都抓起来了，李桂莲也没几天蹦跶了！"

每个谣言都有来头，这些谣言彼此勾连，便会派生出更多的谣言。

其实，喜欢在你身后说三道四的人，无非就三个原因：没达到你的层次，你有的东西他没有，模仿你的生活方式未遂。可现在，他们如此下死手，岂能以说三道四一笔带过？

原来一片大好的形势变得不明朗起来。

车间的姐妹们几天看不到忙碌的李桂莲，暗暗为她捏把汗。

这天，李桂莲又操起麦克风，用广播喇叭与大家沟通，先说了些产品加工的事，话题一转，亲和地说："姐妹们，大家只管干好手中的活，衣服做得好，就是对我的最大支持。"

心正人正脚也正，可为什么每走一步都像在过机关暗道？

李桂莲有一肚子话要说，可人家正在查你，她只能把汹涌奔腾的委屈咽进肚，痛苦一人担。

没人扶的时候，自己要站直。李桂莲相信自己没有错，相信她带的队伍没有错，相信她干的事业没有错。职工们也暗中议论："李厂长连我们送几个鸡蛋都不收，她哪是送礼、贪占的人哪！""整这样的人，丧良心哪！"

血雨腥风扑面而来，李桂莲和姐妹们的心是相通的。姐妹们格外担心，厂子垮了，好不容易得来的工作机会，难道会像一张纸一样被轻易揉皱成团？会像鸡蛋壳一样被立刻踩碎？在患难中，李桂莲和姐妹们共同听歌曲，表达心声的歌词和沟通心灵的乐曲成了连接纽带，把她们的心紧紧拴在一起……

最美好的生活方式，不是躺在床上睡到自然醒，也不是坐在家里的无所事事。而是和一群志同道合充满正能量的人，一起奔跑在理想的路上。

在广播里，李桂莲以跟大家谈心的方式，谈工作，谈生活，边工作边听李桂莲的广播，成为大家的一种习惯。现在，我选取一段1984年的、李桂莲在被"经打工作队"调查之前的广播讲话：

> 除了上班以外，我们提倡每个星期六尽量给大家一定的娱乐时间，还有一个想法没敢说，娱乐，到底是怎么个娱乐法？看电影是一方面，打球是一方面，我们还准备唱歌，现在还准备研究跳舞。咱们准备找几个老师来教咱们，但这个不能占用工作时间，我们尽量得给大家点儿时间。跳舞这个事，今年可能实现不了，看电影、羽毛球这些我们马上筹备。

年轻人越来越多，要让她们感到服装厂跟大家同呼吸、共命运，感到工厂有魅力、有意思，能留住人。关心住房和福利待遇，也要关心大家的娱乐活动，唱歌就是一个方面。李桂莲自己也喜欢唱歌，每次姐妹们相聚，李桂莲都要一展歌喉。有人邀请她唱她唱，没人邀请她主动唱，唱歌也是拉近感情的重要一环。

我采访时，好几个人告诉我，李桂莲不同时代都有不同的代表性歌曲。20世纪80年代，她唱《党啊，亲爱的妈妈》，唱《双脚踏上幸福路》，90年代唱《牡丹之歌》，而后唱《同一首歌》《懂你》。

一个人的涵养，不体现在心平气和时，而是在心浮气躁时；一个人的理想，不彰显在风平浪静时，而是在众声喧哗时！

石头再重也压不住春笋拔节。在接受"经打工作队"查账的日子里，没有时间聚集职工们在一起开大会，也不方便在广播中讲更多的话，李桂莲便用广播与姐妹们沟通，播放牵动心绪、拨动心弦的歌曲。现在一肚子话没处说，那就用歌声来交流吧！

局外人怎么会知道，在服装厂，这些裤脚上还带着原野芬芳、离歌唱专业十万八千里的妇女们，她们怎么会为一串音符倾倒？

非常时刻，那一句一句动情的歌词，像一串串只有她们才能读懂的密码，以特殊的方式搭建桥梁，让她们心意相通。

歌儿一首接一首，看似不经意安排，实则井然有序。前锋、后位、中场，穿插配合。左边锋右边锋各司其职，指挥的一声喊，犹如一记凌空长传，落点准确。

《党啊，亲爱的妈妈》饱含深情：党啊党啊／亲爱的党啊／你就像妈妈一样把我培养大／教育我爱祖国／鼓励我学文化／幸福的明天向我招手／四化美景您描画……

工人们听了这首歌，内心便有一股股暖流冲荡，姐妹们相信党，也相信厂长李桂莲……

《双脚踏上幸福路》，每句歌词都说到大家心里，句句都给姐妹们增添力量。现在，姐妹们正奔跑在通往幸福的路上，谁也不能阻止！

《牡丹之歌》催人泪下：啊牡丹／百花丛中最鲜艳／啊牡丹／众香国里最壮观／有人说你娇媚／娇媚的生命哪有这样丰满／有人说你富贵／哪知道你曾历尽贫寒／啊牡丹啊牡丹／哪知道你曾历尽贫寒……

姐妹们听得热泪盈眶，这分明在唱李厂长啊！

那首《我热恋的故乡》更亲切、接地气、贴心贴肺：哦哦／故乡故乡／亲不够的故乡土／恋不够的家乡水／我要用真情和汗水／把你变成／地也肥呀水也美呀／地也肥呀水也美呀／地肥水美……

这些动听而富有深意的歌曲，懂的人自然懂，不懂的人再多解释也难以理解，有些故事只能说给懂的人听。

在黑云压境、大举查账的日子，李桂莲的情绪像被踩在地上的秋叶，当即听到自己身体发出的碎裂声。但她要稳住姐妹们的情绪和干劲。于是，她每天都要播放这些歌曲，把自己的心声融化进歌声中。姐妹们深受鼓舞，每句歌词都能"推一把"，每个旋律都能拧一下"干劲儿发条"，一首歌就是"一把火"……

李桂莲坚信诗人普希金的话：假如生活欺骗了你，不要忧郁，也不要愤慨！不顺心的时候暂且容忍；相信吧，快乐的日子就会到来。

来势汹汹的"经打工作队"把李桂莲"挂起来"，让她"靠边站"，可是服装厂在这样的恶劣气候下，生产丝毫没有受到影响，一切正常。怎么会这样？劳累和失眠这两个原本水火不容的东西，竟然紧紧抱在一起。李桂莲告诫自己，必须挺住！一定把全厂干部职工团结起来"争一口气"，要比以往任何时候都更加坚强！像什么事情都没有发生一样，各项生产指标超额完成，生产形势蒸蒸日上。李桂莲顶着沉重的精神压力和生产压力，依然坚强地傲然挺立！

"查账"二字导火索，要引爆这家突然"成气候"的工厂。这支"经打工作队"显然是有备而来，李桂莲则是他们唯一的"打击对象"。

那些账本上的字，像一群一群幼儿园的孩子，睁大吃惊的眼睛，不知道发生了什么事。每个数字都冰清玉洁，如同庄稼嫩苗那样整齐地排列着，却被一双双带成见的"脏鞋"踩踏得东倒西歪。传票的角边翻烂了，像穿着被扯坏外皮、露出棉花的鞋。

这里面的水太深，工人们插不进脚。他们心急如焚，痛如刀绞……

服装厂被新金县"经打工作队"整整查了三个月，把所有数字都揪出来、反复检查，可就是没有发现任何问题。

工人们听了十分高兴，可这高兴像夜晚卡车的灯光，亮了一下，又被巨大的昏暗吞没。有人恼羞成怒，提议"杀个回马枪"，进行第二次查账。工厂的财务人员向李桂莲汇报："看那架势，不查出问题，他们不会善罢甘休。"

哪有什么心静自然凉，明明是心凉了整个人自然就静了！人生就像蒲公英，看似飞得自由，却身不由己。

"查吧！"李桂莲愤怒了，"这次再查不出毛病，不给我个说法，我是不会让他们就这么折腾的！"

李桂莲清楚，鸟儿花两个月时间衔枝筑巢，风的手用两秒钟就能一把撕碎。

夜深深，李桂莲睡不着觉，一个人走出屋子，仰望夜空。星星像倒扣的扎满窟窿的大锅，一闪一闪的光亮射出锅外。被昨天的雨水洗过的一弯新月，像只澄绿的眼睛，从4月的天幕上窥视着人间。

第二天，北京《人民日报》的记者雷进同志来采访，得知实情后他直言道："这么个查法，不太正常。"

这位正直的记者实在看不过眼，决定要写篇报道，他去找普兰店新上任的书记："我觉得工厂不错，你们派这么多人去查，请说说是出于什么原因？"

书记回答道："我们正在调查，事情怎么样现在还没有结果，我不希望你报道这件事。"

可雷进坚定地说："我觉得服装厂干得很好，不会有什么大问题。你不同意报道也没关系，我回去发内参。"

人所共知，雷进的话柔中带刚、绵里藏针，"内参"的影响更大。因为只有高级领导干部才有资格看"内参"……

《辽宁日报》的记者赵桂兰来到杨树房镇后，深深被李桂莲的创业精神所感动，采访全程都带着真切的钦佩。赵桂兰回到省城沈阳，笔蘸饱满的感情，迅速赶写出通讯《女企业家李桂莲》。这篇通讯发表于1984年6月23日《辽宁日报》，并占据了头版头条的醒目位置，标题左上方还附有一张清晰的李桂莲肖像，文章右下角配一张李桂莲在车间指导工人精工制作服装的照片。

赵桂兰在大标题下的导语中介绍：这位36岁的女同志是新金县杨树房乡服装厂厂长。她有胆有识，治厂有方，锐意改革，艰苦创业，生产出第一流的服装。四年来，共向美国、日本、加拿大和香港地区的十五家客户出售服装105万件。无一索赔、无一退货、无一返工。1983年总收入120元，实现利润30万元，工人年平均收入1100元，今年生产更加欣欣向荣。

岁月已经在这张报纸上留下痕迹，洁白的纸张已经发黄，纸质也很粗糙。当年手捡铅字的印刷技术尽显劣势，有的字迹着墨不均匀、清晰度差。但我感觉每个文字都笔直地挺起脊梁、掷地有声，展现了当时媒体为民请命、扬善抑恶、敢于担当的英雄气概，也展现了女记者赵桂兰和她的同行们的集体风采。时光穿越三十五年，我感觉这些文字是活的，它们会呼吸，会跳跃，有朝气，生动地记录了那个时代鲜活的事迹和个性鲜明的人物——

在新金县东南，离海不算远的地方，有个土生土长的杨树房服装厂。它是五年前由80名"撸铲杠"的妇女，带着自个儿的缝纫机，凑合到一块儿，干起来的。现在已发展到500多人，成为拥有各种服装设备200台的乡办企业。当然，跟国有大工厂比，人家是"大鱼"，它不过是只"小虾"。可是，这只"小虾"如今却游过大海，并且创造出有些"大鱼"还没有达到的纪录。

在产品竞争的赛场上，用户是最公正的"裁判"。有一次，美国一家服装公司的代表，对为他试制丝绸夹克的中国几家国营厂提供的样品，都感到不理想，唯独认为杨树房乡服装厂做的符合他的标准要求。这位外商特地来到这个厂，当他看到生产出他所要求的、光是衣面就需要56条料组成的夹克衫的，竟是这样一个厂房陈旧、设备简陋的小工厂时，不禁感叹地说："我宁可七天来杨树房一次，也不天天在市（大连）内转。"据此，外贸部门就把这批活的一部分，安排给这个厂干了。杨树房乡服装厂在有关部门帮助下，四年来共向美国、日本、加拿大、法国，中国香港等7个国家和地区的15家客户，出售服装105万件，无一索赔，无一拖误，无一返工。

李桂莲，这个只有小学文化程度的女厂长，是杨树房乡服装厂的创始人，并同服装厂一起成长起来。她今年36岁，身材瘦小，但很结实。一只因白内障几乎失明的眼睛，并没有妨碍她目光四射，时刻注视着国内外新的技术潮流。她让全厂跟服装研究单位"结亲"，了解世界服装变化的动向。她的眼睛不仅望着国外，也盯着国内市场。有时她利用外商提供的样子，洋为中用。有时根据国内市场需要，在服装设计上加以改动，做到"青胜于蓝"，成为国内的畅销品。编号为480的女夹克衫，就是这样的产品，在哈尔滨一露面，立刻被抢购一空。

几年来，李桂莲在管理的"海洋"里，成为"游泳"的能手。她把全厂的质量目标定为8个字："客户满意，出类拔萃。"意思就是以客户的满意作为质量的最终检验标准。在出口上要名列前茅，超越所有竞争对手。在服装质量标准上，"国际"和"客标"要求95分为优质产品，她规定厂里要达到96分，高出一分。这是一个令人钦佩但又不禁令人咋舌的高度。如何能保证厂长属下的服装"运动员"，都顺利地跳过这个"高杆"呢？她的办法就是训练从严，管理从严。

李桂莲不是一个技术专家，但却是技术力量成长的栽培者。她把职工进行全面的技术培训作为全厂的战略方针。每年她都不惜花钱派出一些技术骨干，去大厂和大连服装研究所进行技术深造。全厂每年还停产七天到半个月，进行全员培训。规定旷学如同旷工，考试成绩优秀的晋级。把学习技术同争全厂荣誉、同工人切身利益筋骨相连，这样谁不努力学习呢！去年经过技术理论和实际操作考试，晋升一级的有40多人。由于从严培训，几年来全厂平均技术级别由建厂时的不足三级，达到四级以上的水平。

这个厂，从李桂莲到工人，从"一线"到"后勤"，都有明确而又详细的质量管理职责和奖惩制度。该奖的奖，该罚的罚。不论远亲近邻，都一视同仁。李桂莲曾罚过在质量中出错的自己外甥女和一个副厂长的女儿。去年，还罚过同她共事多年的老战友、分管质量的副厂长100元。同时，她对质量上一丝不苟，精益求精，有革新精神的，都是大会小会表扬，不惜重金奖赏。对万件不出一件返修活的工人谭金玲，不仅给她晋升一级，年终又奖给50元钱。新提拔的女副厂长于金玲，责任心强，设计的服装款式有3种畅销，年终奖发给这位副厂长200元。这种奖惩分明，再加上在奖金上"车间不拉平，个人不封顶"的做法，充分调动了职工的积极性。今年年初，这个厂子的废品库不慎起火，工人们闻警前去救火，火灭后离下班只有一个小时，人人都是脸上挂泥，衣服湿透。尽管如此，工人们回家洗脸换衣服，又回来上班了，整个车间一片灯火辉煌，生产照常进行。

如今，李桂莲的声誉已越出县界、市界。但是，当她会见来人时，总是说："没有上级部门的支持，没有皮口服装厂、大连第三呢绒服装厂、大连服装研究所、大连服装公司和外贸单位的帮助，我们不会有今天。没有几位副厂长的同心努力，我一个人也不行。"这些都是事实。但不管怎么说，没有她，就没有服装厂的昨天和今天。仅去年，这个厂总收入就达120万元。今年的生产更加欣欣向荣。她不愧是一位不断创新的新型女企业家。

看了这张旧报纸，我也心潮激荡！我真为当年《辽宁日报》的记者、编辑和决定发稿力挺李桂莲的领导而感动，他们顶着巨大压力，不仅发表了记者赵桂兰的文章，还精心打出了一套"组合拳"，"三文一画"一起发，立场坚定、旗帜鲜明地支持改革者，支持正义，保护负重前行的企业家。

这个"组合拳"由四部分组成，"主拳"为《女企业家李桂莲》，准确定位；"左手勾拳"为"本报评论员文章"，标题很抢眼：《这篇文章为什么压了三个月？》；"右手勾拳"为赵阜的文章，标题就"定了调"：《我们照走改革的路》；"下手勾拳"是一幅漫画，作者叫张正倜。此画转载于《工人日报》，画面生动形象：斜线的瀌风雨中，一位男人正弯腰用带三脚架的照相机取景拍照，机身上写："改革"。拍照人身后有一位穿制服的男人弯腰驼背，给拍照者打雨伞，画面中写：爱护人才的领导。

省级党报在头版头条位置隆重推出这个"组合拳"，在"众说纷纭"中旗帜鲜明地表明了态度，具匡扶正义、扭转乾坤之力。

我不知道当时记者和编辑之间发生了怎样激烈"对撞"，部门负责人和主管发文的领导之间发生了怎样激烈"对撞"，更不知道领导间怎么激烈"对撞"，领导班子会上有过多少激烈的争吵，最终勇敢的"一把手"还是一锤定音，打出这组至今仍有现实意义的"组合拳"。

《这篇文章为什么压了三个月？》全文如下：

《女企业家李桂莲》一稿，几经周折，今天终于见报了。这篇报道写成于三个月前，可是还没等到发表，对于李桂莲的各种流言蜚语乃至诬告就随之而来了。"行贿受贿""损公肥私""请客送礼"等帽子，一顶又一顶地加在李桂莲的头上。于是，这位锐意改革而且很有才华的女厂长，竟被列为"经打对象"，"挂起来"长达两个多月之久。后来，县委于6月上旬派出专人清查，结果只用七天，就真相大白，证明密告纯属乌有。女厂长的不白之冤，终于得以澄清。

这场不算大的风波，再一次提出了当前改革中一个迫切需要解决的、带着普遍性的问题：如何保护改革者？现在的情况是，有些企业连年亏损几十万，几百万，无人过问，无人追查，企业领导人照样可以当他的"太平官"；然而，一个小小的乡镇企业，通过锐意进取一年盈利几十万元，厂长却遭到可叹的命运。实在是太不公平了！如果厂长确有问题，当然应该查究，现在的问题是，有些锐意改革之士，只要做出一点儿成绩，各种各样的非议就接踵而来，"事修而谤兴，德高而毁来"。而有些领导部门听到这样那样的"反映"，就不分青红皂白，一下子将其列为什么"对象"。如果查不出什么问题，也不给做出负责任的结论，就"挂起来再说"，使改革者进退不得，使企业蒙受不应有的损失。是不是问题复杂得非"挂"不可呢？许多情况下并非如此。被"挂"了两个多月的李桂莲的"问题"，一较真，不只用了七天就查清楚了吗？这种不正常的状况如不迅速改变，改革者怎能甩开膀子去开创新局面呢！

为了保证改革的健康发展，我们必须同不正之风和各种违法乱纪行为做斗争。这是不能动摇的。但是，在开展斗争中，一定要区别哪些是进行改革和搞活经济所必须采取的措施，哪些是必须纠正的不正之风和违法乱纪行为，不要把两者搞混淆甚至颠倒了，伤害进行大胆改革、搞活经济的同志。这就要求各级领导同志，认真学习党的经济政策，冲破"左"的思想和旧的规章制度的束缚；同时，也要认真调查研究，辨明事情的性质。只有这样，才不至于把符合党的方针政策的事情当作违法乱纪行为，把真正有抱负、有才能、有贡献的改革者当作"经打对象"。

这篇"本报评论员"的"左勾拳"出拳很有力量，扶正祛邪令人振奋，《辽宁日报》"还嫌不够"，赵阜又打出"右手勾拳"《我们照走改革的路》——

"改革者多磨难"，这是许多同志发出的感叹。只要改革者做出点儿成绩，各种非议和责难便接踵而来。真是应接不暇、防不胜防！

别的不提，单就我们辽宁省来说，包括王泽普、李闻、李桂莲在内，有谁没遭受过非难呢？有的属于"闲言碎语"，有的则是"流言蜚语"，更有甚者，简直就是"秽言恶语"了。

面对这种情况，怎么办？立志改革的同志们，拿出勇气来，坚决顶住它。你要坚持改革，总有人要议论你。有的同情你，支持你，有的则反对你，诋毁你，可是我们总不能按照别人的议论过日子吧！真正的改革者不因别人的赞誉而得意忘形，也不因别人的非议而垂头丧气。

　　"走你的路，让别人说去吧！"这是中世纪意大利著名诗人但丁所作的《神曲》中的一句话。马克思用它来作为《资本论》第一版序言的结束语。我愿意把这句话介绍给锐意创新的改革的同志们。不管别人议论什么，我们照走改革的路，一直走下去，直到"四化"大业告成！

　　《辽宁日报》的这个"组合拳"惊天动地，一下击退了笼罩在服装厂90多天的阴霾，产生了巨大影响。在赵桂兰的文章发表的当天，中央人民广播电台的《报纸摘要》节目播放了这篇通讯。服装厂的职工们听了通讯个个欢欣鼓舞，跳哇唱啊欢呼哇，几挂鞭炮噼啪噼啪震天响，在天空飘起一片彩霞，庆祝胜利的欢歌也争相唱响。

　　如果你躲在阴影里，有什么资格说太阳对你不公平？

　　再好的遮掩，都无法抵御真相。

　　第二天，气势汹汹的"经打工作队"悄无声息地撤走，一切诬告也随之灰飞烟灭。上级立即给服装厂正名，恢复了李桂莲和服装厂的名誉。

　　痛定思痛，上级调整了新金县领导班子，作风正派、业务娴熟、支持改革的巴殿璞同志担任新金县县委书记，在正确决策的影响下，新金县攀上经济发展新峰，杨树房服装厂从此迎来了艳阳天。

　　格局是憋屈撑大的！

　　这些伤在李桂莲的身上，就像落在鹅毛上的水珠一样，一抖就没了。

　　李桂莲和她的工厂虽然逃过劫难，可教训却令人警醒：这次波折时至今日，仍具现实意义。回首辽宁经济滑坡、影响力下降、声望下降的日子，尽管其中的原因是复杂的，但可以确定的是，其中一些左右经济发展思路的干部，是脱不开干系的。打个比方，有的地方引进项目，要"凑够10个项目，才开一次会研究"，这样的效率，要误多少事？再打个比方，一些领导掉个树叶怕砸坏脑袋，以乌纱帽为"第一要务"，凡事用是否影响自己的乌纱帽为"尺子"量一下，许多该做的工作便"量了下去"，毫无担当精神。明明在保护个人的私利，却竖起"万无一失"的挡箭牌，只要有一点儿"不把握"，此事便搁置不办。要知道，为了这个万中之"1"，却影响了9999哇！

勇敢的人不是不害怕，而是战胜了害怕继续前行，闪亮的人生不是未经黑暗，而是在黑暗中也努力燃起一道光。

世界上只有一种英雄主义，就是看清生活的真相之后，依然热爱生活。

四十年时光转瞬即逝，时间已经证明，李桂莲热爱国家，热爱人民，以清风气正、大刀阔斧发展民族企业的领袖风范，以领先国际潮流的产品和超前的管理理念成为在世界上赫赫有名的企业家，为国争光，为民创富。

把时光翻回到1984年，由于小人诬告，已经把李桂莲"挂起来"两个月！如果没有《辽宁日报》逆向前行、迎浪而上，"侠客"般扶弱助力，及时打出这套"组合拳"，李桂莲和她的企业早就一命呜呼！

我在此有感而发，慨叹那些没有遇到赵桂兰一样疾恶如仇、负责任的记者，负责任的媒体而"冤死的"企业家和他所领导的企业的命运。

历史总是惊人的相似，李桂莲的个案带来的教训，不仅是属于她同代人的，也是属于前人和后人的。如果不吸取教训，同样的情形也会在当今和后代们身上反复重演。

时代在发展，科技在进步。但别忘了，人是一切社会关系的总和。如果正义缺席，邪气当道，任凭小人扯后腿，必然会开社会的"倒车"。李桂莲和她领导的工厂当年"命悬一线"，如果没有负责任、敢担当的媒体"冒险"出手，"引爆"社会关注，早就悄无声息地被掩盖了。

只有流过血的手指，才能弹出世间的绝响。

这次近乎死里逃生的磨难，非但阻止不了李桂莲大步前行的脚步，反倒让她从另一个角度升华了思想境界：万物皆有裂缝，那是光照进来的地方。

"讲话不用稿"

人生的第一步向哪迈，往往取决于教育。而父亲和母亲，则是孩子的第一任教师。

向善、向爱、向美，是人们永不过时的追求。

孩子的模仿力极强，父母则是"第一模仿对象"。孩子们或优或劣，与父母脱不开干系。这既是血缘遗传，也是行为学遗传，更是"环境遗传"。但我并不完全赞同"适者生存"，因为有时候这是对自己无能的一种开脱。一方面，或许真理在少数人手里；另一方面，许多无原则的"适应"，是对无力改变的环境交了白卷、举了白旗。

诚然，人在弱小的时候，只能选择"顺应"。

哪个孩子出生前能选择谁是自己的父母呢？而父母的一言一行，却能左右孩子。

当代中国，为什么"英雄枯骨无人问，明星家事天下知"？为什么孩子们追星成风、争当"网红"？为什么追逐"来钱快"、一心向利、笑贫不笑娼？原因复杂，不是几句就能说清楚的。但有一点却无可否认：父母对孩子的错误观念的形成负有责任。

我在前边描述过，李桂莲的父亲对她影响很大，人生的重要阶段，李桂莲都有父亲的"言传身教"。在李桂莲7岁时，父亲的话便影响了她一辈子："鞍山有个杨大姐，打游击时使双枪。做战前动员和战后总结，非常鼓舞人。她口才好，讲话不用稿。"

7岁的李桂莲非常崇拜这位"杨大姐"，一心想要见到她。长大后的李桂莲当上辽宁省劳动模范，并在沈阳如愿见到了"老劳模"

杨大姐。

"讲话不用稿",既是对口才能力的考验,更是对智力的考验。

想要真正了解一个人,只要看他怎样利用余暇时光就够了。

只读到小学四年级的李桂莲,四十年来"天天看书",把学习当作"天大的事",像粮食、空气和水一样,"一天都不能少"。她把刻苦学到的东西应用到脱稿讲话上,生产队妇女队长、生产队长、大队书记、镇党委书记,既是职业、重要工作,也是她"练口才"的舞台。无论什么场面,什么议题,李桂莲向来"讲话不用稿",每次都赢得暴风雨般的掌声。

我粗略查了查,她的讲话最长的达到上万字,最短的也有两三千字,四十年来,这样的"脱稿讲话"竟然超过百万字、300多篇!

我仔细研究了李桂莲的多篇讲话,由衷地钦佩!篇篇讲话逻辑严谨,思路清晰,重点突出,观点时尚、超前,遣词造句十分精彩,情感丰沛,文字极其优美!

现在,我将李桂莲通过广播播出的2005年元旦献词原文呈现给读者们——

闻鸡起舞 迎接挑战 继往开来 再创辉煌

全体员工同志们:

你们好!

在新年的钟声即将敲响之际,我代表公司党委和董事会向你们道一声真诚的祝福:愿一切美好的祝愿与你们同在!

同志们,具有历史意义的2004年即将过去,这一年是大杨集团三年战略调整的最后一年,这对大杨人来说是不同寻常和非常难忘的一年。

这一年,我们新扩建的厂房已经交付使用;我们更新改造的新设备已全部到位；录用和培训的新员工也已分批分期陆续上岗；我们的幸福工程已经让员工得到了实惠；我们锁定的目标市场、目标客户已经发酵，比我们预想的还好，三年调整革新的成果也已经显现。

2004年，尽管国家宏观调控给我们带来了重大考验，国内外市场竞争激烈，我们大杨集团在各级政府的支持下，在全体员工的共同努力下，提前两个月完成了全年的经济计划，为迈进2005年打下了坚实的基础，这非常难得、非常值得庆贺！在此，我代表公司党委和董事会，向关心支持大杨的各级政府和有关部门表示最衷心的感谢！向全体员工和家属道一声：你们辛苦了！谢谢你们！

2004年，最令人难忘的，是我们共同欢度了大杨集团创建二十五周年的庆典，我们以二十五年的奋斗和辉煌的业绩，向世人展示了大杨的实力，展示了可爱的大杨员工团结奋斗的精神，展示了大杨特立独行的企业文化，那欢乐的场面，荡漾的激情，至今仍令人记忆犹新，无法忘怀。

2004年大杨闪现最耀眼的一个亮点，就是和谐。在以人为本、科学发展的战略指导下，构建了一个和谐的大杨，使人与人之间、企业与企业之间、部门与企业之间、干部与职工之间，从来没有像今天这样、团结一心、互相帮助、互相学习，像一个温暖的大家庭一样。和谐工作、和睦生活，已成为大杨人的共识和行动准则。古语说"家里不和外人欺"，"家和人和万事兴"。大杨就是我们员工养家糊口、赖以生存的"家"，大家只有团结起来，围绕一个共同的目标去奋斗，我们这个家才会有好日子过，才会幸福，这是我们的缘分，也是我们历经多载的磨炼的成果，迎来现在局面实属不易，只有我们好好地珍惜她，这个家会给我们和我们的后代创造更加美好的新生活。

回首2004年，它不但带给我们二十五周年庆典的欢乐，更给成功的大杨人带来了二十五年的文化积淀，带来了三年调整，为迎接国际经济一体化打造了理想的大平台。我们用这个大平台点燃了一个新的梦想，铸就了一个新的传奇。

同志们，2004年即将过去，充满希望和变数的2005年也即将到来。在这新旧交替之际，我百感交集，思绪万千，我们这艘已航行了二十五年的船，将怎样驶向未来，我充满期待。

2005年，将是中国融入世界的极不寻常的一年，对于纺织服装企业来说，这是一个后配额时代，对于整个中国经济来说，我们将步入加入WTO后市场彻底开放的后过渡时期。随着国内外市场的彻底开放，一方面带来了无限商机；另一方面，各行各业都将面临全球范围内国际强势集团更加猛烈的冲击，面临着更加凶悍残酷的重新洗牌。远的不说，看一看我们身边饱受冲击的家具业，看一看一夜之间濒临全行业亏损的大豆业，再望一望已展开全面并购厮杀的零售业及磨刀霍霍的汽车业。回头再看看全世界的纺织服装业，"中国威胁论"和"国际贸易保护主义"越演越烈，欧美日等国纷纷立法，调整政策，多管齐下对我国纺织服装出口进行立体限制。"原产地规划"改变、特保条款实施、反倾销、海关禁令、生态标准、社会责任标准等一系列非配额设限，随"伊斯坦布尔宣言"铺天盖地而来。而美国也将在2005年1月1号对中国纺织品进口进行再次设限表决，并且通过美元贬值的手段，从并不富裕的中国人手里"抢钱"，刚刚打开的世界之门，放眼望去，荆棘丛生，坎坷不尽！

再看国内方面，一方面棉花等原材料涨价，人民币面临升值压力，电力能源的紧张，部分地区工商关系失调以及纺织服装业投资过热引发大量中小企业的无序竞争，加大了行业的成本，削弱了竞争力；另一方面，长三角和珠三角地区，以产业集群和优化的产业流程上下游配套，正在抢占更大的市场份额。与此同时，国外纺织服装巨头，也加深了他们在中国的布局。可以说，2005年的中国纺织服装行业，充满变数，机遇和挑战并存。

仔细想一想这"千军万马过独木桥"的局面，我们更该提升警惕，随时准备应对挑战。走新型工业化道路，提高企业的整体核心竞争力，逐步发展自主品牌已成为当今纺织服装界的生存发展之本。

"以人为本，科学发展，团结奋斗，回报社会"是我们大杨集团的发展方针、发展模式和发展文化。这其中，我们始终以健康的忧患意识，以稳健的经营哲学，以平衡的发展模式作为科学发展的前提；以高品质、高效率和高效益的专业化管理模式建立我们的企业体系，以客户为中心建立我们的营运系统，以彻底的国际化为我们的企业发展方向。正是依靠科学发展，我们才通过了一道道难关。

2005年将是发生巨变的一年，这些变化将开启一个崭新的时代，这个时代是一个比企业的综合竞争力的时代，而不是一个仅仅比产品成本，或是产品综合优势的时代，也不仅是比市场拼杀速度和相对优势的时代。这个时代，仅靠优秀的产品策略、市场营销策略及其他我们已有的优势是不够的，要靠企业综合的竞争策略，要靠企业整合的管理优势，要靠全行业的价值链重组；要用最先进的信息管理工具，要用最科学的管理思想，要用最优化的重组资源，最简化的流程，最清晰明确的服务，来满足顾客的要求，满足我们的上帝。一句话，要建立一个立足在信息化和全球化基础上的全新的管理思想、管理组织、管理流程、管理工具，让每个人都能够在这个组织中找到自己的空间和位置、发挥自己的能量，并培养一批全新的管理者。

为了迎接这样一个时代，我们每个人都要重新审视自己的现状和未来，摒弃小富即安、满足现状、不思进取、心胸狭隘甚至互相嫉妒的传统小农思想。因为我们要做的事业是打造世界级大公司，我们必须从头开始，重新学习，拓展个人和企业的发展空间，通过技术水平和管理水平的提高，全身心地融入世界经济的滚滚浪潮之中。

2005年，我们的八项任务已经明确，我们将抓住全球经济大洗牌给中国带来的战略性机遇，以完善的制度建设为中心，全身心地创建世界高级男装的加工基地，抢占后配额时代的制高点，通过立式生产、目视化管理、技术创新、管理体系的整合，向世界一流服装企业进军。一旦跃上这个大台阶，前面将是海阔天空，而如果不能在这场生死较量中获胜，后果将无法想象。所以，对于2005年，我的心情可以用8个字来形容：忐忑不安，无限期待。

为此，我们提出技术创新、管理提升的理念，要通过核心技术的不断研发，管理方式的持续提升，完善生产订单管理模式，通过精确的信息化管理体系、完善产前准备工作、完善质量控制体系，通过全体员工的高效高质的工作，满足客户不断增长的需求，提高核心竞争力，我们还要挑战九小时工作制，夺回星期天，让员工有更多的时间去学习、去休息、去娱乐，去享受人生的美好，感受大杨这个大家庭带来的满足与幸福。

我们还将通过员工的幸福工程、学习工程，继续构建和谐的大杨、搭建学习型的组织，让无边界的理念深入人心。在这样一个高速发展的时代，每个人每天都面临着学习的压力，如果你不想被这个时代淘汰，只有抓住一切机会给自己"充电"，否则将很快面临知识和经验的枯竭，面临加速折旧带来的提前退役。

同志们，做好2005年的工作，将不仅仅是完成几项任务，实现几个目标的问题，它更关系到大杨未来二十五年的大战略。这样复杂而又艰巨的任务，没有全新的管理团队是很难完成的。古语说，"十年树木，百年树人"，经历二十五年风雨洗礼而全新的大杨，是该发生改变的时候了。我们要把我们自己培养的新生代管理团队，推到经营管理的一线，让他们现代化的学识、全新的思维、多年在市场一线拼杀形成的行动力发挥作用，让他们报效大杨、创新大杨的梦想正式起航。

为了大杨创世的基业百年常青，2005年将让我们大杨亲手培养成长起来的精英团队来担当大任，他们年轻，有活力，有干劲，更重要的是，他们是大杨的血脉，他们以振兴大杨为己任。他们国际化的学识，现代化的管理能力，创新求实的工作作风，是迈入21世纪的大杨所迫切需要的。从2005年开始，大杨将是一个老、中、青共同起舞，由新生代唱主角的大舞台。

2005年，我们确立了以贸易为龙头，以品牌为发展大计的战略目标，并调整了相应的组织结构和管理流程。调整后的贸易和生产流程更一体化，更直接，更快捷。调整后的创世品牌，将向创属于我们中国的世界名牌发起更有力的冲击。调整后的公司管理结构更简明化，资源共享将更便捷，反应能力将更加快速，学习型组织将更加成熟。这次调整，也标志着大杨以国际贸易领头重组企业为目标的第二发展时期的到来，标志着以上市股份公司进行品牌主体运营时代的到来，标志着新型管理组织、管理团队创造大杨新历史的到来。

同志们，前进的道路从来就不平坦。过去的二十五年，我们是深一步、浅一步地摸爬滚打过来的；未来的二十五年，我相信新一代管理团队有充分的思想准备，你们会打更残酷的仗，会吃更难吃的苦，会克服更多难以想象的困难。我希望大杨所有的干部员工，支持、配合、帮助和关爱新的领导管理团队，融入新的管理模式、管理流程，接受新的理念，跟上时代的步伐，共同迈入大杨的新世纪。

我更要给年轻的领导团队一些嘱咐，这也是我在庆祝大杨二十五周年讲话中给全体大杨年轻人的期望：无论你们在何处，请你们牢记你们的身份，牢记你们的使命，请你们牢记杨树房，记住你们出发的地方，记住这个等待你们凯旋的家乡，记住大杨的传奇，记住大杨的精神，记住大杨的宏伟蓝图。

如果说，大杨的第一代人打造了一个"世界的工厂"金牌，那么我相信，未来二十五年，通过年青一代的奋斗，大杨将铸造一个国际知名的贸易品牌。我更期待五十年、一百年后，更新一代的大杨人可以把大杨带进一个世界品牌的王国。

同志们，明年是鸡年，让我们早做准备，闻鸡起舞，迎接挑战，继往开来，再创辉煌！

最后，预祝辛勤劳动的全体员工新年快乐，并祝我们大杨人，永远过上有尊严、有奔头、有价值的幸福生活。

2004年12月29日

2019年8月20日，在从大连去杨树房途中的车上听了这个讲话录音后，我的情绪立刻被点燃了，当代中国，逐个数一数，有多少高官、老板，能脱稿讲出这样高水准的演讲？

这是李桂莲在十五年前进行的脱稿演讲，只读完了小学四年级的李桂莲早就涅槃新生，完全是拥有"国际站位"、全球视野，家国情怀的人企业家！她当年讲过的话，放在今天看，也毫不过时！这样的案例还有，我不再赘述，仅举一例。十五年前，李桂莲就以"世界眼光"，精准预测了世界贸易保护主义发展的形势，预测了美国的"贸易保护"会越演越烈（果然不出所料，现在美国高举单边主义大旗，野蛮地霸凌中国，和中国打起贸易战），并要求它的企业调动各种优势，应对这一严峻形势，确保了企业的良好发展。

这是老板与企业家的根本区别，也是"砸钱"和"智慧引领"的根本区别，更是"说了算"和高屋建瓴的根本区别。学历不等于水平，更不与实际能力画等号，某些拥有高学历的人往往与创新距离甚远。这也为一些头戴官帽、手握重权和资源的领导者提供了启迪，如果只会"照本宣科""套公式"，不仅领导、指导不了工作，更难以适应时代的发展。

"能说"是优势，"能干"是本事。

1985年，上级组织任命李桂莲为杨树房镇党委书记兼镇长。李桂莲上任时表态道："组织信任我，为了不辜负这样一份信任，我一定努力工作，但我也要表明态度：第一，我不要工资。第二，我不为官位。"

李桂莲的决策总是出人意料。因为工作出类拔萃，上级考核拟提拔她为副县长，李桂莲却说："一个副县长名额多少人眼巴巴瞅着呢，好多人都想当。可我不想当，抓好现在的工作对我来说才是最重要的。"

镇里给李桂莲收拾出个办公室，可她照旧在服装厂办公，一手抓全镇工作，一手指挥服装生产和管理。县领导要给李桂莲拨经费，也被李桂莲谢绝了："我什么都不要。请放心，通过办企业，我一定把杨树房的地区经济带起来。"

现在大连普兰店区杨树镇简介中，"经济发展"栏第一条便是：

"该镇大力发展壮大服装主导产业。"而"产业规模"栏的第一条则是："杨树房镇特色产业是服装生产加工出口。"

因为镇里的工作出差，旅差费在工厂报销。县里会多，李桂莲便让副手去参加，回来传达会议精神，她不打折扣地照办执行。

李桂莲上任的第一件事，便是大刀阔斧地"砍人"，减轻老百姓负担。全镇120多名机关干部，李桂莲只留下47人。甫一动手，镇里便"炸锅了"，不少人联合起来起哄、上访，甚至到李桂莲家里闹。

可李桂莲决不退缩："这在我的预料之中。但让我当党委书记，就必须解决人浮于事的问题，减轻老百姓的负担。第一，差一两年退休的，要把位置倒出来；第二，有本事搞自谋职业的，给你政策；第三，凡是借调来的，哪儿来回哪儿去。"

闲散懒的人没了，所以人少了，工作效率却高起来，李桂莲赢得了大家的交口称赞。

接下来需要解决的是税务问题。收税的人往老百姓家跑多少趟不知道，连老百姓家里的狗都熟悉得不咬他们了。这说明收税的艰难，干群关系非常紧张。当时国家还没有实行农民免税政策，杨树房镇年均收税80万元。李桂莲当即决策，免除农民税赋，杨树房服装厂每年拿出80万元。

在李桂莲60岁退休前，她已担任杨树房镇党委书记十六年，自己没拿一分钱工资和补助，反而带火了一方经济。四十年沧海桑田，李桂莲的企业已经成为"国际大腕"，外地"招商"想拉她去，给她的优惠政策太多太多，可她的现代化智能工厂仍开在家乡，开在杨树房。

国格高于一切

盈利是企业的核心要素，这无可厚非。但眼睛只盯在钱上，或许反而会降低盈利。企业能否伴奔腾不息的时间长河持续前进，取决于管理者是否具有远见卓识。

1998年亚洲经济危机，韩国、日本很多企业效益急转直下、危在旦夕。原料涨价，产品滞销，大杨集团的困难一个接一个。韩国客户得知李桂莲要来洽谈，立刻紧张起来。他们集中起高管们研究了许多天，核心就一个：怎样应对大杨集团提出的提价问题。董事长要求高管们每人拿出一个方案。

一场剑拔弩张、水火不容的谈判即将拉开帷幕。

李桂莲面带微笑，和副总李峰坐在中方席位。韩国董事长和高管们悉数出席，表情冷峻，严阵以待。他们与李桂莲打了十几年交道，知道这个中国女企业家"不好对付"。过往的洽谈情景历历在目，李桂莲的"智谋"总是高出一筹。但这次不一样，韩国的企业高管们已经达成一致，在价格上"绝不松口"。

在客场，李桂莲打出了主场气势，一开口便说："你难我也难，我今天是来降价来了！"

韩国人面面相觑，一下子愣住了。李桂莲又说："亚洲金融危机来了，我们的日子都不好过。我们要商量如何渡过难关。中国讲有难同当，有福同享，大家一起向前走，一起发展。我这次来，主要是要向大家宣布，我们所有的订单价格降低0.5个百分点。"

这意味着，不仅最近签订的订单要降价，以前签订未执行完的产品，也要降价0.5个百分点，这可不是个小数目哇！当时大杨树服装厂实力还不够强大，每件服装、每个点都至关重要，李桂莲的"出手"居然如此"豪气"……

当我们把泥巴抛向别人的时候，首先要弄脏自己的手；当我们拿花送给别人的时候，首先闻到花香的是自己。

韩国人半天才回过味来，他们集体站起来，向眼前这位中国女企业家致敬！

事后他们掏了"实底"："我们事先做了那么多工作，准备了多套方案应对涨价问题，生怕哪里不严密。可我们万万没想到，李董事长会这么谈！"

在日本，李桂莲以同样的格局和豪气主动让利，日本人也对这位女企业家的气度表示了赞叹。

李桂莲的"壮举"赢得很多客户的心，危急时刻企业收到的订单不减反增。市场好转后，这些大客户的订单更是争相涌向中国，涌向大杨集团。

对于不真诚的"伪装者"，李桂莲也明察秋毫，决不手软。一位精明的韩国女装客户，跟大杨集团谈价格时，突然要把处于合理价格区间的6美元价格压到5美元。她的每句话都像子弹一样尖锐，十分难缠。

在冷峻又善变的时代，人品是彼此心灵的最后通行证。

李桂莲毫不相让，在谈判的过程中有理有据地拧紧价格螺旋、丝丝入扣，决不松动，每一句话都被舌尖有力推送，送进听者的耳窝。最终，李桂莲以6美元的价格胜利收官。

碰上得寸进尺的人，你越让步，他向你发起挑战的次数就会越多。如果你迎难而上，反倒没人敢欺负你。

面对与外国客户的谈判，李桂莲每次都挺直脊梁，因为她时刻不忘自己是中国企业家，她要为国人争气，为国家争光。美国皮尔霍公司在大杨集团定制了120万件（套）西装，是大杨最大的客户。数量最大的面料辅料，都由他们采购。

李桂莲对前来大杨集团的美国老板克劳宁说："我们完全有能力在中国市场采购。我们大杨采购的价格、质量，打个样给你看。如果你觉得没有问题，价格比你们便宜，质量又好，希望你们改变采购生产方式。"

听了翻译的话，美国老板克劳宁火了："你的意思，我们采购的东西被骗了呗？你这是瞧不起我们！"

暖一颗心要许多年，可是凉一颗心只要一瞬间。

李桂莲毫不客气地回击道："我同你们做了这么多年的合作伙

伴，向来不在利益上计较，我为你们考虑，你不领我情就算了，还冲我们发火？这是你的不对！"

傲慢的美国老板克劳宁拉开盛气凌人的架势，拎了包就走。

翻译怕把事情闹僵，伸手要去阻止他，李桂莲坚定地开口道："让他走，别管他！"

若已接受最坏的结果，就没有什么可惧怕的。

李桂莲又向克劳宁的背影追加了一句："我告诉你，你今天走了，明天工厂的生产线就不给你干了！"

克劳宁知道李桂莲不好惹，他没有去机场，而是到李桂莲麾下的另一个店，自己给自己找台阶下："我到这里看看。"

见李桂莲仍不为所动，克劳宁又回到办公楼，跟翻译说："告诉她，我要走了，问问她还有什么事？"

李桂莲对人向来和善、礼貌有加。但现在不行，在美国无理掀起贸易战的时刻，克劳宁这样摆架子，这已经不是企业对企业的事，而是国家对国家的事。尽管李桂莲在楼上，克劳宁就在楼下，她却觉得两人之间已经隔着千山万水，隔着国家界碑。

"克劳宁先生想见您。"翻译说。

李桂莲平淡地说："他想见，就到楼上来。不来，就算了。"

人的嘴说出的只是他想让别人相信的话，而面孔表达出的却是思想的本质。

克劳宁迟疑一会儿，还是上楼进了李桂莲的办公室，直奔在办公桌前坐着的李桂莲，伸出双臂拥抱了她。可是李桂莲已经察觉，克劳宁的表情像被强酸溶蚀过，无法调动往日的自然与活泼。

"对不起。"克劳宁说。

"请别说对不起，"李桂莲让了一步，"咱们俩的态度都有问题。"

"我有话对你说。"克劳宁道。

"今晚在这吃饭不？"李桂莲没有下逐客令，但话里有话，"今晚在这吃饭，我们好话好说。你今晚不在这吃饭那就算了，我不跟你多说什么。"

克劳宁感到了这话的分量，答应在此就餐。

尽管他用微笑掩饰着内心真实的想法，看似合作地离开中国，可看穿了一切的李桂莲对外贸的同志说："克劳宁一定会报复我们的。他的活虽然很多，咱们也要做好准备，别太过依靠他。"

上帝给了人们有限的力量，但却给了人们无限的欲望。

很快，克劳宁施以重金，把大杨集团主管外贸的翻译挖走了，一点儿一点儿减撤在大杨服装厂的制作订单。

克劳宁的订单撤到一半，李桂莲下令："不给他干了。"

"为什么？"同事不解地问。

"我们不能让他全都准备好了再撤。"

大杨集团找出了克劳宁许多问题，完美撤单。克劳宁只好到处找小厂加工产品，质量越来越差，代理期一到，厂家解除了克劳宁的代理权。

厂家问克劳宁："原先谁给你加工的服装？"

"中国大杨集团。"克劳宁不情愿地讲了实话。

厂家说道："你找别家加工的产品太差，现在，我们不用你代理了。"

"你必须让我做！"克劳宁急了，"你不让我做，我马上不给你供货！"

李桂莲知道消息，立刻派人去洽谈："你告诉厂家老板，我们大杨可以负责供货，一定保证供货及时质量优质。"

不到一个月时间，大杨拿出完美的策划和设计，拿下克劳宁的代理权。三年来，两家合作质量日益提高，实现了产量和效益双赢。

隔着半个地球，李桂莲仿佛看到：克劳宁像没追上正点火车那样，只有无可奈何地接受失望的结局。

有的日本企业骨子里瞧不起中国人，却企图分享在国际上威名远扬的大杨集团的红利。

温柔的不一定是陷阱，可陷阱一定是温柔的。多家株式会社笑呵呵地找上门来，积极主动"要合作"。这些人年龄不大，貌似天真，但心眼却藕孔般繁密，处事老辣。李桂莲摸清了他们实底：这些人在中国南方投下一点儿钱当"诱饵"，为他们进行间谍活动"打掩护"，一旦引狼入室，将防不胜防。

他们轮番与李桂莲洽谈，李桂莲把握一条原则："小事放过，关键问题寸步不让、坚决不同意！"

无论多少利益诱惑，无论何时何地，不管走到哪里，爱国情结要像封印盖在文件上那样重若泰山。

"手把红旗旗不湿"

自律是一种长跑，它不属于某个时间段，而属于整个人生。

任何人都善恶同体，向善还是从恶，最终还是由人本身决定的。

在此问题上，没有官位高低之分，没有穷富之别，也没有职业和文化差异，更没有任何理由可以为自己的选择辩解。

许多人愿意打着自由的旗号说事，那么，什么是自由？自由是否也是善恶同体？关于这个问题的答案成千上万，但我最欣赏卢梭的话："自由不是你想做什么就做什么，自由是教你不想做什么，就可以不做什么。"

有时候，你以为有的人变了，其实不是他们变了，而是他们的面具掉了。

可是凡举古今中外，能拥有这样高品位的自由的人，也是凤毛麟角吧？

李桂莲便是拥有这样高品位的自由的少数人。

我们一路思索、一路进取，有时故意不走捷径，不断地做出选择和拒绝诱惑，不是为了改变世界，而是为了不让世界改变我们。

20世纪90年代，走私风横行，巨大的利益诱惑让一些企业老板和官员坐不住了，他们明修栈道，暗度陈仓，"踊跃"参与走私。地处大连的大杨集团地理位置得天独厚，只要把隔海相望的韩国汽车运过来，就会获得暴利。

一位响当当的大老板"活心"了，对李桂莲提议说："可以做。只要不把钱揣进个人腰包，就没什么大不了的。"

可是操行像白纸，一经污染，便永不能再如以前的洁白。

李桂莲清楚，人生没有彩排可言，每一天都是现场直播。她没有当场驳提议者的面子，暗中却打定主意："凡事有所为有所不为，犯法的事坚决不做。"

手下也有人说："人家走私挣了大钱，我们不干太吃亏了！"

李桂莲斩钉截铁地表态："宁可吃亏，也绝不干这种事！"

不务实又富于幻想的人，不可能取得成功的硕果。

不久，国家收紧了法律绳，走私者们一个个受到严惩。有一位全国知名的企业家，他手下的"顶梁柱"全部因走私被抓，他每天为这些事情发愁，很快患重病去世。

成功不需要面面俱到，只要我们选定自己擅长的事并坚持下去，就会后来居上。

有人向李桂莲建议："你跟领导关系这么好，领导这么支持你，你怎么不搞房地产？"

"我不做自己不擅长的事，"李桂莲说，"我喜欢做长线事业，一辈子，一群人，一件事。把服装业做到全国，做到世界。但我不做房地产，我有自己的想法，正在着手进行。"

其实李桂莲一直在建房子。只不过，她只给服装厂的工人建。她每年都给职工分房子，最小的一套60平方米，大的一套100多平方米。早先每套房只卖1万元，现在卖给工人一套3万元、5万元。

有些伤总是难免的，有些痛总是难躲的，人生并不怕伤过痛过，也不怕苦过哭过，关键是面对疼痛，你想不想、能不能站起来。生活已经摊开在你面前，是屈服地背道而驰，还是坦然地积极行事，每个人都有自己的选择。

快乐，不是拥有得多，而是计较得少；乐观，不是没烦恼，而是懂得知足。

李桂莲感慨："人这一生很不容易，风风雨雨四十年不是那么轻易走过来的，要拒绝很多诱惑。社会环境就是对企业家的严峻考验。环境往往充满诱惑，诱惑你迷失方向，诱惑你犯错误。如果没有定力，你已经犯了错误，自己却不知道。"

生活总是让我们遍体鳞伤，但到后来，那些受伤的地方一定会变成我们最强壮的地方。

"人生就像在海中划船，一个浪头一个浪头打过来，一定要做到，手把红旗旗不湿。"

没有所谓的无路可走，只要愿意走，脚踩过的地方都是路。

在中国，过春节是一件"很麻烦的事，太多礼节要讲究"。李桂莲却踩出一条"删繁就简"的新路。

四十年来，大杨公司的干部职工一直遵守李桂莲的规定：第一，不许给领导送礼；第二，不许拜年；第三，不许问好。

"不要在这些礼节上浪费精力，"李桂莲说，"我对大家就一个要求，把自己的活干好就行。"

"我这一辈子都拒绝收礼，也不给别人送礼！"李桂莲说道。

李桂莲非常清楚，人们爱攀比，谁谁谁跟领导近了，谁谁谁"会来事"。上梁不正下梁歪，一个单位歪风弥漫，跟主要领导脱不开干系。在大杨集团，大家只拼人品、拼正气、拼工作，别的一律忽略不计。

有人把东西送到家门口，李桂莲军人出身的丈夫石祥麟便会很不客气地拒之门外："为什么这么干？为什么干这些我们不喜欢的事？我们家什么东西也不缺，请回吧！"

李桂莲这样廉洁、两袖清风，父亲是她效仿的榜样。

"孩子，你要记住，"父亲李永刚告诉她，"要多为穷人办事，千万别收人家的礼。"

李桂莲知道，父亲的教诲背后，有一个沉重的故事。

李家当年特别穷，父亲兄弟五个，有四人常年在外扛活。哥四个苦干一年，只能挣一马车苞米。李家三十多口人，每年六七月份断粮了，大人抗不住，孩子们饿得嗷嗷叫。没办法，他们只好通过屯长借粮。赶上好年头，说了几大车好话求人家，屯长才签合同，借给李家高利贷。一连多年年头好，签契约借粮很顺利。欠人家的人情，逢年过节时一定要打点好人家。每逢过年，家里杀一口猪，要用猪肉还人情。一头猪最好的肉有两个地方，一个是里脊肉，再就是两个肋排。自家舍不得吃，便把这些肉送给屯长。因为来年没粮吃，还要求人家。

年头好了屯长能帮忙借高利贷，年头不好门都没有。

时逢灾年，家里又断顿了，李家又去求屯长，屯长果断地用"不行"二字回绝。

粮没借来，李家人正愁呢，屯长却落井下石，向李家讨以前的债，要求还上过去欠他的粮食！明知道李家还不上，屯长便提出用李家唯一的5亩地抵债。

那是李家唯一的一块好地呀！

李家人这才反应过来，为什么这么多年家里借粮那样顺利，原来人家早就瞄上这块地了！时逢灾年，借人家的债积累得差不多了，人家早准备好了张口要这块地。李家人知道中了人家的算计，他们却有苦说不出，只好乖乖签契约，把地给人家。

签契约那天，屯长请李家哥五个去吃饭，哥四个全去了，只有李桂莲的父亲李永刚没去。他独自躲在背人的地方，悄悄地抹眼泪……

李桂莲的工厂办起来了，有人给她送来鸡蛋、送来小笨鸡，李桂莲当即回绝："全拿回去！你们这样做，勾起我们家一段伤心的往事……"

在20世纪80年代，社会上已经流行"要想办成事儿，大米黄豆粒儿"的顺口溜，李桂莲坚决抵制这样的做法。

有人千方百计想办法，把东西放在她的办公室。李桂莲按价交钱后，又把东西送到敬老院。

知道李桂莲的脾气，再也没人给她送礼。

"别给她送了，送了她也不吃，还把钱还回来。"

道德常常能弥补智慧的缺陷，智慧却永远填补不了道德的空白。

四十多年来，哪任当地领导都很支持李桂莲。可李桂莲从来不知道领导家住哪儿，对送礼更是深恶痛绝："我这辈子绝不干这事！"

唱歌可以跑调，做人不能走调。

眼见世风日下，那么多自己熟悉的领导、企业家一个一个倒下，李桂莲就心痛：都是穷人家孩子，为什么那样贪心？怎么那么快就忘本了？辛辛苦苦奋斗了几十年，组织培养了那么多年，到头来，怎么光剩下人性之恶了？

在薄情的世界，更要深情地活着。

心若放宽，便时时是春天。

当年，正是父亲李永刚用行动教会了李桂莲什么是"先人后己"。

一次生产队要给大家分苞米叶子，怎么分要由李桂莲的父亲、时任生产队长的李永刚说了算。那时，苞米叶子是最好的烧火材料。问题是，苞米杆有高矮粗细，叶子有厚有薄，扎成的捆也有大有小，怎么分大家都有意见。

社员们都去了，眼睛盯着一堆堆苞米叶子。

李桂莲和母亲也去了，父亲把她们撵回家："别在这里等，我先给大家分。分差不多了你们再来。"

娘儿俩左等右等，也不见父亲来通知。

父亲给社员们分完了，剩下乱七八糟最差的破苞米叶子，被父亲拿回了家。

母亲说："你怎么把这么破的拿回来？当官的不分好的，哪怕跟人家一样也行啊?"

李桂莲永远记得当时父亲说的话:"分好的还能烧一辈子呀?"

六七十年过去了,这句话一直响在李桂莲的耳畔,成为她的"指南针"。

即便陷入低谷也不必过于沮丧。因为只有经历低谷,才能激起人们对攀登高峰的向往。

李桂莲50多岁恰逢更年期,有段时间她常感到心脏急跳,时常头晕。可是她每次去医院时从来不告诉任何人。

对于一些人来说,金钱就是幸福。因此,那些再无法诠释幸福其他的定义的人们,就只有把整颗心放在金钱上了。

2009年,李桂莲身患乳腺癌,在医院护理的除了儿子、女儿,任何人都不知道。刚强的李桂莲没觉得患处疼痛,心却十分疼痛——有些人以为自己拥有了财富,其实是被财富所拥有。

有的病房人来人往,来探病的人手里拎着贵重的礼物。他们带着好高骛远的笑,眼里闪着算计的光芒,李桂莲替他们感到遗憾。

信仰犹如勤奋的鸟儿,黎明还是黝黑时,就触着曙光而讴歌了。

李桂莲当年一边看《红岩》一边写入党申请书。字字句句饱含深情,她要像许云峰一样宁可掉脑袋也要坚持革命,为党的事业战斗到最后一刻。要像江姐那样坚贞不屈,做一个大公无私、为祖国和人民奋斗终生的人。李桂莲在心中发誓:要经常用英雄的事迹激励自己,毫不利己,专门利人……

李桂莲被英雄的气节和生动事迹打动,越写越感动,字字都是肺腑之言。泪水打湿了稿纸,却滋养了一生的信念!

李桂莲没拿乳腺癌当回事,医院让她化疗,李桂莲坚决不同意。而今七年过去了,李桂莲已经康复。自己患病的经历让她想到了她的女工们,她们的健康成了李桂莲挂心的事。于是李桂莲自己出钱,每年掏腰包100万元,将这笔钱作为资助女工中的乳腺癌患者的扶助基金。现在,该基金已积累1000多万元。

在城里与在城外，人的感觉是全然不同的。

2004年，儿子结婚的时候，李桂莲做出了惊人的决定：婚事从简，不操办，不收礼金。在升学宴、谢师宴、搬迁宴、盖房上梁宴、丧事宴、生日宴、升职宴等疯狂席卷的年代，这太不合时宜了！况且，以李桂莲旺盛的人气，岂止能摆上百桌？这下该少收多少礼金哪？

只要你不认为自己吃了亏，别人就一定没占便宜。

李桂莲想，因为有一定的社会地位，就能心安理得收人家的钱了吗？作为一个老党员，她必须带个好头。她看不上那些为结婚大操大办的习俗，数十上百辆豪车招摇而过，民警维护治安，道都封了，这是给群众带来多少不便哪？

闻知李桂莲如此低调，好多人不理解。

别人感到惊异，李桂莲不在乎，可问题是，女方的娘家亲戚们有意见了："越有钱越抠，怎么连一桌也不摆？"

这回轮李桂莲惊异了，她决定亲戚方面还是要从长计议，孩子们结秦晋之好，还要白头偕老呢，不能因为一顿饭伤了和气！

李桂莲亲自安排好一家饭店，把儿媳妇的娘家亲戚们悉数请来。李桂莲向亲戚们说了些道谢的话，话题一转进入正题："今天为什么请各位吃饭，我听说你们在孩子婚事'不大办'上有意见，为了解开这个疙瘩，咱们在一块唠唠。请理解我，我的身份在这里，如果我一操办，会来很多很多朋友，必然会收很多礼金。如果那样做，影响就太坏了。不管别人怎么办，我不能这样做。在这一点上，大家可能不满意，但请理解我，也支持我。孩子们结婚了，咱们今后就是一家人，别为这点儿小事情影响感情。现在老百姓对世风不满意，与某些人带了坏头有关。别人怎么做我管不了，但我绝不能带这样的坏头……"

李桂莲说了很多，女方的娘家亲戚们为李桂莲真诚又具远见的话而高兴、感动，纷纷举杯表态："按大姐说的办。"

在这个喧嚣的世界里，我们所持有的干干净净的初衷，已经不多了。握好了，别丢了，明天还要赶很远的路。

在新的时光里过着过去的日子。在老去的路上，揣着一颗清新的心。

面对瞬息万变的国际国内市场，李桂莲带领她的团队劈浪前行，始终活跃在单裁单量业务的世界巅峰。放大格局，提高站位，让人才与科研比肩并行，平均每年投资上亿资金拉高智能升级，以始终"领先半个身位"优势，让"品牌化、定制化、信息化、智能化、国际化"日臻完美，再续新篇——

不管风吹浪打，胜似闲庭信步。

本钢"三剑客"

因为被称为"卫星看不见的城市",本溪名扬世界!

城市常年淹沤在烟尘里,滚滚尘土遮挡了太阳的光辉,隐没了星星月亮,染旧了青山绿水。麻雀像谁扔上天空的"泥蛋子",突噜噜扬一把,突噜噜再扬一把。若偏巧下边有人,掉下的沙尘会令人迷了眼睛。那些红的黄的白的楼房,一律披上"防寒衣"——厚厚的灰色尘土,看不出它们的原色。

这一切,都源于本钢集团有限公司。

先有本钢,后有本溪。

本钢亲手缔造、托举起这座城市,也亲手弄脏了她。

本钢坐落在平顶山下,被威武的群山环抱。

2019年8月18日,在本钢集团党委宣传部朋友的陪同下,我登上平顶山,将美丽的本溪全景尽收眼底。令我惊奇的是,这座城仿佛是新建的,干净、通透而端庄,完全看不到传闻中烟尘缭绕的场景。本钢,当年的头号污染大户,像刚刚摆好的艺术"大盆景",气派、清丽、壮阔。纵横交错的厂房、艺术几何体般的建筑、一尘不染,仿佛刚刚启用的"新房"。

我不禁怦然心动,如果凑到近前,一定能闻到刚喷涂的油漆味儿、看到刚刚安装的"新机件"。这个"美景"来之不易。豁达的本钢人"壮士断腕",果断地开启了"蓝天工程",更换了现代化环保设施。吐黑气的大烟囱不见了,扬尘的设备消失了,轰隆隆响的噪音也没了。本溪投入70多亿环保资金,不惜每年花费十几个亿的环保运行费用,才换来今天清秀的本钢,清秀的本溪!

外表的容光焕发源自内部肌理的健康成长。

从老百姓不敢打开面对厂区方向的窗户,到现在成为东北著名的"洗肺城市",本溪与本钢的变化令人惊奇。

本钢始建于1905年,是超过百岁的工厂。新中国自己设计制造的第一支枪、第一门炮、第一辆解放牌汽车、第一台发电机组、第一颗人造地球卫星、第一枚运载火箭、第一艘潜艇等,都使用了本钢的钢材。

而多个"最"则从另一个角度塑造了本钢的形象:本钢的南芬露天铁矿为亚洲最大的单体铁矿;板材炼铁新一号高炉炉容为东北最大;本钢拥有世界上最宽幅的板材冷轧产品;拥有全球最高等级强度的热轧成形钢……

一举甩掉"傻大黑粗"的低值产品的帽子,本钢高端产品成了抢手货,出口"一带一路"沿线30多个国家,年出口量达100多万吨。

本钢波澜壮阔的历史和惊心动魄的故事能写一部长篇连续剧,改革开放后它石破天惊的巨大变迁,能绘出长长的画卷。

多少代人接力奋斗?多少豪杰一次又一次改写历史?发生了多少震撼心灵的故事?

因版面所限,我只好压抑着不能施展身手的遗憾,随手抓取其中的三个具有代表性的人物。

郭英杰:"钱不如人心可贵"

盛夏,环绕的高山像一片片翠绿翠绿的"大荷叶",把一大串妖艳的"红花"紧紧拥在怀里。山上的鲜花只是白天绽放，晚上则被浓墨涂黑，融进夜色。只有怀中这一大串"红花"昼夜耀眼，天越黑"花"越红。

严寒隆冬，大东北一片肃杀，鼠钻洞，鸟飞绝，树木枯干，白雪皑皑。高山骨瘦如柴，可怀中的"红花"却依然火红灿烂，昼夜盛开，四季不歇——这，便是沸腾的本溪钢铁公司。那"一大串红花"，则是钢花飞溅的炼钢炉。

1982年，刚满30岁的郭英杰，率先被提拔为本钢一钢厂8号电炉的炉长。很快，他又荣升车间主任。现在，我们把"镜头"拉近，聚焦在他的身上。身着白色工装、头戴安全帽的郭英杰手拉"计算尺"，一边紧紧盯着钢花喷溅的炼钢炉，一边果断指挥：

"马上加铁合金！"

"马上上调温度，调到1600度！"

"铁合金还缺200，赶紧再加！"

多台电炉扯着嗓子鸣叫，如同多声部轮唱，噪音特别大。郭英杰的声音必须锐利地穿透这些声音干扰，送达现场每一个职工的耳朵。否则，就要出大麻烦了！

冶炼17－4PH新品种的难度非常大，碳小于0.5，铬含量要求17%。铬越高，合金比越高，降低碳难度就越大。但必须让它达标，没有退路。如果不达标，整炉钢就废了，那还了得？

郭英杰也要看好"火候"，冒白烟温度高，冒黑烟温度低，在合理温度下，一炉钢20~30秒出炉。秒数不够，温度低，铸不成钢锭，整炉钢便成废品；秒数多了、温度高，会出现"漏炉"事故！工序一环套一环，环环紧扣，差一点儿都不行！

郭英杰拉着计算尺，计算好每个合金品种的加入量，控制好氧化期、还原期、熔化期等不同阶段的温度。熔化期温度为1500度左右，氧化期为1800度左右，还原期则为1600度左右。郭英杰要随时报出各阶段实际温度达到的准确数字，让班长们立即执行他的各种指令。班长们人手一个秒表，各负其责。

他时刻提醒自己：千万不能出事故，一炉钢几十万哪！

郭英杰还肩负着试制新产品的重担。

公司领导、科研人员等重量级人物围了一圈，有人手里拿着仪器，有人也在拉计算尺，还有人不断地往本子上记着什么，大家各自占领有利地形，紧紧地盯着现场。

钢花喷溅，烈焰灼脸，空气仿佛在燃烧。汗水汹涌，安全帽像水盆倒扣在头上。风帽把脖子捂得很严，现场的人个个前胸都湿淋淋的。

这是郭英杰又一次领衔试验技术参数很高的新产品，他能成功吗？

郭英杰突然觉得："这活，不比驯服烈马容易。"

1970年，响应毛主席的号召，知识青年到农村去，到最艰苦的地方去，"广阔天地，大有作为"，郭英杰从沈阳下乡到新民县张家屯公社。沈阳知青从来没干过农活，有的泡病号，有的请假回家，在生产队干农活的，也是三天打鱼两天晒网。郭英杰却干得像模像样，扶犁、点种、铲地、割地，样样是把好手。他挣的工分能跟当地最棒的男劳力"打个平手"。

郭英杰昂首阔步、充满自信：哪怕自己是片普通的树叶，度过了多变的季节，不论是翠绿还是枯黄，都能在自己的枝头装点风景。

这天，生产队长指着一匹叫"白龙马"的烈马唉声叹气，这家伙拉车谁也套不上，一上手就尥蹶子伤人，它经常前身高高竖起，如人而立，凶猛地嘶叫。好几个劳力一起使劲儿，总算把它套上犁杖，可是这家伙立刻拉着犁杖到处乱跑，好多青苗遭了殃！

郭英杰主动请缨："别人驯服不了，让我驯服它！"

郭英杰轻轻凑近白龙马，刚要伸手拍拍它脑门，白龙马突然掉过屁股，高高地尥起蹶子。一只飞蹄凌空踢踹，郭英杰躲得稍慢，脑瓜差点儿"开瓢"，可到底伤到了额头，当即鲜血淋漓。

2019年8月5日，我采访时，当年郭英杰脑门留下的伤疤还能清楚地看到。这道伤疤旁边又添新伤，不过那是被飞舞的钢花咬的。

郭英杰没有退缩，而是"恩威并济"。他先把白龙马的缰绳绑在柱上，一顿暴风雨般的鞭打，再悄悄靠近它，喂精饲料。白龙马美餐时郭英杰悄悄靠近它，抚摸它脑门，说着"贴心软语"。最终，在郭英杰狂猛的鞭打、精饲料和轻轻的抚摸等各种手段的交替运用下，白龙马渐渐地适应、习惯了郭英杰，变得温顺起来。很快，白龙马缴械投降，完全听令于郭英杰，成了生产队最能干活"精英马"。

白龙马的力气比别的马大得多，拉东西多，跑得快。上坡一发力，再陡的陡坡也不在话下。下陡坡它低下头，屁股使劲往后坐，带铁掌的四蹄死死抓牢大地，让车子稳如泰山。山道和雨后的烂泥道，别的车上不去，会有陷车的风险，只有白龙马一骑绝尘，无往而不胜。在梁山拉石头，有个45度角的大长坡，别的车不知翻了多少辆，人们都不敢再去。可只要有白龙马驾辕，就相当于上了一道"安全保险"。

张家屯公社的中学校长张少镰，慕名来求郭英杰。他们学校校办工厂也有匹烈马，又高又大，谁也使用不了，老出事。"小郭，"张校长说，"只要你把这匹烈马制服了，我让你当我们学校的民办教师。"

郭英杰"上手"一个月，果然把烈马驯得服服帖帖。他也再次当上"车老板"，天黑蒙蒙出发，晚上黑蒙蒙回来，每两天跑一次沈阳，给校办工厂拉料。三九天嘎嘎冷，郭英杰的狗皮帽子、眉毛和胡子上都结满了白霜，可他仍然顶风冒雪，给老师们拉煤、拉柴火、拉砖石。

两匹烈马都驯服了，怎么就驯服不了炼钢炉？

有的工人向郭英杰提建议：正常炼钢就行了，别再承担测试试验品的工作了。老工人都知道，试验品耽误生产。正常一炉钢三个半小时，而试验品需要四个小时到四个半小时。加入合金影响钢产量，影响产量就影响工人的奖金。

"试验品"指公司科研部门新研发的产品。炼普通钢程序简单，操作也简单、模式化，没有什么风险。可郭英杰想：新产品才是公司的明天，也是国家钢铁事业的明天，你不爱试验，他也不爱试验，科研事业怎么发展？只有试验的勇气不行，还要有能力把新产品的各种技术参数严格付诸生产，达到科研要求，这就难了。

郭英杰当上炉长后，几乎承担了厂里所有试验新品的担子。一是因为郭英杰"好说话"，乐于接受；二是因为郭英杰每次都能圆满完成试验任务。

在郭英杰的指挥下，新出炉的试验品果然争气，项项指标参数都达到标准，科研人员十分兴奋，在场的领导也很高兴，不知谁带头拍起巴掌，瞬间，现场响起暴风雨般的掌声！

我们要珍惜能看到的，也要期待暂时看不到的。

在郭英杰的带领下，科研人员先后研发出cr18ni9ti、20cr2ni14a、AH03、c422、05ti 17-4PH等钢种。其中，1cr13、2cr13汽轮机导型片钢荣获国家银质奖，gcr15、35冲、20cra获部优产品，冶炼滚珠钢工艺获国家专利。郭英杰所在的小组连续五年被评为本溪市优秀质量管理小组，钢锭的合格率连续两年保持100%，各项生产指标都达到了历史最高水平。在全国考核的8项指标中，他所在的8号炉有7项达到国内先进水平。

他一个人能干"两个工序"，这是他当炉长时锻炼出来的。比如，这炉钢眼看要出炉了，下道工序却还需要补充合金。可下道工序大家都在忙，没有闲人。郭英杰便推上手推车，自己找袋子，装上铁合金，称好分量推过去。其实在原始分工上他与下道工序没关系，那是另一个部门的职责。可他必须这样做，郭英杰清楚，他们必须分秒必争，因为时间过长化学成分会起变化，也容易出现"漏炉"事故。这样不是烫坏设备，就是废一炉产品。

郭英杰在炉前奋战几十年，从未废过产品、出过事故。

远看，飞舞钢花漂亮极了！可是在炉前，"热辐射"如同千万根扎人的钢针投射过来，刺痛皮肤，刺痛眼睛，没处躲没法防，只能"硬抗"。在炉前要"躲着钢花走"，可钢花那么活跃，怎么躲得掉？活跃的钢水四溅，在天空画个漂亮的弧线，能崩出老远。刚刚躲过这一朵，另几朵便"组团"跃起，令人防不胜防。忽而钻进衣襟，烫得人直蹦。忽而钻进鞋里，烫得人原地跳跃，脚都跺疼了，受伤更是常有的事。旧伤未愈添新伤，这种事郭英杰已经习惯了。

　　站在炉前，热浪烤着脸颊，工服里汗水奔流，厚重的工作服太焐人了。郭英杰自做了几件棉布"汗衫"，腋窝两边有开口，还有能系上的松紧带。钢花掉在衣服上会着火，很快郭英杰的汗衫上满是大窟窿小眼子。

　　不管多苦多累，郭英杰从未打过退堂鼓。

　　当年在乡下劳动，郭英杰就不惧硬，扬场、使簸箕、扶犁点种，干什么像什么。扶犁可是个手艺活，马拉的犁铧要画出一道直线来！一天下来，骨头都快散架了。然而第二天，郭英杰又准时出现在派活现场……

　　稻草装在马车上，要码成四四方方的"豆腐块"，中间要"勾心"，以防淌包。垛柴火垛，四边要整齐，一点点向上收、撅成屋脊状，顶上还要苫上秫秸，以防止漏雨。

　　闻知要在知青中招工，教师们纷纷来找郭英杰，希望他能留下来。学校需要他，教师们也需要他。郭英杰仿佛永远不知疲倦，不计个人得失，起早贪黑工作。"这小伙子太实在了！""全公社也找不到这么能干的知青。""我们需要这样的人才。"校长张少镰还记得自己的承诺，是他建议郭英杰到学校当教师的。特殊人才特殊对待，校长找了公社和县教育局，申请不让郭英杰只当民办老师，而是直接转为正式公办老师。在当时，这也是很抢手的职业呀！可郭英杰听从父亲的意见，还是决定当工人。

　　1977年1月28日，东北的大雪铺天盖地，呼啸的寒风如同一条冰冷的鞭子，抽得人脸上生疼。郭英杰却英姿勃发、异常兴奋，甚至觉得这是"最热"的一天。因为，在这天他荣幸地成为本溪钢铁公司的一名炼钢工人。

没有人会因为学习而倾家荡产，但一定会有人因为不学习而一贫如洗；没有人会因为学习而越学越贫，但一定会有人因学习而改变人生。

热血青年郭英杰一入厂，便拉开了名为"一定要好好干"的人生序幕。他上书店买了《炼钢学》《炼钢三百问》《电炉炼钢》《炼钢工艺》等一大摞书。他上班挥铁锹推人力车，下班啃书本，星期天也加班加点不休息（郭英杰在本钢工作二十三年，休息天全部献工）。入厂没几天，郭英杰就同一个青年点的同学王和平自动发起劳动竞赛，互相比着干。你干得好，我比你干得更好。两个人星期天谁也不休息的冲天干劲，带动了很多青年工人，一下子在厂子里掀起了"积极献工，比学赶超"的热潮。

当时炼钢没有现在的数字化和智能化，完全靠一双眼睛"看成色"。吹氧时间长短，温度的控制，都要靠经验和目测。舀出一勺子钢水，大家围过来看，每个人当场说出含碳量百分比，看谁的眼力好、水平高。钢花飞起高度，则是目测的主要参照物。高碳钢花蹦得高，像绽放的礼花。如果钢花稀稀拉拉的，欠活跃，那就是低碳钢。大家根据这些目测判断决定调整参数和原料配比，目测和判断的准确与否，直接左右着产品的产量和质量。熔化期、氧化期和还原期也各不相同。

我这样的概括性叙述，只是点到为止、说个"皮毛"。因为，每个钢种的特性都不一样，各有各的指标、各有各的参数，不能用以往的经验"套公式"。当时郭英杰所在的一钢厂，经济效益的主要增长点在于新品种的试制，郭英杰所在炉则承担了几乎全部的试制项目。他们试制的钢种"百花齐放"，结构钢、合金结构钢、轴承钢、齿轮钢、曲轴钢、军工钢等八大类100多个品种都要试制，每一次试制"都是新的",都面临着"全新的挑战"。郭英杰带领工友们始终紧绷神经,一次又一次迎难而上,边摸索边干,只许成功不许失败。

齿轮钢为特钢的主要产品,市场份额占国内30%以上。试制齿轮钢涉及多种系列、70多个技术条件。为了提高产品的合格率,郭英杰对化学成分与技术要求进行了"回归",采用了成分动态控制和内控范围控制相结合的先进技术,保证末端淬透性达到标准要求。钢厂所产汽车齿轮用钢20Cr2Ni4A,18-20crmTi荣获国家金奖,实物质量达到国内领先水平。本钢齿轮钢荣获"辽宁省名牌产品"等一系列荣誉,大幅度提升了产品知名度和市场竞争力。

试制新品种,难就难在"变"。本钢自己的新产品在变,不同厂家需要的产品脆性指标等也各不相同。最怕这炉炼这种钢,那炉炼那种钢,时间紧任务重,哪儿差了都不行。郭英杰就是在这样的环境中如履薄冰地干了几十年,从未炼过一炉废钢。

为了不出现差错,每试制一个钢种郭英杰都要查阅大量资料,研究钢种的特性,精确计算相关参数,和工程技术人员一起研究、制定合适的工艺。

试制多种不锈钢操作很难很难,普通品种含碳量在40%左右,AH403的碳含量很低。碳越低越不好炼,改变了钢水的黏稠度,要加萤石,加吸铁粉,还原钢中的铬成分。每炉加铬铁35吨,要甩起大板锹,哗啦哗啦地手工加料。炉里温度达1600~1700度,火花呼呼地往外蹿。郭英杰迎着钢花冲在最前面,每次是"一号力工"。进入氧化期和还原期,每隔一个半小时就要上炉顶换电极。炉顶更热,烤得皮疼肉跳,而这活总是由郭英杰独自包揽。

脖子、肩膀和胸腹,处处都是烫伤,"铁人"郭英杰简单地包扎一下,便忍着剧痛再上战场,从未休过病假。

多少个连轴转的日子里,郭英杰连续两天两夜不休息,连续指挥长达48小时。一批钢生产出来,他的体重掉了好几斤。洗完澡都迈不动步了，恨不能连睡几天几夜。可闻知班上有事，他立刻精神起来穿上工作服，这不仅是责任，也是他的兴奋点！因为他心中有把"尺子"，先量人心，再量干劲、量技术、量产品，每个新产品的试制，都只能成功，不能失败！

不能因为试制新产品而放慢生产节奏，每班日产定量36吨，郭英杰的班每天日产40吨。先进班组的流动红旗一直挂在郭英杰所在的班里。1982年郭英杰当上了班长，实行四班倒的快节奏制度，质量和产量双翼振翅、遥遥领先。1990年，工人月薪平均每月40.47元，郭英杰的班每月光是奖金便高达五六十元。

郭英杰清楚，工作靠少数人是不行的。只有群策群力，调动起所有工友的劳动干劲，才能事半功倍。"所有的工友都是兄弟"，郭英杰真诚、热情，以帮助工友为乐。老师傅家里盖房子，他下了夜班就组织工友去帮忙。郭英杰当知青时的手艺派上用场，他摇身一变成了砌墙大工。帮助青年工人传手艺，更要关心他们的生活。谁家有事，郭英杰都是第一时间到场。

头戴全国劳动模范的桂冠，郭英杰毫无自满之色，他认为活全是工友们干的，待遇也应该还给工友。当劳模23年，他把发给自己的奖品，如自行车、毛毯等全部送给工友。奖金用作集体旅游的经费。休班的时候，他带领工友们去千山、丹东、大连、凤凰山游玩。如果郭英杰的奖金不够用，工友们会自觉地掏腰包"少凑点儿"。

郭英杰说："谁都知道钱好花，但钱不如人心可贵。"

郭英杰当班长12年，从来没比工人多拿过一分钱奖金。

郭英杰喜爱照相，每次出去他都带上自己的相机给大家拍照，再把照片送给工友。郭英杰自己买了放大机、暗箱等设备。回家把窗户一挡，自己洗相片。遇到不会的地方就问照相馆的师傅，或者拿着书本学习。先显影，再定影。他把洗好的照片发给工友，分文不取。刚开始，郭英杰洗相片的手艺很差，曝光强了照片发白，曝光弱了照片发黑。显影和定影时间掌握不好，容易出废片。这时，郭英杰会抱歉地告诉大家相片这次没洗好，并爽快地答应："这次冲坏了，哪天咱们重玩、重照。"

郭英杰退休后，经常肩扛录像机出现在红白事上。跟从前一样，分文不取。

郭英杰跟工友们的关系很近，他当车间主任时，全车间千余人，他个个能叫出名字。可郭英杰始终把自己当成一个普通工人，工人们也从没拿他当官，大家兄弟相称，其乐融融。

谁家老人去世了，郭杰英都会去帮忙穿装老衣裳。当时本溪没有殡仪馆，郭英杰几乎"包揽"了所有工人家的白事，并且谢绝任何报酬，甚至连支烟都不抽。工厂上百名老人去世，都是由郭英杰亲手为其穿衣、整理容貌。

2000年夏天，郭英杰正在沈阳开省人大会议，厂工会主席打来电话："郭师傅，我们实在没招了，你回来一趟行不？"

郭英杰连忙处理完手头的事，仔细打听原委：这才知道原来是单位的一个职工早上6点被火车撞死了，一直到下午2点，尸体还在火车道上放着，没人敢管。家人哭蒙了，张罗事的人"一再涨价"，可花钱也雇不到人。闻知尸体破碎，连殡仪馆的人都拒绝，"给多少钱也不干"。

郭英杰请了假，连夜赶回本溪。

到现场一看，郭英杰也很吃惊。但是他很快收拾好心情，反复调整造型，直到能看出原来的模样了，再找人拉走，放到殡仪馆的冰柜里。

郭英杰说："其实这也是我工作的一部分，帮过这样的忙，感情一下就近了。"

有时候之所以会觉得梦想特别高远，那是因为我们在接近它的路上还走得太慢。

郭英杰退休后，他的事业还在延续。工厂技术突飞猛进，逐渐走向了智能化，可一些常规性的东西还没有变，徒弟们时常向他请教工作。

虽然不在工厂了，可郭英杰的助人为乐从未停止。原单位的工人李富杰身患尿毒症，没人照顾，于是每次洗澡都成了问题。郭英杰主动揽下这活，每周开车接李富杰洗一次澡，再送回去。洗澡钱郭英杰拿。李富杰离世前，拉着郭英杰的手热泪滚滚："英杰呀，我欠你太多了，下辈子还吧！"

人性有阴暗面也有光明面。它们为我们展现了什么呢？从人性的阴暗面看，做律师的希望你被告，做医生的希望你生病，做修车工的希望你汽车坏掉，只有小偷才希望你永远荣华富贵。郭英杰的正能量却透过阳光照射出来，呈现出人性中光明的一面："人生就是一场向善向美的奔跑，你跑得慢，总有闲言辞碎语传到你耳边，你跑得快，听到的只有风声。"

罗佳全："绝活技师"逸闻

罗佳全向英国专家布莱特要那把漂亮的瑞士电工刀，被冷眼拒绝。谁料，罗佳全当场"卷"了英国专家的面子后，那把刀却最终还是装进了罗佳全的衣兜里。

有时我们以他人做镜子，来界定自我认识自我，每个倒影都令人警醒。

这天，向来瞧不起中国技师的英国专家布莱特，破例邀请罗佳全去本溪最好的金鼎酒店吃饭，他以为这样做，算是给足了中国技师面子。不料，一向礼貌至上的罗佳全当即谢绝："我不去！"当场撅了人家面子还不够，罗佳全又伸出右手大拇指高高举着："我们中国是大拇指，"再伸出小手指倒提在半空，"你们英国是这个，小手指！"

谁都知道，本钢机电安装工程有限公司电调队电气调试班班长罗佳全向来见人先咧嘴微笑，以谦和著称，他这样一反常态地对待英国专家，一定有什么特殊的原因。

265m²烧结机、主抽风机，都是从英国进口的。专家布莱特从遥远的英国来到中国东北本钢，专门负责设备的安装和调试。

罗佳全带领全班工人"打下手"，工作干得很顺手，布莱特虽然总是摆出居高临下的样子，但总体来说也算相处融洽。因此，罗佳全看到布莱特携带的那把瑞士刀不错，特意买了把品质上乘的中国刀，外加两条好烟，要跟他换。"NO！NO！"布莱特像被烫了一下，"这刀跟了我30多年，不能换！"

罗佳全轻松笑笑，打消了换刀的念头。

2000年，本钢板材炼铁厂冷烧工程施工时，由英国公司总包的烧结机主抽风机10kV高压变频电机系统出了问题，负责跟踪安装和调试的人便是布莱特。

罗佳全在电气设备安装的时候，发现了英国带来的10kV电缆接头附件受过潮，上面结了不少斑点，就通过翻译告诉布莱特："这个电缆附件受潮霉变了，不能用。"

"不可能的！"布莱特"抽筋"一样跳起来，嗷嗷叫喊，还高高地竖起大拇指，赞扬他们英国的设备"非常好"！

罗佳全再三跟布莱特说明"危险性"，如果不更换零件，将会损坏设备，会造成损失的。布莱特还是挺高胸脯，根本不听，也没把罗佳全看在眼里。

但是，困难跟坏天气一样难以预料，却也跟坏天气一样无可避免。

罗佳全找到工程总指挥冯建民反应情况："电压上升到额定时，肯定会出问题的。可是，布莱特还说没问题，怎么办？"

"该试验试验，"冯建民也生气了，"别管他！这是他的设备！"

果然如罗佳全所料，进入系统调试阶段，当电压升到6kV时，电缆接头砰的一声，"放炮"了！

"电缆接头"坏了！

布莱特瞪大惊恐的眼睛，脸皱成一堆的抹布，在原地束手无策！

假话如同台词，常常是背熟了再说；真话如同咳嗽，因为压抑不住才喷涌而出。

罗佳全憋了一肚子气，一下子爆发出来，他向布莱特高高地竖起了小拇指："你就是这个！"

布莱特突然张大嘴巴，似乎把一堆话像吞馒头一样咽了下去，一句话都说不出来！

眼见故障要影响生产，罗佳全急了，要自己干。布莱特的蓝眼睛像鬼火一样闪了闪，嘴唇像两块受潮变形的小木头条，他傲慢地说："中国人，不行的！"

"你说我，可以，"罗佳全当即火了，"但是，请你把'中国'两个字去掉。这活，我们自己干！"

"你肯定干不了，"布莱特说，"唯一的办法，就是从英国运来同样的材料，重新安装。"

"那可麻烦了！要报关，走审批手续，再绕半个地球从英国运来，工期要延期两个月，这个损失是无法估算的。"冯建民气愤地说。

事实上，它影响了整个工程。这个设备启动不了会影响生产，高炉也要停，损失太大了！

布莱特摊开两手："没有别的办法，只能这样。"

冯建民命令罗佳全必须完成这个任务，赶紧坐飞机走，找到国产的替代产品。布莱特还是坚持从英国运货，冯建民向罗佳全挥了挥手："赶紧去找！"

可是，罗佳全打了多个电话都碰了钉子，大家像约好似的，齐刷刷地回答了"没有"二字。

"我们自己想办法！"小个子罗佳全的话掷地有声。

"能行吗？"冯建民问。

"能行！"罗佳全回答。

一石激起千层浪。所有调试班，不，整个工厂都将"焦点"对准了罗佳全。有的信任，有的怀疑，有的半信半疑。国内那么多大厂都找不到的替代产品，罗佳全能做出来吗？有人建议冯建民："听英国专家的，损失也是单位的。如果罗佳全做不出来，你作为总指挥，要个人担责的。"

压力像沉重的石块压在罗佳全心头，罗佳全暗暗激励自己：不要碰上麻烦就焦虑，因为焦虑不能解决任何问题，只会令现状变得更糟糕。真正的强大，不是拒绝，而是接纳。别犹豫，把负能量统统收起来，把目光和精力专注在工作上，套牢目标……

晚上9点，罗佳全一头钻进深井似的夜幕，钻进他的工作间。

其实，罗佳全说出"能行"两个字看似"很牛"，却"牛"得很有底气。

罗佳全老家在广西罗城仫佬族县东门公社大福大队大井村。日本人侵华时，乡亲们家家都有猎枪。没有霰弹铁砂，他们就杀了牛，把牛皮晒干了割成小块放锅里炒，炒成很小的霰弹。这种霰弹打进肉里，经血液浸泡，牛皮迅速膨胀，疼得鬼子嗷嗷叫……

罗佳全更有自己的亲身经历。之前新加坡人把他们制作的瓷套式66kV高压电缆终端接头当作核心技术，不让中国人看。安装时，要用警戒绳围起来，隔开中国人。有一次，新加坡的设备运到中国，由于途中纸封铅抹布受潮，怎么也封不上。

罗佳全道："你让我进去，你指导我制作一个电缆接头，你的封铅问题我来解决。"

愁眉不展的新加坡专家喜出望外，罗佳全用牛油煮了横纹布替代新加坡的纸封铅抹布，效果当然比他们的好。尽管新加坡专家制作一个电缆接头好几万，可他还是兑现了承诺。二人也成为好朋友。

吸取了新加坡产品的长处，罗佳全又进行了升级改造，很快"青出于蓝而胜于蓝"。

而且罗佳全还有足够的"理论支撑"。

路，走对了，就不怕遥远。虽然只有初中文化打底，可罗佳全从1983年开始，先后参加了成人高中、函授辽宁科技大学电气自动化技术、本钢技校电工班、计算机班、本钢集团设备部高压电缆接头班学习。罗佳全还多次自费到南方的厂家学习电缆接头制作新工艺，掌握前沿技术。

罗佳全买了许多专业书，白天到现场施工干活，遇到难题便及时记录下来，晚上回家看书研究，逐个攻破。

电调队党支部书记郭志义说："罗佳全把别人玩的时间、休息的时间，都用来读书学习，他有个朋友圈，都是搞电气调试及试验的专家。罗佳全对新技术的追求就像着了魔，一旦发现新技术就兴奋，一定要学会。"

十多年以前，罗佳全得知本钢雇请外人制作一根电缆光纤接头，要付人家100多元。凭敏锐的嗅觉，罗佳全觉察到这项技术的市场价值，更知道本单位的需求。

罗佳全立刻行动，在冬季挤出空闲时间，自费去上海学习这项技术。单位也很支持他，专门买了台光纤熔接机，罗佳全一天就为工厂制作光纤接头200多个，为本钢节约了大笔费用。

时间过得太快了，五个小时过去了，罗佳全刚刚理出思路。

时间过得太慢了，五个小时，比五个月都漫长，冯建民心急如焚。

第二天早上9点钟，英国专家布莱特又催促冯建民："不要白白浪费时间了，我们英国做的东西，他罗佳全怎么会做得出来？"

在别人看来，胜利的希望被黑夜层层包围、非常渺茫。罗佳全却要全力闪耀，拼力扩大光能、点亮黑暗。

淌过质疑的河，将埋怨踩在脚下，把冷水引进暗沟，再翻山越岭，从荆棘丛生的荒野杀出一条路来……

时间又匆忙过去一个小时，上午10点，罗佳全连续干了12个小时，用平时施工剩余的国产电缆接头附件东拼西凑就进行了国产化替代，再加上自己的"牛"招，电缆接头制作出来了。

试验产品的时候，大家紧张得近乎停止了呼吸，时间已经过去一晚上加一上午，再"砰砰砰"放炮怎么办？

紧张的试验终于完成，冯建民高兴得差点儿跳起来："成功了！罗佳全成功了！"

有人仍然怀疑："不一定能用住呢。"

可我采访时，这个附件已经用了20多年，仍在用。

小个子罗佳全被英国专家看成了"技术巨人"，他真诚地邀请罗佳全上本溪最好的饭店。尽管罗佳全谢绝了布莱特的宴请，他们的友情却更近了——也不知什么时候，布莱特把自己视若珍宝的瑞士刀，悄悄放进罗佳全的衣兜里。

坚持做一件事情，不一定是因为这样做会有惊天动地的成果，而是为了证明这样做是对的。即使身处困顿，也不要忘了抬头看看柳梢的月，檐角的星。

2011年6月18日，本钢建在丹东东港的不锈钢厂正热火朝天地施工，紧张忙碌的6000多人的大工地，突然，停电了！刹那，所有机电设备停止了运转、轰鸣，热闹非凡的生产现场突然一片寂静，施工被迫停止。工地所在区片普通用电也停了电，周边居民的正常生活受到了干扰。工地上的人吃不上饭，洗不上澡，当地电业专家忙碌了一天一夜，怎么也找不出毛病，便请来了丹东市电业专家。又一个昼夜过去了，还是找不出"病"来。

早上，天刚亮，罗佳全被一阵急促的电话铃声惊醒。

昨晚又有个"救场"活，他天快亮才回来。现在，又要出发。电调队队长仲聪林说："佳全哪，知道你太累了，昨天夜里加班抢修，可集团领导点名让你去一趟东港，那里都停工两天两夜了。"

罗佳全赶紧去班里交代了一下工作，带上工具，匆忙驾车赶往东港。到工地后，见东港电业局的师傅拿着很先进的脉冲检测仪，仍在查找故障，罗佳全便上前自我介绍说："师傅，我是本钢过来的。领导责成我也来做电缆故障排查，咱们一起合作，请您说说停电的情况。"

检修人员介绍完情况，判定故障点可能在靠近供电区域的地方。但他们反复查找，怎么也找不到具体位置。

师傅介绍完，罗佳全根据自己多年的经验，决定从电缆的另一端入手。他向前方一指："你拿这个检测设备跟我上那头看看。"

为了尽快恢复供电，东港供电局的抢修人员，已经仔细查看了千余米电缆。罗佳全手指的地方，他们已经查过多次。

带上脉冲检测仪，二人开车向前走，罗佳全说："我们现在往前走，我让你停车你就停车。"检测屏幕上显示到400米处，刚好在不锈钢厂厂区内。罗佳全预测可能是此处的电缆坏了，于是让司机停车："大概在这个地方。"

"不可能在这儿，我们都找完了。"

本钢的同志也在这里查找过，他们异口同声地说：故障不可能在这里。

罗佳全想："故障很复杂，电缆线芯一根断了、两根断了，还是三根断了？是一相接地、两相接地，还是三相接地？两相短路了还是三相都短路了？"故障类型不一样，寻找的办法也不一样。确定某个具体寻找方法，要有多年查找经验。到底哪个类型，原因也很复杂。如同中医诊脉，如何在复杂的外因纷纷扑来时，仍然排除干扰、找到病因，不那么容易。

罗佳全不好直言，便委婉而礼貌地说："你们连续干了好几天，太累了。我刚来，我干一会儿吧。"

下车后，设备已经接收不到信号。

因为停电，罗佳全的身后，本该热闹沸腾的数千人的工地此时一片寂静，他眼前的一片芦苇荡却绿浪翻涌。罗佳全将目光锁定那片苇叶荡漾的地方，对搭档说："请指挥部调个抓钩机来，带斗的。"

两个人爬上抓钩机，轰隆隆开进芦苇荡。

罗佳全仍然"固执己见"，指挥抓钩机勾头伸进芦苇荡边的水沟里，向下挖。

人越聚越多，他们都是几天来昼夜查找电缆故障的电力专家和技师。这个摇头，那个叹息。有人甚至背过身去，要"另寻出路"……

在场的所有人，只有罗佳全一个人坚信自己的判断是正确的。

罗佳全常常不按套路出牌，敢于另辟蹊径。

他听得懂这些钢铁器官的话，从机件嘶鸣里剥离出微弱的呼救声，在机器落难时出手搭救。他深入进一道道机件的内部，跟它们对话，跟它们交朋友，成为它们的一部分。

就像之前本钢板材原料厂变电所要进行 10kV 和 6kV 高压系统改造，提高产能。由于不能确定停产时间，变电所的配电室空间狭窄，给施工出了难题。那么，怎样才能解决空间狭小的问题，又不影响正常生产，安全、高效、可靠地进行系统改造呢？

原变电所两个屋，有两排高压柜。AB 皮带在高压系统下应该分段却没有分，现在改造因为空间太狭小，做不了。即便请来设计院专家，也无计可施，除非"另建"。如果场地、厂房、设备全上新的，那费用也太大了！

领导合计来合计去，决定将这项重大课题"甩给"罗佳全。

罗佳全调研后，提出了"不停产过渡方案"。

这个方案胆子太大了，几乎是不可能的事！

罗佳全设计好具体细致的施工方案，指挥工友们开始行动。

新高压柜安装，系统逐一过渡，旧高压柜拆除，带电平移，不能停产，要将 28 面高压柜整体平移，要求精度很高，难度太大了！

高压母线、间隔套管、高压瓷瓶、高压柜底座、动态应力变化，都在整体平移中经受了考验，可在罗佳全的方案的指引下，一次性平移成功！

这个方案的成功实施，为本钢节约资金 800 万元，也为今后类似工程改造提供了参照范本。

2014年，罗佳全的《有限空间高压柜不停电整体平移施工工法》，被评定为辽宁省工程建设工法，在更大的空间、更广泛的领域推广应用。

回到现在，在东港工地，抓钩机若谦谦君子，在芦苇荡前深施一礼，将罗佳全二人从斗里吐出来。人们的眼球随着抓钩机斗而忽上忽下，铲斗每低一次头，都带着巨大的悬念。人们的心态很矛盾，既盼望一把"捞出"短路处，恢复生产。又觉得不大可能，毕竟大家在此巡查了多次也一无所获。

抓钩机斗牙向下，拱嘴钻入泥土将腮装满抬起头，将口中渣物吐在一边。低头又抬头，吐了一口又一口。

抓钩机也似乎在配合他们，挖一下，没有。再挖一下，还没有。也不知挖了多少下，抓钩机斗再次例行公事地抬起头，罗佳全兴奋起来，指着沟底道："毛病在这儿！"

人们惊奇地盯着抓钩机刚刚抬头的地方，大家注目处，受伤缆线豁然呈现！

在众目睽睽之下，罗佳全再一次"露脸"——短路处找到了！

"老罗太厉害了！"

"神啦！"

"我们一个军团，赶不上人家单兵作战！"

人们欢呼起来，赞不绝口，把罗佳全团团围住。

工地上的领导兴奋了，举着大拇指赞扬罗佳全："急难险重冲得上去，关键时刻能解决大问题！"

"我所掌握的技术，是企业培养出来的，不是我个人的。这些技术不能失传，也不能从我这里断代了。我就是要毫不保留地把自己所有的技术、经验，传授给年轻人。"

人说"教会徒弟饿死师傅"，罗佳全对此不屑一顾。

电调队队长仲聪林告诉我："罗佳全给这些年轻人传授技术，真的是毫无保留。新来的大学生问什么，他都会认真教他们。咱们单位一线的职工，百分之百都得到过他传授技术，他带出的徒弟个个出类拔萃，现在他的徒弟，不少到了领导岗位和技术管理岗位挑大梁了。"

"苗子再好，没有五年以上时间，也培养不出一个好的调试工。"罗佳全的徒弟李天会深有感触："师傅手把手教我，边干边讲解，然后才指导我上手干。一有空闲时间，师傅就结合现场实际，耐心细致地给我讲解电气调试的每一个细节。"

现在，徒弟李天会、焦春华已经独当一面，他们双双考取了电气专业国家一级建造师。许多徒弟都在技能上有了质的飞跃，挤上电气工程师的"专车"，成为电气调试能手。

电气调试技术更新很快，许多大学生刚来时"发懵"，原来书本上的知识跟现实差距这么大，他们"门都摸不着"。

罗佳全也曾经"深受其害"。

罗佳全刚从部队分到本钢，带他的刘师傅专门制作电缆接头，绰号"接头大王"。师傅把持这个绝活，谁也不教。师傅有个秘方，记在本子上、锁在办公桌的抽屉里，谁也不让看。罗佳全商量多次要求学习，可是"门都没有"！

一天师傅病了打点滴，主管领导指使罗佳全去制作电缆接头，罗佳全当场回绝："我做不了哇！""你必须做！""等我师傅病好再做吧？""不行！你必须干！"

原来师傅跟"管事的""杠上了"，不同意做。"管事的"跟师傅二人较劲，罗佳全谁也惹不起，只能受"夹板气"。

罗佳全当兵多年，已经习惯"以服从命令为天职"。罗佳全深思熟虑后，觉得还是应该"以工作为重"。他豁出去了，决定铤而走险。

晚上，罗佳全拿了把被他磨短的螺丝刀，把师傅办公桌抽屉上紧紧压贴着的锁撬开，一点儿一点儿将下边的螺丝拧松、别开锁，把师傅的秘方本子拿出来，把"秘方"抄在自己的本子上，再把师傅的秘方本放回原处。

罗佳全按照要求制作出了合格的电缆接头。

师傅回来后，罗佳全的脸腾地红了。幸亏师傅没有注意，惊讶地问罗佳全："你这电缆接头是怎么制作出来的？"

"师傅教我的呀。"

"这小子真聪明！"

多年以后，罗佳全带徒弟的头一件事，就是"交出"当年从师傅抽屉里偷抄的秘方，让徒弟们抄在自己的本子上。

其实，罗佳全的底子很薄。

1981年5月1日，以往的成绩一下子"翻篇"，曾经给首长当警卫员、以5发子弹打出48环，取得过第一名成绩的罗佳全，因所在部队集体转业，转业到地方工作。

战友们纷纷选择到机关工作，罗佳全却分哪儿哪儿不去，先后放弃了本溪市公安局、本钢公安处和本溪市民政局。

部队领导问他："你到底要干啥？"

罗佳全回道："学技术。"

领导安排罗佳全学开大卡车，罗佳全试了几天就不干了。罗佳全的个子矮，坐进驾驶楼里露不出脑袋，卡车像无人驾驶。

安排他在团委工作，整天写材料，收团费收党费，他不愿意干。

"这工作还不好？"领导问他。

"我想学技术。人生还是有门手艺吃香。"

"你是个傻子，当工人哪有获得提拔的机会呀？"领导开导他，"机关就不一样了，别看今年是干事，明年很可能就提拔你了。"

领导嘴都说出白沫子了，罗佳全就一句话："我要学门手艺。"

干了八年电气设备安装电工，罗佳全要求去学电气调试。队长不同意："学调试至少是高中文化，你是初中文化，不够条件。"他安排罗佳全去安装班当班长，罗佳全硬是不去。领导火了："你要不干，就让你打更。"

"宁可打更，我也不当安装班班长。"

别人听了觉得好笑，不当班长却干打更，太奇怪了！脑子进水了吧？

风能摘落枯叶，却吹不散夜幕。但罗佳全相信，决心一定能穿透黑夜抵达黎明。

罗佳全干了大半年打更，主管领导无可奈何地说："看出来了，你还挺犟。"

"我要学技术，你不让我学。"

"你文化低。"

"谁天生就会？学呗。"

领导心软了，把罗佳全调到了调试班。

跟本钢劳动模范、本溪市劳动模范王忠元当学徒，头一次见面，罗佳全说："我什么也不会，王师傅你好好教我。"

机器出毛病了，罗佳全跟王师傅一块拆开大线包，看着那么多铜线，这儿鼓捣鼓捣，那儿鼓捣鼓捣，怎么也弄不好。连师傅都着急了，罗佳全反倒安慰道："师傅别急，再琢磨琢磨。"师傅说："小罗，把这线拆了。"罗佳全一圈儿一圈儿拆了铜线，发现短路的地方只有一点点，没有完全短路。他处理好缠紧了安上，毛病解决了。

在师傅指导下完成了工作，罗佳全很兴奋。

罗佳全虚心向师傅请教，赢得了各位师傅的好评，大家都愿意毫无保留地把技术传授给他。当别人休息娱乐时，他却在认真捧读学习资料。坚持在干中学，学中干。单位的大小活，他抢在先、干在前，从不讲条件、不计代价。每每遇到施工难题，他宁可几夜不睡觉、几顿不吃饭也要攻下来，不取得胜利决不罢休。

我们无法想象，罗佳全刻苦钻研时下了多少功夫，我们却能看到，他的左手小手指，因为常年拧螺丝刀，已经残疾、永远弯着。

一位领导指着罗佳全的残疾手指对年轻人说："你的手指也弯这样，就成大师了。"

罗佳全不懈努力，很快就能够独立工作，安装、调试一次性成功，再加上持续不断的起早贪黑研习，边工作边摸索，很快脱颖而出——丑小鸭变成了白天鹅。

罗佳全创造了奇迹，以初中文化的薄底子，被破格评为高级技师，还荣获全国五一劳动奖章、全国技术能手、新时代本钢道德模范等数十项荣誉。

罗佳全手把硬、名气大了，却一直不忘初心，心系本钢。

早在1997年，单位派他去泰国电气调试援建项目，给他办护照签字的领导说："咱俩都是当兵的出身，我给你办护照签了字，你可别不回来。你不回来，就把我坑了。"罗佳全回答说："放心吧，我的心在本钢，怎么可能不回来？"在泰国，一位来自中国台湾地区老板见罗佳全人好、技术精，为了让他留下开出了月薪上千美金的条件。这是他在国内工资的十倍。罗佳全毫不犹豫地谢绝。该老板再次大幅度加钱，罗佳全仍然没去。该老板的朋友在菲律宾开炼钢厂，给罗佳全开出的月薪更高，罗佳全仍然不为所动。此后挖罗佳全的人越来越多，他仍不为所动。"我哪儿也不去，"罗佳全强调道，"本钢培养了我，我要永远扎根在本钢。"

2019年8月16日上午，我去罗佳全工作的地方采访，墙上的两条标语迎面扑来，一条写：勤学苦练，争做工匠；另一条写：追求卓越，勇立潮头。由罗佳全主导筹建的电气培训室被本溪市和辽宁省命名为"罗佳全技能大师工作站和劳模创新工作室"，2017年通过国家和省市专家的审核验收，2018年晋升为国家级"罗佳全技能大师工作室"。"罗佳全大师工作室"进站大师十三人，其中高级技师四人、技师六人、工程师三人。汇聚了全国技术能手、高级技师罗佳全，本溪市五一劳动奖章、一级建造师、高级技师、工程师焦春华，本钢集团三八红旗标兵、一级建造师、工程师李天会，本钢集团优秀共产党员、一级建造师、工程师徐永青，一级建造师、工程师、技师李翀，本钢集团先进生产者、高级技师贾福生，本钢机电安装公司技术能手技师田野等一大批高技能人才。罗佳全麾下四十多人，形成一个拳头，打造"大国工匠"，向培养人才的新目标冲刺！

大师工作室积极探索"师带徒"机制，举行拜师会、签订师徒协议，通过仪式让徒弟从心里加深对师傅的情感认同，增进徒弟学习技术的信心决心。大师工作室举办了3期大型拜师会，促成了34对师徒对子，同时，大师工作室还举办过多期作业区级和厂级职工技术比武，并承办了本溪市2019年职工职业技术比武，他的徒弟在这次比赛中包揽了前三名。

现在，罗佳全带领这支威武的技术团队，传承"工匠精神"，履行社会责任，正在向更高的目标发力，以创新为突破口，走出本钢，走出中国，走向世界。

刘宏亮："80后"博士后的"现代磁盘"

A面：家乡山坡的树林

路途有多遥远，双脚会告诉你；沿途有多荒凉，眼睛会告诉你。

"80后"博士后刘宏亮清瘦、洁雅，脸庞白净，戴银丝边款的眼镜。初次见面，我以为他是弹琴的、跳舞的，或者是画画的，总之，他像个地地道道的"文艺青年"。

可我的猜测完全不搭边，这位中等个头儿、身材偏瘦的青年，整天跟大钢大铁大设备大机件打交道。论机器个头儿，几十米上百米高；论产品重量，几百吨上千吨；论钢片长度，数百米上千米长……

我看了他施展新技术的主攻阵地，那条完全智能化的卷板生产线躺卧在车间，足有七八百米长。蓦地，一个通红耀眼的"方块太阳"腾地"蹦上"起点，顺沿预设的路线旋转着，光芒四射地前进，越走越薄，越走越薄。"方块太阳"按照它心里的腹稿"打样"，边走边在生产线上刷出一道规规矩矩的长条彩霞，彩霞越来越长，在某处被冷水激一下便立刻"白雾"弥漫，"彩霞"也随之褪去红颜色，变成一条数百米长的青色"宽腰带"，缠在巨大车间的腰上——故事还没有讲完，下一道工序"宽腰带"已经卷成卷，威武列队，成为全世界数十个国家主动登门求购的先进高强钢……

　　我这样描述明显是"偷工减料"，钢板并非什么新鲜产品，刘宏亮也只是众多参与制造冷轧板的工人中的一员。但我要重点强调工业生产中常说的话：人无我有，人有我强，人强我优，人优我精。颇有"文艺范儿"的刘宏亮，不仅把功夫下在优和精上，还创新了多种符合市场需求的热门产品……

　　中国的先进高强钢曾经落后好几代，被一些老外瞧不起。

　　这天，一位德国专家向刘宏亮发火了："明明是你们的生产有问题嘛，你们为什么说我们的工艺有问题？"

　　按照德国专家的配方，刘宏亮和伙伴们多次调试钢种，怎么也调不出来。客户点名要货，预付款都打来了，却交不上货，能不急？德国专家也在调试，一次两次不行，一天两天不行，两个月匆匆而逝，还是不行。按照他们所调试的配方，生产的热轧板卷曲、温度控制不均匀。刘宏亮指出德国专家的问题所在，德国专家非常傲慢，咧嘴、翻眼、瞧不起中国人，坚称他们的配方没有错。

　　生活不曾取悦于你，所以你创造了自己的生活。与其在意别人的背弃和不善，不如经营自己的尊严和美好。

　　当时从国外进口的780MPa生产线，实际具备980MPa的生产能力。但需要进行钢种调试。邀请来的外国专家几经调试，780MPa产品都没有成功。

刘宏亮的团队认为"肯定有问题"，又不知道问题在哪儿。

刘宏亮在实验室模拟试验多次，根本不行，便与德国专家沟通，这才出现上述一幕。

刘宏亮决定带领自己的团队干，德国专家却不同意。

刘宏亮心想：你们做不出来，却把责任推给中国人。中国人要自己干，你们又不同意，这是什么逻辑？

经历多了你就知道，如果自己没有本事，活该忍气吞声地受气，只有当自己强大了，才有不看别人脸色的资格。

着眼大局，见多识广的刘宏亮没有恼火，也不跟德国专家正面交锋，而是带领他的团队暗中探索。语言沟通受阻，那就拿出"硬头货"来。趁德国专家周末休息，刘宏亮和搭档们刻苦钻研。每天下班后，德国专家离开工厂，大家加班工作。

刘宏亮像小时候种树一样，怀着对参天大树和种出成片树林的美好向往，严格依循科学程序，认真对待每个细节。他的耳畔回响着爸爸的叮嘱："既然栽树，就要种一棵活一棵。你好好看，要这样栽……"

春天，东北的冻土揉着半闭半醒的睡眼，久别而归的湿气和温度，重新投入大地的怀抱。冬眠的土壤一颗一颗解开衣襟纽扣、敞开怀，欢迎复苏的生命。一大群师生欢快地扛上劳动家什，到山坡上去植树。

身为中学教师的爸爸给小宏亮做着示范动作：他先挖好一尺多深的树坑，把坑里的石头捡出来，把挖出的土回填一部分。"这个程序很重要，不要直接让树根扎在石头上。这么小的树，根不扎进土里，吸收营养差，不爱活。"把树栽进去后，把土完全回填进去，"用脚把土踩实了，如果透风，树根干枯，会死的。"

爸爸踩着树下的土、扯紧树干，向上提了提，防止树根蜷在土里影响生长。

"看到没？"爸爸直起腰来，指着不远处的一片树林告诉儿子，"那是我小时候栽的树，当时树苗很小很矮，现在，成了一大片林子。"

"太神奇了！"刘宏亮惊讶地问，"栽的时候，树苗也这么小吗？"

"比这还矮呢，才一尺高。"

刘宏亮心里好似有暖流淌过、有热风吹过、有翅膀飞过，这是什么感觉，他说不出来。

刘宏亮出生在辽宁省开原市农村。他考上大学后，每年寒假和暑假回家，都要向山坡上看一看，小时候他和同学们栽的树长得又高又壮，早就成为一片大树林了！

他工作后，每次回家都要看看那片林子，远看郁郁葱葱，近听林涛阵阵！

每回他都要感慨："又长高了，越来越壮观了！"

这已经不是普通的树林，它承载了刘宏亮长大后的无限憧憬！

这么多年来，学习和工作上每每碰上困难，一想起那片树木，刘宏亮就像拧足了发条的机器，浑身充满了无穷的力量……

"要像小时候栽树那样，要么不做，做就要做好。"

如果你不知道下一步往哪儿走，那就把手头的事情做好。所有你现在所承受的，都是过去你起心动念所造成的；所有你将来所拥有的，都是你当下举手投足所缔造的。

当德国专家还在挑刘宏亮和同事的毛病的时候，刘宏亮的团队研制的新钢种已经成功，并开始接合同供货。当向外国专家展示产品时，他们当即"看傻了"！

那位德国专家惊讶得脸都抽抽了，他的脸色变了几变，最终还是向刘宏亮高高地竖起大拇指："OK！OK！好样的！"

过后，德国专家坦诚说道，这是他努力了很久、调试了太多次都没有解开的难题，竟然让年轻的中国专家做出来了，他太意外了！

B面："少帅"站在地图前

这世界从来不缺想法，不缺梦想，也不缺计划，而是缺少行动。

当刘宏亮在攻读博士后，负责管线钢产品优化开发，大踏步地向科研领域发起进攻时，中国石油天然气总公司的"大单"送上门来。

"好哇！"刘宏亮非常高兴，"首都北京的大客户，能把单送到东北，送到群山环抱的本钢，这可是打着灯笼都难找的事！"这既是客户的需求，也是国家的需要。

事是好事，可活很难干。人家提出要求：原来的天然气输送管线承受的压力不够，新的要大幅度提高承压能力。刘宏亮根据要求粗略算一下，难度相当大。一、管线钢厚度增加，生产难度自然加大；二、管线钢核心指标是韧性，稳定控制成了最大的问题。

早在2012年，刘宏亮耗费了六年心血，研究了"稀土在管线钢中的应用"。血气方刚，激情澎湃，豪情万丈，刘宏亮相信一定会在此项目上有所作为，也会撑起事业的一方天！

刘宏亮先后投奔了国内几家大型钢厂，个个都碰了"软钉子"。他们以饱满的热情欢迎刘宏亮来工作，却不同意他研究"管线钢"。刘宏亮不想放弃这个将来一定有前景的产品，在东北大学老师的推荐下，他毫不犹豫地情定辽宁本钢，扎根本溪。

不为模糊不清的未来过分担忧，只为清清楚楚的现在奋发图强。一花凋零荒芜不了整个春天，一次挫折也荒废不了整个人生。生活总会给你另一个机会，这个机会叫"现在"，也叫"明天"。

刘宏亮一改过去"老学究"式的闷在实验室里研究的习惯，积极深入到车间一线现场研究。车间就是"试验室"，工人师傅就是"裁判"，"故障"就是命令，质量和效益就是"首席老师"，技术创新则是闪光的理想。让知识生根，让理论"接地气"。他连续29个月与一线工人吃住在一起，活同干，心同频，热气腾腾地工作。在板材热连轧厂，为降成本增效而献计献策，为协助开发新产品而昼夜奋战。

成功的大门是虚掩的，只要你勇敢地叩响，总有叩开的时候。

一次设备改造后，设备运行不稳定。很多老专家就像"老中医"一样，蹲点观察设备的运行情况，然后分析设备出现的问题。刘宏亮觉得这样做太耗费时间了，便在一旁用"西医"取病理的方式，切割下一小块产品样本，通过检测，运用数据计算分析的结果来判定问题所在，很快得出结果，受到领导和同事们的赞扬。

但是管线钢可没那么简单。

管线钢就是用来制作类似"西气东输"和石油管道等所用的材料钢。这可是刘宏亮扎根本钢带来的"嫁妆"啊！

问题是，实验室中的结论，与具体应用往往很不合拍、差别很大。

刘宏亮反复研究、运算，最后得出结论：现有成分体系无法满足生产需求，只能放弃已有的成分设计，重新设计重头干。

这意味着没有"前人"带路，要重新开发这个规格的管线。

刘宏亮决定开山破路，另辟蹊径。开发不出新产品来，人家凭什么从首都北京把活送到东北呢？

刘宏亮采用"快冷"的方式，促使强度达到要求。但这还不够，"快冷"产品，还有个韧性指标，达到指标要求才能抵抗管道变形、增强抗断裂能力。

任何的收获都不是巧合，而是通过每天的努力与坚持得来的。不怕你每天迈一小步，只怕你停滞不前；不怕你每天做一点儿事，只怕你无所事事。

为了攻克这个韧性指标，刘宏亮四面出击，八方探索。厚规格产品与薄规格产品相比，无非是厚度增加了，那增加相应的冷却强度就可以解决生产控制问题，额外再增加合金添加量，提高材料的淬透性！查阅各种资料和论文后，刘宏亮也接受这个观点，并经过理论计算，完成设计和数字化验证。他非常高兴，终于找到了突破口！

赶紧行动！他兴冲冲地做了试验，可就是不行！

影子是不真实的，它不是在夸张，就在缩小。刘宏亮苦思冥想，决定采用"快冷"的方式，反复校正步骤程序，反复运算各项成分指标，轧钢工艺调整了，坯子也调整了。确认没有问题后，他又频频闪着满怀期待的目光兴奋地进行第二次试验，结果却令人沮丧，还是行不通！

碰了"两个钉子"，刘宏亮没有认输，他向顽固的堡垒发起第三次进攻！

如果生命是一曲动人乐章，我们没法控制如何开始，也很难预测怎么结束，那不如把今天的每个音符都弹得漂亮！

刘宏亮从哲学方面深入分析，外因是变化的条件，内因是变化的根据，外因通过内因而起作用。显然，外因好是决定不了内因的。那么，内因到底怎么样？刘宏亮又从西医的角度"切入"，检验内在成分。他干脆把钢料打断了，看它的断口。取样后仔细研究、分析。发现"表里不一"，钢板皮虽硬，中间却是软的。这种"外强中干"的情形，好比是"夹心巧克力"，外表坚硬、中间软弱，造成变形不连续、不均匀。新的热切期待在刘宏亮的思维里噼啪噼啪地"打火"：如果想出让边和中间、外因和内因一致的办法，或许会行吧？

刘宏亮反复琢磨，采用"间断喷水"制作工艺的办法。制作时多次向热板上喷水，喷一会儿、停下，再喷一会儿、再停下，致使里外温度均衡，终于攻下这个久攻不下的堡垒。

这项"相变控制间歇式冷却技术"，获得辽宁省科技大奖。

刘宏亮从小生长在辽宁省铁岭开原农村，小学和初中学习较差，回回考试在"排尾"。读高中时他意识到了学习的重要性，像庄稼咔嚓咔嚓"拔节"一样向上"伸腰"，跟宿舍的同学们比着学，以谁能做出一道难题而自豪。刘宏亮持续发力，因为"自豪"次数最多，常常受到同学的赞扬。那个条件很差的学生宿舍，成了刘宏亮的善于挑战、敢于战斗、勇于胜利的"福地"。熄灯时间到了，难题还没有解出来，刘宏亮就缩进被窝，打起手电筒，继续攻坚……

高考时，在山东从事科技研究的舅舅推荐他报考山东大学的理工专业，老师也告诉他新科技、新材料是"热门专业"，将来会有机会大展宏图，刘宏亮却"一头雾水"，不知道学习这专业将来有什么用。谁知后来刘宏亮竟对材料科学与工程专业"上了瘾"，又在东北大学攻读了研究生、博士，做了博士后。

生产高强度钢可谓一步一棒，在冶炼、热轧等数十个工序中，"问题"涨潮一样前拥后推，往往前一个问题尚且如鲠在喉，后一个问题又劈头打来。

在探索的路上，纵然华丽跌倒，也胜过无谓的徘徊。

刘宏亮带领伙伴们继续前行，他们没有退路，只能迎着陡坡上，摸着悬崖攀爬。滑下来，上去。再滑下来，再上去。哪怕悬吊在崖边，哪怕深陷在泥塘，哪怕险浪凶猛扑来，也要咬牙挺住，你拉我一把，我拽他一下。这是前所未有的探索，别指望"外援"，大家只能"自救"。浓雾弥漫、能见度很低，不能停止前进；沙尘暴连续进攻、躲避一下，不能打退堂鼓；疲惫疯魔般持续击打这些年轻的筋骨，全当是健身训练项目……

经历"九九八十一难"，他们笑了——热成型钢的强度"一跃而起"！

年轻人们欢欣鼓舞，跳哇蹦啊！

有人啪啪啪拍着胸脯，豁上半个月工资，要请一顿馆子。

有人说大半年没唱歌了，要去歌厅号几嗓子！

也有低调的要回家睡上一大觉，睡到"自然醒"。

是呀，这个17个人组成的团队，平均年龄才30多岁，最小的才出大学校门。风华正茂、青春蓬勃，冲动与激情无时无刻不在身体里激情燃烧……

但是，闻听钢剪刀"崩坏"的消息，他们知道，上述"所有的计划"也随之烟消云散。

剪刀坏了，说明热成型钢强度很出色。可生产效率极为低下，这怎么行？

在工厂，效益就是时间、产量和质地"三手联弹"的产物。在规定时间内的产量达不到客户需求，致使订单萎缩，效益无疑会断崖式坍塌……

刘宏亮和伙伴们再次一个猛子扎进"阵地战"的汪洋大海，不知道什么时候抬头，也不知道什么时候"钻出来"，他们像一群只买了单程机票的旅行者，切断退路，一往无前……

辛勤的工作终于迎来了曙光灿烂的早晨，高强度钢和剪刀尽释前嫌、和睦相处，质量和产量双翅齐飞。刘宏亮和伙伴们又主动迎接新的挑战——创新项目无止境，紧张的战斗永不停歇……

顶住压力持续打拼，才能后来居上。我在前边说过，刘宏亮小时候的学习排名要"从后数"。考上山东大学时他的成绩在班里倒数第六。自信人生二百年，会当击水三千里。刘宏亮自信有能力"掉个个儿"，把"排尾变排头"，每个平平常常的日子，都是"大考"、冲刺的日子。手不离书，口不离"曲"，知识们争先恐后地涌入大脑。手拿一本书从山顶走到山下，基本能背诵下来。

刘宏亮，那个离家久了会想家的东北男孩子，一路逆势前行，越走越快……

刘宏亮现任本钢技术研究院汽车板研究所首席工程师，是享受"国务院特殊津贴"专家，他还兼任"中国稀土学会第六届稀土钢专业委员会委员""中国汽车工程学会青年委员会委员""汽车轻量化技术联盟专家委员会委员"，获得过"全国钢铁工业劳动模范""中国钢铁工业先进科技工作者""辽宁省优秀科技工作者""辽宁省创新标兵""本溪市特等劳动模范"等诸多荣誉。他撰写论文40多篇，其中被SCI、EI收录的有12篇，参与制定热轧成型钢标准1项，编写专著3部，主持4项省级基金项目。研究的科技成果3次荣获省部级科技进步大奖。

安全诚可贵，生命价更高。刘宏亮和他的团队，在前不见先古的"无人区"，在荆棘丛生的地方，全力主攻汽车安全材料。

汽车的安全性，主要在于结实的钢框架。这取决于汽车的A柱B柱等框架钢的强度，强度越高，它的抗压就越好，安全系数也就越高。那么，怎样在实现高强度的同时，又不增加车身整体的重量呢？

人生就像舞台，不到谢幕，永远不会知道自己有多精彩。

2017年，刘宏亮的团队与东北大学联合，研究开发了2000MPa超高强度热成型钢。这不仅是本钢集团在新产品研发上取得的重大突破，更标志着本钢集团在抢占汽车轻量化研发制高点上，取得了重大成果。换言之，中国本钢生产的汽车材料在确保人身安全方面，为人类做出重大贡献，引领着世界汽车行业材料变革的新潮流。

中央电视台、新华社、人民日报等媒体曝出的"热点新闻"引爆了国际媒体，美洲、欧洲等媒体迅速跟进，刘宏亮团队开发的"热成型钢"PHS2000，首次在车身用钢强度领域突破2000MPa，实现了超强热成型钢全球首发。

2017年《世界金属导报》在全球评选"影响世界的钢铁技术"时，将此产品排在第一位。

美国通用汽车也非常重视这项研究，邀请刘宏亮的设计团队赴美国通用研究院，进行技术交流。

该产品在成分设计上突破了国外钢铁巨头在原热成型钢涂层板上的技术垄断，将为国家和企业节省巨额成本。

刘宏亮带领团队利用优化的合金设计、全新的轧制模型、独创的"相变控制间歇式冷却技术"，在本钢实现了稳定生产最宽1750毫米，最厚22毫米，X80管线钢，并将这项生产技术推广到其他厚规格产品的生产中，这项技术经鉴定已经跃升至国际先进水平。

刘宏亮在办公室上挂了一张中国地图，上班头一件事，便是站在中国地图前深思、指指点点，激扬文字，叩问苍茫大地。每研发一个新品种，开拓一个客户，他就在地图上做一个标志。在他看来，这是一片辽阔的原野，刘宏亮像小时候一样，满怀期待和憧憬，他要在上边栽很多树，让它们茁壮成长，再现林涛怒吼、百鸟群欢。

刘宏亮和他的汽车研发团队正在提速前进，要把本钢麾下的新产品和开发的新客户铺满整个地图。他们也期待着在不远的将来，把中国地图换成世界地图，建成世界级的"森林公园"。

搏冰我当先

——国网辽宁省电力有限公司"11·7"擒冰大决战实录

若把日月星辰比作天上的精灵，电则离天最近；若把日月星辰比作"光神"，电则是人间的"光神"。论原子能量，电与日月星辰最为相似。它们共有一个"光能、速度、动能"的核轴，成为助力生灵的"福心圆"。那么，从事电业工作的人，也离天最近，离"光神"最近，离"福心圆"最近。

——创作手记

序篇：冰害告急

如果说，辽宁是条剽悍威猛的大汉，山是储存智慧的脑纹，河流是供给源源激情的脉管，湖泊是秋波闪睐的明眸，那么凌空高飞在荒野险峰的高压电线，则是经纬纵横、构造复杂的敏感神经。

和美时节，林秀花鲜，翅舞鸟唱，它只是辽阔大地上的一排发卡，一条头绳，一缕不起眼的细线。即便"隆重推出"，在风光壮美的大东北面前，这个状貌平常的"神经系统"也只是跑龙套的

"配角"。

只有我们"电力人"才能读懂它的心声，那些寂寞的塔架、线杆上，个个都挂着粗细不等、谱乐丰盈、怀揣浪漫的琴弦，它们能引吭高歌，亦能低吟浅唱。

自从电取代了蜡烛和油灯，人类的原始劳动工具便成了挽歌绝唱。"电神经"主导世界，几乎所有光明奇迹和科技奇迹都顶礼膜拜，甘愿臣服、归其麾下。它的神经一旦被外力压迫，招来瘫痪病魔，不知要上演多少悲剧！

2015年11月6号中午12点11分，悲剧突然破门而来——

在省城沈阳，国网辽宁省电力有限公司18楼阔大的电力控制中心大屏幕出现险情，500kV的瓦恒2线跳闸，重合不良！

再送，强送成功！

紧紧盯着屏幕的调度控制处处长刘淼预感警觉而敏锐，立刻向调控中心副主任曲祖义报告险情，近乎呼救的急切声音立刻传向四面八方，通过手机短信平台迅速抵达70多个相关领导和工作人员手中。处长陈晓东12点30分到岗，省公司副总工程师马千旋即到岗，各处室负责人和调度们迅速集结调度室，马千组织大家现场研究事故原因，分析病患特点，制定解决措施。

大连分公司启动了预警预案，"应急办"发布预警。

营口分公司启动了预警预案，"应急办"发布预警。

各市分公司启动了预警预案，"应急办"发布预警。

省公司调度室气氛紧张，大家清楚，瓦恒2线跳闸后虽然强送成功，但事故点并未彻底排除。脓水擦掉了，刺还扎在肉中。若短路神经隐藏在密林高山，恰逢恶劣天气诱发，不定什么时候便会再度复发，后果令人惊骇。当务之急，必须安排紧急巡线，紧急排障。然而，事实远远超出人们的预测和担心，又一个"危险分子"公然发起了挑战——

6日下午14点38分，渤环2线跳闸，重合不良！

再送，强送成功！

事不宜迟，要做最坏的准备，对上对下负双责，将事故信息上报，所属各级负责人直接赶到事故一线。

同志们的心虽然高高悬着，也心存希望，但愿只是一场虚惊。但愿是导线上临时挂搭了什么东西，又被风刮走了。但愿是"雷击手"将两根导线"粘贴"，只一秒便迅疾闪离，只是瞬间故障。

6日夜晚，借着夜幕掩护，居心叵测的风雨悄悄集结，伴着低温来势凶猛，名为"覆冰"的事故杀将过来，大举偷袭辽宁电网——

7日上午9点15分，大连地区500kV红瓦2线故障跳闸，重合不良！

10点零2分，500kV网调指挥红瓦2线强送不良！

10点零6分，营口地区220kV渤环1线故障跳闸……

此后故障不断，仅7号一天就跳闸49次！

危情还在迅速"跳字"，从11月6号12点11分起，到7号18点45分，500kV、66kV、10kV共计225条线路出了故障，惊险跳闸290次！

警报不断地响，屏幕不断地显现危情——

省城沈阳告急！

辽南大连告急！

辽东丹东告急！

辽西朝阳告急！

其中，瓦房店的故障最为严重，64条次线路受损；一座220kV变电站停运，17座66kV变电站停电；10kV倒杆30处，断线58处，0.4kV倒杆30处，断线226处；影响16个乡镇，台区1955个，113487户！

瘫痪数"跳字"很快，仅仅30多个小时，辽宁省共有59个乡镇470个村，382277户停电！

3个极为恐怖的"瘫痪点"的状况最为惊心，一根220kV渤柳3线多项断线。尽管每相为复线，只断一根，但导线在高速公路上空摇摆垂悬随时可能掉落，令人不寒而栗。无独有偶，另一根500kV瓦海2线线路，也不堪狂风劲吹、重冰压迫，一头扎向高速路……

7日13点17分，另一个事故点上演了惊心动魄的一幕，在哈大高铁线路上，在建项目500kV红南线，跨越哈大距大连北站84公里+200米处，导线不堪厚冰重压，悬吊在高铁上空……

令人后怕的还在后头，瓦房店境内的500kV红瓦2线突然跳闸，而220kV瓦红线、瓦复乙线跳闸，导致红沿河厂核备电全停，红沿河电厂仅剩2回500kV线路与主网相连，失去备用电源。

针刺扎在辽南肌体，整个辽宁在疼痛，东北在疼痛，中国在疼痛！

在辽宁沈阳，国网辽宁省电力有限公司总经理张建坤紧急动员：立即启动应急预案，火速调集人员和物资，一手抓安全，一手抓效率，全力抢修受损线路！

党组书记冯凯亲自到调度控制中心指挥抢修工作：针对突如其来的灾害天气，公司各部门和各单位要积极应对，将损失降到最低程度。

在首都北京，国家电网公司董事长、党组书记刘振亚紧急批示：要确保安全供电、人员安全，要总结并改进工作，按能源局要求办。

国网安质部、运检部和基建部旋即奔赴辽宁事故现场。

新华社、中央电视台，密切关注救灾进展！

国家发改委密切关注救灾进展！

日篇：险情吹响集结号

昨天，行业排头兵辽宁省电力有限公司业绩不俗，首开先河的全国第一条50万kV线路就诞生在辽沈大地，载入中国电力史册。今天，在活力四射的新班子统帅下，科技创新，管理升级，全员奋进，企业精神和企业文化展翅双飞，前景如朝阳喷薄，一个再攀新高的团队正蓄势发力，扶摇直上。不想，在欣欣向荣的羊年岁尾却遭遇"下马威"，雾雨和寒冷突然联袂发威，指派2008年春天曾在中国南方毁坏无数高塔、线杆和导线的电网杀手——冰灾野蛮出场，在辽宁的天空疯狂起舞……

2015年11月6日上午，辽宁营口地区连续阴雨连绵，在七八级东北风的唆使怂恿下，雨雪竟同台"竞技"，不满气温徘徊在零度上下，联手将气温向下拉。中午前后气温滑落负值，"表演"升级换角，雨淞和冻雨迅速垄断舞台。6日10时，大连瓦房店地区拉开阴雨连绵的序幕，气温降至零下2度，蓄谋已久的七八级偏北风趁机亮相，迅疾把入侵的"属地"变成冰封世界……

零度至零下10度区间雾雨纷飞，最易形成户外裸物覆冰。

地处瓦房店的辽宁高压导线，恰好在覆冰瞄准的射程之内！

2015年11月7日　星期六　上午

天气急剧变坏，冷雨横扫，气温直降，七八级东北风狂呼乱叫。街路成了滑冰场，汽车行驶速度慢若蜗牛。行人被冷风冷雨抽打得睁不开眼，只好提紧衣领，缩脖佝腰。身临其境，辽电人都万般担忧，遭遇这样的恶劣天气，到底有多少塔基电杆导线将会遭遇险情？

国网辽宁省电力有限公司第一时间发出号令：紧急行动起来，火速组织抗灾抢险！

在沈阳，省公司大楼内。身处外地的总经理张建坤不断打来电话、发来短信，号令紧急启动"应急预案"，他再三强调一定要"保主网，保电网，保人身安全"；公司副总经理张印明赶赴500kV红南线事故现场指挥抢修；公司副总经理张国威赶赴葫芦岛、大连和营口事故现场指挥抢修；副总工马千和调度室的同志们紧盯大屏幕，随时记录、上报、下达抢险指令。公司应急办火速组织与各市所属公司分会场互动的专题视频会议，汇总问题，逐一研究应对举措。

11月7日9:50分，公司应急办已经第二次发出提醒信息，要求各单位密切关注天气变化情况，有针对性地落实线路防覆冰、舞动的安全措施；13时30分，公司启动了雨雪冰冻蓝色预警；15时50分，根据电网运行及天气变化情况调整为黄色。公司应急办各成员单位严格开展预警行动，分工协助，密切配合，监控和分析天气走势和电网变化情况。

所有公司干部职员都预感到此次冰灾非同小可，从11月6日10时39分应急办头一次发出提醒信息至此，短时间内就共计发出应急提醒信息4次！

在大连，省公司党组成员、大连供电公司总经理于晓辉，组织所属公司领导及所有部门，紧急召开会议，部署救灾工作。

辽宁省送变电工程公司总经理陈显伟、党委书记张海廷、副总经理刘涛、各部门主任副主任及所属公司负责人到会，启动应急预案，紧急制定抢险方案，将任务分头落实给各个分公司。副总经理刘涛操起电话，指令身在鞍山的所属第四分公司项目经理梁士民组织好人力物力，随时待命！

刘涛又指令输变电建设公司党支部书记兼经理陈烈，迅速调集所属鞍山、营口、黑山等100多人的队伍，赴瓦房店抢险。

中午11点半，正在沈阳皇姑区家中休息的输变电建设分公司施工队长毕忠芳，突然接到上司陈烈的"抢险"电话，他立刻打车赶往高速路口，与陈烈会合。

险情就是命令

在瓦房店供电公司，经理赵德仁板着面孔强调：第一，恢复变电站值班制度，严密监视事发动态；第二，立刻调集人力、物力，休息的同志赶紧上班；第三，所有车辆要调集到单位，司机要多拉快跑。

在瓦房店供电公司，副经理李延东接到大连公司"应急办"的命令，立刻利用微信平台发布信息：现在出现冰雨天气，伴随大风，可能对电网有影响。可能造成大面积停电，请做好抢险准备，所有生产人员收到微信后，马上到岗值班！

"应急办"发电机要加满油，待命！

所有车辆要加满油，待命！

公司所有人员马上到岗，待命！

瓦房店供电公司配电运检工程师林伟在电力岗位摸爬滚打二十年，深谙责任重大。天气这样坏，他预感到发起冲锋的时刻即将来临！

林伟的第一条信息发于昨天早8点，比第一次跳闸提前了四个小时。职业警惕弹拨了他的预感之弦：天气这样坏，要做好应险准备。于是他群发信息道：

天气恶劣，所有生产人员马上到调度室值班。

林伟预感天气可能降温、电线可能会因此挂冰，他通知所属19个供电所二十四小时值班，电器电建单位提前备好所需绝缘纸、电杆、导线等物资。线路班长提前召集人员，要快速到岗，在市里的开车、打车来，农村的道远，也要马上开摩托车到岗……

瓦房店地处渤海湾，系"大连的风口"，平素风力就大，何况此时！这里工业发达，有"中国轴都"的美誉，在全国百强县中名列前茅，多年来稳坐东北百强县龙头老大的交椅，也是耗电大户。突然停电，冶炼厂的钢水还在炉里，出现"坐炉"事故，会导致巨额损失。化工厂运转的机器突然停了，有毒化学品外漏，损失的便不只是金钱！闻名遐迩的"衡力石化"若遭遇停电炸炉，毒素系统将大量流泄！若是高铁牵引站停电，会导致机车事故！军用机场突然停电，导航系统失灵，飞机会掉下来的！手术中的医院停电，会造成难以预料的后果！

瓦房店供电公司送电班班长崔兴隆冒雨赶到单位，边走边打电话，号令全班工人火速到岗。说是全班，其实全部在编工人也只有18人。最大年龄58岁，小的24岁。去掉一名脑血栓病患者，再去掉50岁以上不能登塔的，能登高上塔的只有13人。省定每人巡线维护30公里，他们一人顶三人干，人均维护量超过100公里。尽管这样，黑铁塔似的壮汉崔兴隆从未叫过苦，从未差过事。他喊一嗓子，工人们就嗷嗷叫，指哪儿打哪儿。9点钟接到命令，闻知瓦万甲线光缆结冰断裂——他火速奔赴现场……

在同一个时间内

沈大高速路上，省公司副总经理张国威驾驶着私家车正风驰电掣奔驰在抢险路上！路滑车多，张国威左拐右突、插空穿行，既要保证安全守规，还要加快车速。他安排好葫芦岛抢险工作后，又匆匆赶往大连瓦房店。他按下车载电话键，接通了瓦房店供电公司总工程师邱庆春的电话，问询去现场的路怎么走。邱庆春说公司人全去救灾现场了，自己亲自去接他。张国威直言道："你赶紧指挥抢险工作吧，不用接我，告诉我怎么走就行！"

邱庆春家住大连。他看到微信通知的第一时间就火速奔回瓦房店。职业敏感提醒着他，情况不对劲——瓦房店是大风口，塔基东西走向，现在却刮北风，导线结冰后重量大增，如果风节奏与导线晃动节奏合拍就坏了，沉重的导线借着风势像荡秋千一样越荡越高，后果就太可怕了！核电、高铁都在境内，一旦出事，影响就大了！现在最急迫的是，第一，故障点在哪儿？找不到故障点，多少人来都没有用！第二，人员问题怎样解决？邱庆春清楚，瓦房店公司送电班就18个人，去了老弱病残和在外地培训的，能上阵的也就十来个人。紧急会议上，邱庆春另外征调40多人巡线，把队伍分成5大帮、13小帮，让熟悉道的带路人领到一处赶紧回来，再领人去另一处。

要快！大家一头钻进寒风冷雨中，奔赴陡峰密林……

邱庆春感叹道：我们的工人太好了，没一个人讲条件，个个能吃苦，拼了！

这个上午，他们钻山巡线600多公里！

时不我待

鞍山。省送变电工程公司所属第四分公司项目部。

小矮个梁士民衣服都湿透了，一会儿跑出项目部，一会儿又闪身进屋。伞也顾不上打，似乎雨在躲着他。他对着装车的同事嗷嗷喊，对着电话嗷嗷喊，对着司机嗷嗷喊，这台"小马达"一发动，身上的发条就拧足了劲儿。他眼睛瞪得乌黑发亮，生怕漏掉一个细节。

别看梁士民主政的输变电第四分公司是个小单位，这次抢险他们又摊了个"大活"，负责红瓦2号线抢修和施工。梁士民兴奋哪，这么危险的活交给自己，这是对他和同志们的最大信任。梁士民紧张啊，肩上似乎立刻压上了重物。他自己非常清楚，这是好征兆。这位敢打敢拼的"80后"，每次大战前都这样，跨过紧张、冷静、兴奋、沉着几道坎儿，就曙光在前、胜利在望。

他能不紧张？抢修红瓦2号线非常危险，要在一座高耸入云的塔上施工，左侧为带电运行的500kV红瓦1号线，右侧是与之同塔的带电线路红瓦3号线，强烈的静电感应使身穿屏蔽服的施工人员每次接触铁塔和导线时，身上都如针扎般的刺痛。

梁士民走出大学校门刚上班，就经受了"南方冰雪灾害"的考验，那样的苦都吃了，又有身经百战带来的历练，今天把救险重担交给他，他信心满满，相信自己会独当一面。这位项目经理一兴奋，脑际里竟闪过正规军的口号："首战用我，用我必胜！"

接到上级公司副总经理刘涛的电话后，梁士民火速组织人力，调集车辆和物资。放线张力机、牵引机、放线滑车、导引绳、地锚，70多种大型机具设备，要用25吨的吊车装车，12米长的车厢运载。

梁士民起个大早，冒雨指挥各施工队调集物资。昨天光装车就装了整整12个小时！梁士民是个急性子，他刚跳进汽车驾驶室，就立刻向上级主管副总刘涛汇报：我们装车完毕！立刻出发，奔赴瓦房店！

2015年11月7日　星期六　午后

气温持续下降，冷雨如同密密麻麻的鞭子一般狠狠抽来，前鞭未落后鞭起，一下比一下疯狂。北风比上午更加猛烈，前方不断传来瓦房店事故"告急"消息，焦虑和担忧比冷雨更密集，抽打在辽电人的脸上、身上，疼在他们心上……

分镜头：沈大高速公路

快午后1点了，省送变电运检分公司副经理何忠的工程车正风驰电掣，火速赶往瓦房店。快些！再快些！他边开车边提醒自己：安全第一，可速度也要快！

接到省检修公司调度申学德的抢险电话，他立即指挥所属部门开展抢险工作。红瓦2线跳闸，并不直接威胁红沿河安全，但我们也把威胁因素考虑进去！令他忧心忡忡的是，遥远的线路穿越高山密林，故障在哪儿却是未知的！若不及时诊断病情，怎么抢修？何忠主管的分公司有5个保线站，出现险情，他们必须第一时间冲上去！何忠边驾车边指挥大连保线站：立即结集人员，备好车辆和工具，听从命令！

何忠心存企盼，如果跳闸后强送成功，就不用冒雨进山巡查了。这位家住青海省平安县农村，毕业于东北电力大学的汉子，已在电力行业摸爬滚打快二十年，因为上进心强，他顺沿技术员、班组长、项目副总工、总工、项目副经理、经理的台阶一级级向上攀登，早就独当一面。因为热爱，何忠一家兄弟姐妹六人中有五人留守家乡，只他一人远走他乡在辽宁安家。因为精通专业，他屡屡被委以重任，他主刀干了多个大工程，有辽宁朝阳的雁南线，北国冯大线（冯屯至大庆至哈尔滨），以及500kV的内蒙古青元线，等等。

类似何忠这样的知识分子，我为什么称为"汉子"？外人好奇，电力人却个个意会。能顶住寒冷酷暑、强风雨雪、虫蛇蚊害，喊着号子让沉重的设备、器件跨过渊川险岭，一口气打拼几十年，怎么不是条硬汉？好了，现在我用白描线条简单勾勒几笔何忠的肖像：中等个儿，敦实。四方脸，浓眉不大眼，黄白净子，肤色光洁。说话声音偏低，极沉稳，吐出的每个字都像被严格挑拣过，精准，无修饰语。喜忧不形于色，思绪内敛。记忆数字的精准"暗示"我这是个地道的"理工男"，眨眼能将数十个数字流利背述，比嗑瓜子都容易，时间精确到分，数字精确到小数点后二位。

现在，高速路上疾驰的汽车成了何忠的"流动办公室"，接收和指挥电话通过无线波上报领导，下达各保线站站长。

10点07分，闻知红瓦2线强送失败，何忠立即向大连保线站下令：立即赶赴现场，马上查找故障原因！

高速路上，何忠的汽车在飞驰。遥远的瓦房店荒野，一个个疾行的身影被森林淹没。同志们正冒冻雨巡查故障。

11点整，何忠接到事故前方报来的电话：山林中的红瓦2号线距63号小号侧8米处，C相导线1号线断线，导线落地。62-63号、63-64号间隔棒损坏。

何忠必须脑手眼"三位一体"，一边确保应对湿滑路面和行车安全，一边将上述情报快捷上报给本公司和省检修分公司领导，两级公司当即启动"应急预案"。

11点55分，省检分公司申学德通知何忠：瓦海2线跳闸！

旧波未平新波再掀，何忠赶紧通知大连保线站，立即做好瓦海2线的巡查准备。同时通知营口保线站各就各位，做好援助准备。

12点18分，何忠得知瓦海2线强送失败，立即下令上述保线站派人进山巡查故障位置。

13点30分，事故前方再报，瓦海2号线16号导线断裂，17、18号导线落地——最吓人的是，A相4根导线居然全部落在沈大高速公路上……

事故比何忠预想的还要严重，高速路上车流如梭——落地的导线砸坏三辆轿车，伤人了吗？天空中还有即将断裂的导线吗？

14点10分，何忠赶在高速路封闭前到达瓦房店，与先遣工友会师，立马投身一线救险……

"保卫战"即将打响

11月7日下午2时，省公司应急办组织专题视频会议部署应对工作，应急办成员按专业分工第一时间到岗到位，相关基层单位在所在地分会场参加会议。

外联部、新闻中心快速响应，加强舆论和信息监测。省市两级同步，加强网络信息监测工作，并关注和跟踪重要信息动态。启动官方微博矩阵，沈阳、鞍山、盘锦等公司积极回应网民关注、发布抢修进展。通过微信朋友圈，以温馨、温情的语言及电网冰灾现场颇具震撼力的照片，传播"不畏艰苦、顽强拼搏、无私奉献"辽宁电力人精神。应急办接受中央电视台采访，公司通过主流媒体、网络媒体及新媒体等方式立体式传播抢险实况。

送变电建设分公司党支部书记兼经理陈烈，会同所属分公司施工队长毕忠芳，12点从沈阳出发，飞奔大连瓦房店。在车上，陈烈分别调集鞍山、营口、黑山所属的施工队伍100多人，指令他们带上工具立刻出发，到瓦房店指定地点会合。

汽车正在疾驰，路程刚刚过半，前方高速路立了一排禁行标牌。冒雨执勤的交警示意前方出事，请走便道。便道的路更加难行，路面湿滑，不时有肇事车辆横七竖八地抛锚，陈烈和同伴们心急如焚。

陈烈的手机响个不停，火上浇油，警察把自己的另三伙队伍从高速上撵下来走便道。堵车的消息不绝于耳……

送变电第五分公司经理范永接到公司副总经理刘涛的电话，立刻从本溪赶回沈阳，通知司机赵雨时马上赶到白塔堡仓库基地，仓库保管员火速回仓库，所有在沈的8台车都调集到白塔堡待命。准备好机动绞磨、钢丝绳，联系租赁公司借用照明工具，火速赶往瓦房店……

省公司副总经理张国威火速赶到瓦房店，在红瓦2号线、瓦海2号线、核南线受损线路现场，查看了解线路受损及抢修工作进展情况。

张国威强调，当前要做好监测工作，实时监控受损线路随气温变化而发生的变化，积极应对；即刻做好抢修前的准备工作，为即将展开的抢修作业奠定基础。

分镜头：瓦房店告急

14点30分，大连供电公司传媒部主任李晓辉正在准备拍摄设备，手机嘀嘀两声，荧屏上显现一条短信：

> 公司启动对冰雪灾害的应急预案，令你下午3点前，赶到公司应急指挥中心。

大连供电公司总经理于晓辉主持会议，副总经理宋文峰、孔剑虹、郭兆成、李春平，及全体班子成员悉数到会。负责生产、营销、调度、电建、后勤、宣传等部门的负责人无一缺席。与会人员了解了受灾情况并部署相应措施，同时立即启动应急预案，要求密切关注天气变化，合理调整电网运行方式，确保抢修人员、车辆、物资及时到位。

打开屏幕视频，下设普兰店供电公司、瓦房店供电公司、长海县供电公司3个分会场，实时通报灾情，沟通各地情况，部署救灾举措。

灾情牵动着大家的心，大连公司所属地跳闸200多次，尤其令人担心的地方有3处，导线悬在高铁上空，要抓紧排除；500kV导线掉落在高速路上，要及时处理；红沿河"核电"备用机组停运，为防意外，要立即排除险情——3起事发点均在大连辖区瓦房店，上层领导要求全公司各部组织起来，立即行动，全力投身救灾抢险。

会议定了抢险顺序和原则：从重要到一般，先抢核电，后抢自己公司管辖的线路。先抢红瓦2线，再抢瓦复甲、乙线，然后抢联网线路。

2015年11月7日　星期六　傍晚

险情像众多隐伏的炸弹，四下开花。哪里还将出现意外，谁都无法预测。恶劣气象仍在落井下石，东北风嗷嗷吼，玩着超低空游戏，恣肆翻滚。天空像个漏水的破筛子，气温峰值跌破零度。另一个气象信息令人不寒而栗，今夜降温，明天瓦房店地区气温将锁定在零下3度左右。坏了，这天气条件恰是导线结冰的温床！

这是一个普通的日子，城市酒店如往常一样热闹，朋友们推杯换盏，欢声笑语；歌厅里仍然激情澎湃，人们争先恐后地抢麦克风，要把最嘹亮的歌声献给朋友；电视机前，一家人盯着"梦想秀""星光大道""我是小明星""越战越勇"等综艺节目，或看着情节跌宕的电影电视剧，有人开怀大笑，有人扼腕叹息，有人走心深思。人们恨不能延长周末，也延长欢快，延长自由自在的时光。

这是一个焦虑不安的日子，所有辽电人都忧心忡忡，夜不能寐。各市县区乡镇村屯的值班室灯火通明，人们瞪大眼睛关注每一个问题细节，生怕漏掉一点一滴耽搁了抢修决策。全省所有变电所，由无人值班制迅速恢复了二十四小时值班制，数百双亮眸紧紧盯着屏幕。千百颗心高高悬吊，心律过速。千万个脉搏跳动失常。人们最怕尖厉的跳闸警报响起。每一次跳闸都令人心惊肉跳，芒刺一样扎着辽电人的心，一下一下又一下。短短一天半，那可是290次跳闸呀！跳一次闸要翻越多少险山深壑巡查多少公里线路？要有多少工厂、家庭失去动力和光明？95598客服热线忙"开锅"了，硬笔硌疼了记录员的手指，刺耳的报警声此伏彼起。这天，仅瓦房店公司就接了500多个工单！

辽电人恨不能翻过今天，今天太难熬了！睡前，有人在最后校对一遍刚拟好的抢修方案，有人再发抢修工作部署通知，有人在脑袋里过一遍电影，检验明天的部署是否有漏洞。也有人备好工具，放在床头。更有人调好闹表、手机定时。这也不放心，还告诉家人一定要"准时叫醒"。大决战前夜，每个辽电人都按自己的职责要求，身体力行地践行"准军事化管理"提出的要求，像个真正的军人一样，子弹上膛，刺刀出鞘，随时准备一跃而起，冲锋陷阵……

月篇：千山我独行

不眠咬薄了黑夜，11月8号越来越近。

天一点儿一点儿地亮起来，辽电人的情绪却一波一波地暗下去。

当屋檐下的钢丝笼门突然打开，惨闷一夜的白鸽耍着欢儿飞上天，一点点地上升、上升，辽电人的心却一点点地下沉、下沉……

他们怀揣脱兔，心神不宁，坐立不安。眼前的景象谁不惊骇？这世界怎么成了"水晶宫"？栏栅、石块、蒿草都成了剔透发光的"琥珀"。浑身包着厚冰的大腿粗的路树，一律朝里弯，搭成冰拱门，像一排"下弦月"，更像长长的"冰隧道"。间或咔嚓一声响，苦苦坚守的树梢不堪厚冰的负累突然崩溃，吓得行人尖声惊叫，跳步弹开。

一辆小轿车反应迟钝，速度与落冰同时在空中邂逅，"砰！"的一声，紧接着哗啦啦的一声响，冰块和挡风玻璃瞬间解体、溅落。幸亏"袭击者"技能稚弱，一头撞在空闲的副驾驶一侧。

胳膊粗的树更惨，"大头沉"的树梢已经嘴啃地、叩首求饶，身体弯成一弧瘦月，"妖冰"却仍然下摁不撒手……

最惊心的要数耸入云天的高压线铁塔，座座都穿了厚冰铠甲，薄的五六厘米，厚的七八厘米！

担忧的重锤一下下如同敲在辽电人的心上，塔架是抢修工人的唯一"天路"，这条路堵死了，谁去抢救受伤的塔尖、线夹和导线？

仰看天空，所有人都大吃一惊，导线肿得比成年人的腿肚子都粗！导线原直径3.36厘米，每米重2.06千克；包冰后直径达7.5厘米，每米重达3.69千克；塔中间一条导线长536米，导线和冰衣总重达1855.55千克。东西走向的导线，遭遇七八级北风的横扫，风掀线舞，整条导线往来舞蹈荡起秋千！倘若按7级风力计算，1855.55千克的导线飞身舞动，可达2500千克。若按瞬时风力10级计算，一根舞动的导线重量将达3500千克。当风向与导线舞蹈节奏同步，"秋千"便越舞越高，重量亦同步增长。

塔架两侧各有8条导线，16条导线跳起"集体舞"，16个秋千疯狂摆动，七八十米高的塔尖疲于应付毫无还手之力，被拉扯得摇摇晃晃，危机四伏！

好几位巡线工人告诉我，导线"荡秋千"不光整齐地"横向"舞动，还自身纵向跳跃，单条导线能独自跳起疯狂的伪"踢踏舞"！风的节拍和导线节拍各怀心思、分合不伍，恰似没有导演的集体舞，各跳各的。16条导线群魔乱舞，纵横交叉，断线、混电危险成倍增长！

辽电人心痛啊！

导线的每一次跳荡，都是一次呼救！

导线们一齐跳荡，则是集体呼救！

"老天哪，放手吧！"一位老巡线工仰天长叹。

灾情步步紧逼。气温一直在结冰值徘徊，几乎看不见的雾雨空降兵团仍在低空围剿、扩大战场，润物细无声，悄悄在外裸物上集结。"妖冰"队伍持续扩编，导线仍发面油条那样"肿胀"，3厘米粗，5厘米粗，7厘米粗，最粗的直径竟达9厘米！

情况万分危急！

辽电人从四面八方赶来，昨晚大家献计献策，出高招，抢险会议差点儿犁穿夜幕，仍不见明月。今早，一伙伙抢险汉子浑身是劲儿、激情豪迈，仍唤不出隐身的太阳。莫非，月亮隐身在导线里？太阳也隐身在导线里？

我要告诉朋友们，在辽宁，在瓦房店，在千峰万险的山野，在北风呼号天气突冷的此时，这里的光和热，卧伏在辽电人的血管里、经络里、细胞里，就像战士们卧伏在前线的战壕里，冲锋号一响，他们就呼啸而出！

那么，"战壕里"的突击先锋们由哪些人组成？省公司领导率市县公司一线指挥员数百人，参加"擒冰大决战"的共计5296人次，共动用车辆896台。这是什么概念？打赢这场突发的"闪电战"涌现多少锋线人物？

——这将是一本厚厚的大书。

滴血识型、碎瓦断代、片羽认鸟。在此，我随手捧几滴曾经高高跃起、在天空中光芒闪耀，又轻轻落下，回归原地的浪珠——因为，他们是壮阔大海强劲奔腾的不竭动力；我随意指认几枚曾经并肩与队友在陡崖上迎风闪抖，拼力供给能源，而今仍在奉职守责的叶片——因为，他们是浩瀚森林的永续力量。他们，才是一线的锋线人物！

锋线人物范永："青春和导线舒云天，直到胜利的那一天！"

中等个儿，瓜子脸，身材消瘦。含在豆荚里一样的眼睛不大不小，却晶光闪亮。他的思维转速远远快于语速，谈吐敏捷而流畅。看上去，显然有些因熬夜过度体力透支，面色若霜蚀风吸的叶片，略显苍白。我猜测他一定是个"老辽电"，一问果然如此——自从跨出辽宁高等电力专科学校的大门，一个猛子扎进辽电行业，转瞬间已翻光了20本挂历！

范永与许多电力同行有着相似的豪气：寒窗苦读争学霸，千山万岭踩脚下！四海为家，云游天下！

当年建设湖南三广线（三峡至广州），范永和同伴们血气方刚，风华正茂："用青春和导线舒云天，直到胜利的那一天！"

三广线的许多塔基架设在湘西大山，林密坡陡，蚊虫蜂拥，野兽四伏。蒿草里时常蹿出"五步蛇"来，嗖的一条，嗖的又一条。偏僻的湘西大山人迹罕至，根本没有路。电力人走哪儿哪儿就是路。为了防毒蛇，每个人上山都拎个棍子，边走边"打草惊蛇"。只见那条蛇从草里蹿出来向山下跑去，张恩华扑腾一下摔倒，也滚了下去……

大家万般紧张，赶紧给他上了蛇药，急三火四地把他抬下山送进当地医院。

不料毒液上攻，张恩华祸遇急性脑炎，生命垂危！医院表示爱莫能助，下了病危通知书。这怎么行？大家焦急万分，请求医生"一定要救活他"！

闻知手术尚有一线希望，同伴们个个红了眼，督促医生"赶紧做"！

新问题浮出水面，术后患者亦生死难料，没有亲人签字院方绝不手术。同伴命悬一线，与辽宁亲人远隔千山万水，家属坐飞机赶来也来不及呀！

"救人要紧，我签！"分公司经理曹传家毅然提起笔，"责任我来负！"

张恩华从死神手里逃脱出来。

洞庭湖边的气候太任性，冬天阴冷潮湿，东北人特别不适应。跨过春节门槛便一头跌进梅雨怀抱，一下下一个月，太阳像被谁借走忘了还。干活时剧烈运动，雨衣遮挡不了"潲风雨"，大家整天穿着湿衣裳。

梅雨前脚刚走，暴烈的太阳随后跟进。地表高温达50度，屋外一个人都看不见。范永和工友们早上4点干活，干到10点左右。下午3点开干，晚上七八点收工。中午不敢出门，塔料烫手，热气扑脸，射出烤人的光芒。塔铁上放个鸡蛋很快便可烤熟。在荒无人烟的山上作业，热得实在顶不住，范永甚至有过裸身干活的念头。想想都可笑，鸡蛋都能烤熟，难道自己要把自己做木乃伊标本吗？

晚上闷热闷热，没一丝风，范永睡不着觉。将毛巾蘸水铺在身上，水也是热的。电扇太不中用，只会吹热风。他的心怦怦狂跳，像条耐不住热的鱼，就要跳出来！

从"热蒸笼"里出来，范永和同伴又挥师北上，一头扎进了大东北的"冰窖"！

三九严寒，在零下50度的北国牡丹江林海雪原，即将诞生一条500kV的铁塔线路大工程！能亲手缔造一项开天辟地的壮阔事业，能不热血沸腾？

太冷了！风刀如割，雪针如刺！厚棉衣不堪一击，很快被寒针穿透，被偷袭的肉皮立马起了鸡皮疙瘩，还怎么沸腾？

碰上辽电人了，必须沸腾！

沸腾的至高境界不是液体，而是人的精神！

在雪野里烧起一堆火，范永和同伴们轮番上塔，每半小时换一班。站在六七米高的铁塔、导线上，风刀横飞，冷针蜂拥。只几分钟，寒冷便穿透棉手套，他们指僵臂麻，霜染眉须。火烤胸前暖，风吹背后寒。在高塔上坚持作业半小时已是极限，他们赶紧下来烤烤火，舒展一下身子。你方唱罢我登场，大家接力奋战，将自己的极限延长、延长……

我不解地问范永，东北施工多是"半年闲"，你们怎么偏偏数九隆冬干活？范永回答后，我羞愧难当。

天暖后，这一带处处陷阱，软泥至少半米、一米深，只有坦克才能开进去。原始森林里的伐木工，必选冬天进山。天寒地冻，才能开进汽车运输重型设备和建塔材料。北国黑龙江进不了车，别的地方也一样。辽宁的盘锦、营口、大连，以及沈阳周边地区，都一样。春天种地后车进不来，夏秋庄稼遍野，从五一到十一这段时间，车是进不来的。在东北，电力人干活只能选择冬天。

范永见气氛有点儿闷，便向我描绘了易地另战的情景——

在大东北的林海雪原，转战的情景非常壮观，大雪厚及半米、一米，几乎淹没了吉普车的机器盖子。司机猛地轰大油门，吉普车吼叫着劈波奔驰，雪浪腾空飞舞……

锋线前沿：点燃巡线的"第一堆篝火"

8号早晨6点，瓦房店供电公司门前，8辆汽车马达轰鸣鱼贯而出，60多个红色安全帽像60轮朝阳光芒四射，照亮了灰蒙蒙的天空，也点燃了星期日抗击冰灾，进山巡线的第一堆篝火！

领头那个黑大个儿，就是送电班班长崔兴隆。

由送电班巡线工带路，同前来增援的工友们奔赴8个事故现场。准确说，他们每两人一组，按照昨晚分配的巡线指标，同时钻进所有裸物都被冰封成"琥珀"的大山。

山上没有路，平常上去都特别费劲，林深蒿密，崖陡沟险，脚下尽些歪石斜木，头上藤蔓当空乱爬，每走一步都万般吃力。知情者说，能在这偏僻荒野留下足迹的，除了两条腿的巡线工，就是四条腿的野兽。此时"妖冰"主政，力推独裁统治，要把这里变成"水晶王宫"！被俘的蒿草小树们卑躬屈膝，完全听任冰疙瘩指挥，斜伏歪逸丑态百出，假充抽象派冰雕！高壮的大树不甘束手就擒，腰脊挺立，树冠却被沉重的厚冰团压坠得垂下头颅、四分五裂。

"咔嚓嚓！"大腿粗的树枝断折！

"咣当当！"沉重的大冰块砸落下来！

巡线工人们你呼我喊、迅速躲闪，相互提醒着注意安全。山陡峭，坡湿滑，平素都要"四脚爬"，可是此刻还有别的走法吗？

断树间或在天空咔咔响，失重冰块大团大团咣当当地砸下来，顺坡轰隆隆滚落，遇障转向，炸冰飞溅……

"四脚爬"的工人们成了裸靶子，随时都可能受伤。他们太可爱可敬了，没一人抱怨，没一人打退堂鼓。当小小安全帽不再安全时，他们的勇敢和担当精神则是最大的安全帽，他们甘愿用此拦遮危险，换来一条线路的安全，换来一座城的安全，换来千家万户的安全!

摔倒了爬起来，加快！碎冰伤了手脸不在意，加快！顾不上汗浸内衣凉，风透棉絮寒，再加快！

尽管大家拼了命，可平素一个小时能登顶的地方，今天却至少要两个小时！瓦复线塔基多数立于数百米高的山顶，他们别无选择！

中午，瓦复线220kV12处故障点全部找到！其中11处耸立于陡峭的山峰。仰望高天，覆冰借八九级大风恣肆狂欢，导线命悬一线，他们恨不能立刻上去擒妖伏魔。可是，高入云天的塔架穿着光芒刺眼的厚冰衣，怎么攀爬?

锋线人物梁士民："我们代表辽宁省电力公司，必须走在全国前边!"

小矮个儿梁士民偏瘦，红脸膛，看上去不太起眼。可他一旦工作起来可不得了，像台微型发动机，呼呼呼不停地转，有冲劲。那双不大的小眼睛润泽传神，眨眼快，亮芒频闪。

这双眼睛，在大西北甘肃路过敦煌却眼巴巴无暇观光，在中原河南度过漫长岁月，却没有去过小时候就万般憧憬的嵩山少林寺。这双小眼睛仿佛专门为建塔立杆放线而存在，在北国黑龙江，在湘西乌龙山，都曾有过不俗的表现。

这双小眼睛也有过失误，在青海项目部，它们横竖看那抗高原药片不顺眼，指令视神经通报大脑决策层——拒绝服用。结果，缺氧后若孙悟空听到唐僧念经，不仅脑袋少，脑仁也疼得要命，实在受不了，才抓起药片盯着看，修改了原决策。

这双小眼睛曾紧紧闭合，不敢睁开。那是2007年11月建设康北线，梁士民头一次攀爬高高的铁塔，他担心掉下来，赶紧挂上腰带。爬得越高风越大，风像手一般一把把地狠劲抓扯他的衣裳，将他的半边脸抽得生疼。忍不住向下看一眼，天哪，这么高！头发都要立起来，身体也打起了哆嗦。梁士民心想，千万别掉下来呀，掉下来这辈子就完了！他想起师傅叮嘱的要领，不抓角钉，要抱住塔。这时他的脑袋一片空白，想不到别的，就会死死抱塔，手抖，腿发软，心跳加快，身体不住地颤抖。下边的人不大点儿，越寻思越怕……

上个十次八次后，他的胆子大了，小眼睛又恢复往日的风采。上塔跟登楼梯一样平常，正面能上，侧面也能上。在百八十米高的导线上边随便走，来去自由。

2009年，送变电公司举办爬塔、走线竞赛，共有5家分公司的选手同场竞技。经过紧张激烈的角逐，梁士民领衔的四分公司拿了第一名。代表送变电公司参加了省公司技能大赛，又摘得团体亚军。

2007年刚工作，梁士民就被派到江西冰灾一线。梁士民所在的辽宁队工作量太大，倒塔50多基（座）！连续冻雨、雨夹雪，高速路被迫封闭，补给供应不上，他们困在大山里，只能天天吃方便面、啃馒头。偶尔后方送来慰问的小泡沫盒装的盒饭，拿出来没两分钟就凉了。只要吃半盒，指定肚子疼。可谁也不怪，大伙能吃一口就不错了。大山的帐篷太冷了，晚上放瓶水早起一看，梆梆硬，冻实心了！中午到下午3点下雨，晚上变成雪。队员们顶着雨雪抢工程，衣服全都湿透。

"我们代表辽宁省电力公司，必须走在全国前边！"

"辽宁铁军"摘了头彩，比原计划提前3天报捷！工友们疯狂地抱在一起，紧紧拥抱，喜极而泣！

为了这一刻，这些年轻人吃了多少有生以来从未吃过的苦哇！

这一刻终于到来，一切付出都是值得的！

这双小眼睛识别力超强，盯住一位好姑娘便目不转睛。认定这就是和自己相伴终生、百年好合的那个人。姑娘也有自己的审美，说梁士民的小眼睛特有神，格外聚光。梁士民便借景生情，自夸小眼睛特聚光，"不用调焦"……

嫁给电力人的姑娘，免不了日日牵挂。这个高危职业险情处处，让人担心的地方太多太多！见不上面，只能"煲电话粥"，深山峡谷手机信号不好，说说就断了。每断一次通话，妻子的心都要高高吊悬……

妻子生孩子才四天，梁士民接到电话，鞍山项目部有要事，他必须回去。妻子心里万般不舍，却轻轻微笑着催丈夫赶紧走，别耽误工作。

临别的那一刻，妻子装作乏累沉沉睡去。梁士民轻手轻脚地离开，悄悄带上门。就要出大院门了，梁士民忍不住回头向楼上看，却见自家的窗帘拉开一道缝，妻子正注视他离开。发现丈夫正朝窗口看，妻子赶紧闭合了窗帘……

已经上车了，梁士民才收到妻子发来的短信：

> 老公，不用惦记我。家里什么都不缺，也没什么事儿。你好好工作，注意安全。放心吧，我会像生孩子一样坚强。

我和大多数人一样，每天在享用电力工人给我们带来的光明，却不了解这个行业、这些人。匆匆采访了他们，我深深被震撼、被感动。从此，我开始关注他们。

每次听《你会到工地看我吗》这首歌，我眼前就浮现四海为家、翻山跨水的辽电工人，忍不住地鼻酸泪涌——

> 我每次离开的时候
> 没有分别的码头
> 我想说的话还没说透
> 未来的丈母娘还没有点头

我们相隔千里万里

我们放弃太多的时候

都在书写电力的传奇

你会到工地看我吗

在我听风数星星的时候

你会到工地看我吗

在我十分想你的时候

你会到工地看我吗

在我们欢呼胜利的时候

锋线前沿：黑夜里的一把火

8号早6点，当瓦房店供电公司送电班长崔兴隆，率六十位头戴橘红色安全帽的战友，乘8辆汽车向大山进发巡线的时候，沈大高速路大连至沈阳方向157公里处，一大片耀眼的"火焰"正在熊熊燃烧。在现场经理的指挥下，火焰们迅速分开，这里一团，那里一团，格外灿烂。这是省送变电公司及所属分公司的抢险勇士们。全国的送变电工人皆着蓝装，可这支队伍的工装和帽子，都是耀眼的橘红色！搏击2007年辽宁"3·4"冰灾抢险，勇斗2008年中国南方冰灾抢险，由"辽电铁军"构成的这团烈烈火焰，能逢山开道，遇水架桥，烧掉一切困难。能摧城拔寨，所向披靡，屡建战功。现在，他们有序地分组前进，抢修红瓦2线。

送变电建设分公司党支部书记兼经理陈烈，便是这支队伍的现场指挥。陈烈手势果断，声音洪亮："一队负责张力场；二队负责牵引场；三队、四队负责拆线，立刻进场！"

目前的状况是，两个耐张段6相线和二相中线掉落，17至18号塔横跨高速公路，这空线分别掉在高速公路和大地里。摆在陈烈面前的任务是，尽快恢复红瓦2线3.3公里、8基塔正常功能。

昨晚6点，他们会同赶到现场的营口供电公司施工队的同行，立刻投入抢修。陈烈带领队员们穿过公路边被覆冰压弯的及腰高的刺槐灌木丛，深一脚浅一脚地踩在湿滑的泥地里。雨瀑越织越厚，尚未干活，大家的衣服已被淋透。

高速公路上，另一伙抢修正紧张推进。夜黑若墨，手电筒、汽车大灯一齐上阵。面对棘手的冰灾现场，他们万分焦急，却不敢轻易动手。直接剪断导线一旦导致铁塔失重倒落，会有次生灾害，这种方法不可取。专业人员迅速开了个碰头会，决定把掉落在高速公路上的导线，挪至150米处。

地形复杂的荒野里，深挖地锚坑、打拉线、锚住导线、稳固塔架的攻坚战已经打响。旋即，黑夜里挥舞工具唱起欢歌，壮汉们生龙活虎，歇人不歇工具，换班不停地挖。不料新的难题蹦了出来，坚硬的大石块在1.5米深处向他们示威、叫板，尖镐火星四溅，手臂震得发麻，却只刨了个小坑点。往常这活需用大型机械设备，可是抢修刻不容缓，于是队员们操起大尖镐，顾不上坑里光线暗，挥臂抡飞尖镐。顾不上碎石横飞，只想快些、再快些！镐齿大力撞、狠狠啃，坚硬的岩石这才小块小块瓦解，不情愿地分崩离析。硬碰硬地战斗了三个多小时，地锚坑终于挺进到规定的1.7米深，4根粗壮的导线乖乖束手就擒，被稳稳锚固——上边还压了沙袋……

社会广泛关注的掉落在高速路上的220kV和500kV导线，分别在20点35分、20点30分处理完毕。

高速路开通了，情况复杂的荒山野岭不知还有多少隐患，省送变电公司总经理陈显伟，书记张海廷，副总经理刘涛，及各部主任、副主任，分公司经理和所属各施工队长悉数到场。刘涛任此役总指挥，陈烈担任现场指挥。

陈烈一声令下，橘红色火焰迅速变阵，纵列向左，横列往右，中间队列一分为二，朝着各自的目标疾步前行……

星篇：唯我横刀立马

2015年11月8日　星期日　上午

老天似乎故意与人间作对，雨泪如注，冷风狂暴地打着滚翻，嗷嗷叫。死皮赖脸的"妖冰"仍在扩张领地，塔架上的冰在加厚，导线变得更粗，抢险条件变得更加恶劣。

时不待人，必须强攻！

抢险速度要快，抢修质量要高，也要保证人员安全。这些要求本身就难以完成，可辽电人必须迎难而上，在紧张的工作中消化矛盾，拆解问题！

抢险勇士们个个都是英雄好汉，他们仿佛是铁打的，雨淋不进，风刮不透，冷冻不着。

跟拍写真：运筹帷幄

11月8日上午9时，在沈阳的省公司组织应急办成员单位及所属各供电公司、省检修分公司进行了第二次视频会商会议。会上各单位汇报了电网、设备受损情况，抢修工作情况及下一步抢修计划安排；公司安质部、运检部、调控中心分别按各自专业特点提出了重点要求；马千副总工程师就总体抢修情况做了工作部署。

在瓦房店供电公司。张国威副总经理参加了瓦房店公司的视频会议，承上启下，详细部署现场抢修工作，要求各单位统筹安排，科学应对，对抢修方案进行深入细致的研究，确保万无一失，并提出了在保证人身安全的基础上保证抢修质量、保证抢修进度的要求。

在同一个时间内，省公司副总经理、党组成员张印明亲临抢修一线，实地查看红瓦2号线、瓦海2号线、核南线受损情况，详细了解送变电工程公司抢修工作安排，对抢修工作的及时开展表示高度认可。

张印明指出，现场抢修要把人身安全放在首位，要在保证安全的前提下进行抢修作业。送变电公司要制定详细的抢修方案，严格执行审批手续，做好安全、技术措施及交底工作，确保抢修安全。

张印明强调，抢修人员要听从统一安排，全面开展线路排查工作，针对重点跨越地点要尽早消除隐患，防止灾情扩大，减少经济损失。

在瓦房店供电公司，副经理李延东再次召集调度、运维、安监、部主任、班组长等开紧急会议，加派50多人增援送电班巡线。已查巡的线路又跳闸，再进山巡查，中午12点前，必须统计清楚所有故障点！

11月8日傍晚5点，天不作美，沈阳城能见度很差，已接近"眼擦黑儿"。省公司调度控制中心大厅却灯火通明，公司党组书记冯凯正紧张地指挥抗灾抢修工作。

冯凯强调，针对突如其来的灾害天气，公司各部门和各单位要积极应对，将损失降到最低程度。要合理优化调整运行方式，做好最严重情况的事故预案，确保辽宁电网安全稳定运行；要保证铁路交通、红沿河核电厂等重要用户供电安全可靠；组织最强力量对农配网进行抢修，确保受损线路尽快恢复，保证供暖用电和居民正常生活用电；在抢修过程中要确保安全，尤其是人身安全，防止发生次生事故；各部门、各单位要加强协同配合，做好物资供应、后勤保障和新闻宣传等工作。

风高月正黑

在瓦房店高铁路段抢险现场。

早上5点，送变电第五分公司经理范永率领他的团队进了抢险工地。范永对我说，他已经算晚的了，昨夜23位工友，冒雨钻进大山巡查故事点。月黑风高，伸手不见指，地形又复杂，他们打着手电在树林野岭里穿，跟头摔得无数，多不容易呀！他们真令人心疼啊，个个浑身是泥，衣裳湿，冻得脸发白嘴唇发紫。他们发现3099至3103塔基6相导线全部脱落，掉在66kV风力发电场集电线路上，需立即排除，否则影响风电送出！

哪有睡觉的时间哪？省公司副总经理张印明与大家同甘共苦，我们送变电工程公司主要领导，以及兄弟公司的同行们，都在连轴转哪！

范永的团队也啃了块硬骨头——负责排除500kV红南线邻近高铁的故障。

该项目为500kV核南线的在建工程，尚未交付使用，线路并未通电。着眼安全，他们还是将此故障视为重点。

9根导线悬在高铁上方，钢锚已经断裂，仅有严重变形的铝板连接。骨头断了，筋能抗多久？

目睹此景的范永心都提到嗓子眼，他张大嘴巴，半天忘了合拢。吊在空中的导线，还在伴风舞动。范永所属的送变电第五分公司是该项目主建单位之一，多亏设计前已经将发生冰灾因素考虑进去，将安全系数提高到了1.1！

高高耸立的铁塔冰光闪闪，上不去人，范永心急如焚。

就在一个半小时前——凌晨3点钟，范永刚刚从抢险工地的"送变电工程公司应急抢险指挥部"出来。省公司副总经理张印明坐镇，送变电工程公司总经理陈显伟主持，书记张海廷协助，任命副总经理刘涛为总指挥，省公司电网建设公司经理李维成及部下，送变电运维检修公司及部下组成新的抢险团队。范永率领的送变电第五分公司受命负责施工，尽快排除高铁险情。

抢险前，范永的援兵到了！一大队身着橘红色服装的勇士，从辽阳连夜包车赶来了，范永麾下的抢险精兵已扩充至60多人。

范永是个急性子，他请求马上进入现场。总指挥刘涛这才告之实情："抢修时间要听铁路的。现在不行。"

"什么时候行？"

"半夜12点30分至4点30分。"

跟拍写真：年过五旬的"大小伙子"

早饭后，在大连供电公司干了37年，55岁的赵龄瑞亲自上阵，率领大连建设集团分公司的同志们闯进大山。

赵龄瑞是公司的生产经理，很清楚自己肩上的担子，任务太重了，这次冰灾瓦房店地区一共断了10条线路！牵涉到25万户的用电！按省公司的总体救灾部署，大连公司是抢修220kV、10kV电路的主力，而自己的建设分公司，又是大连公司的抢险主力！

车停在山下，山上的景象令人吃惊，已经整个成了"冰世界"，草上树上，哪哪都是冰！坡太陡，同志们劝赵龄瑞"别上山了"，坐镇指挥就行。赵龄瑞轻轻说了声"我没事"，便一马当先地上山了。

山上没有路，只能在结冰的树缝间穿行。工人们抬着300公斤的机器，山坡湿滑，步步艰难。赵龄瑞像大小伙子一样威猛，指挥大家躲开冰厚的树，躲开沟坎，还要看着头上，注意安全。他们尽量挑选树矮林稀的地方走，边走边敲打冰块。山风一摇，树上的冰哗啦啦响，时刻威胁着这个勇敢的团队。

铁塔太吓人了，像个巨大的"冰糖葫芦"！

赵龄瑞把工人们分成几组，同时开始紧张的作业。经验丰富而憨厚的赵龄瑞，与其说是经理，不如说是热情的大叔。他像个小火炉，有他在，工人们就感到温暖。有他指挥，工人们就感到踏实。

"大小伙子"赵龄瑞果然"分身有术"，到处都能听到他的声音："小李，注意头上，别让冰块砸着！"

"小张，别急，把塔架的冰敲净了再上！"

"小徐，把零件放下，带它上塔是累赘。用时说一声，我递给你。"

被拦挡的抢险队伍

瓦房店供电公司总工程师邱庆春带领部下争分夺秒，采用分头行动、同时下手、梯次抢修的策略，市供电公司抢修66kV线路，19个供电所抢修10kV线路。10kV线路故障导致太阳沟地区8000多户停电两天，警报鸣声不断，每天500多个工单。邱庆春这样理解这些工单：它们张张都写着对电业人的批评，张张都记录着父老乡亲的埋怨。他清楚，跟老百姓息息相关的是低压线路哇！

邱庆春和公司经理赵德仁、书记吴港刚到太阳沟地区，浑身淋湿仍精神饱满的黑大个儿，送电班班长崔兴隆便报告情况：这里的避雷器被厚冰包死，送不住，推上就跳闸！

可麻烦不止于此，要尽快巡线寻找。可太阳沟供电所才十来个人，要钻进大山巡几百公里线路，怎么可能？邱庆春立刻调集周边6个供电所的人力前来支援。

线路包了厚冰，只一台带电作业车上阵太离谱。邱庆春赶紧向兄弟单位求援，很快收到回复：大连供电公司生产技术部1台，配电工区2台，金州、开发区、配电运检室各1台，立刻前来支援。

带电作业车吼叫着开进来，抢修工人们冒雨跟进，却被一个经营蔬菜大棚的男子拦住去路。原来是因为他家的桃树被砸坏92棵，他要求赔偿。人们左说右劝，可男子还是张开双臂，挡在唯一的通道上，不让车过。大家同他商量，说理赔要保险公司来人评估，还要仔细计算，不是一会儿半会儿说得清的，抢险要紧，好几千户停了电，赔偿的事以后再说。男子还是不依不饶："你们修好线，我冲谁要钱去？现在，只有两条道可走，要么给钱，要么从我身上开过去！"无独有偶，太阳沟马连村的另一户农民也拦挡着作业车嗷嗷叫，阻止抢修队进山。一家数口人呼呼号号，不给钱不放行。原来是因为导线掉落导致他家仓库起火，电视机、电冰箱、电脑及仓库内物资悉数烧毁，损失颇大。

前线救险十万火急，可又不能武断粗鲁地对待乡亲们，他们迅速求助村支书、乡领导帮忙，才被放行。

跟拍写真：奔赴救灾一线

大连供电公司副总经理宋文峰告诉我：我早早开车赶往瓦房店，雨一直下，雾也挺大，能见度太差。路上肇事车辆一个接一个，越急越开不快，总算到了瓦房店。风呼呼刮，天太冷，我们穿着棉衣，戴着棉帽子，还是冻得抗不住。我们直接到马场乡去，一组500kV的导线横在柏油路上空，离柏油公路2米高。天冷气温低，导线还在继续结冰。路边的树，地上的草，全结了冰。线杆上的冰造型多种多样，有的像多齿冰耙，有的像披头散发的人的脑袋，有的像山羊胡须。风吹树舞，冰枝碰撞，枝条上的冰哗啦啦地响，不断有碎冰块四外飞溅，很危险！有人拿出手机拍照，只拍了几下就自动关机，好几个手机都这样。太冷了，连手机都吓慌了，紧急启动了自动保护程序。

到了瓦复线，我们顶风冒雨爬山，深一脚浅一脚的太费劲了，我接连摔了好几跤。树枝全弯着，上面挂满了冰。怕被砸着，我们还要躲着走，不时听见咔嚓一声，树枝被冰坨坠断。眼见枝上的冰溜子咣地砸地上，很惊险。在半山腰，一组结冰的导线掉下来，与树枝冻在一起，样子十分惨烈。

我们的工人真令人感动啊！这么冷的天，他们完全置身物外，专心致志地抢修。在另一个现场，5个线杆每根线杆上有两个人，都在聚精会神地作业，仿佛风雨和寒冷与他们无关。

握指成拳同出战

交锋勇者胜，搏冰我当先！

在突如其来的灾害面前，辽电人个个都整装备战，他们知道，冲锋陷阵的时刻到了！从拉响警报那一刻起，他们废寝忘食，无论白天黑夜，任何时候都是抢险的时刻；他们修正了职责范围，人人都是主力，人人都能打替补；他们模糊了单位与单位、部门与部门的界线，只要救灾需要，"都是我的活"；他们甚至默默地调动了自己的"潜隐力量"，在决胜之前力争上游，"一切为了夺取搏冰胜利"！

物资公司：兵马未到，粮草先行

物资部第一时间拉响了应急警报，启动物资系统二十四小时应急值班响应机制，开通应急物资采购绿色通道，"破格"行事，特事特办，把"先斩后奏"的许可证主动递交给受灾单位，"先实物、后协议、再动态"，点亮抢修物资调配的绿灯。

11月8日当天，营口、大连冰灾抢修应急物资需求尽数落实，及时调配：导地线37.1吨、光缆3.5千米、绝缘子144只、金具1437件，其中国网公司跨省调拨导地线16.7吨。

物资充足才能保证前方将士夺取胜利，他们全力斡旋协调，国网公司和兄弟网省公司也闻声而动，热情协助。11月8号恰逢星期日，国网物资公司迅速组织其他网省公司向辽宁公司伸出援手，北京、冀北、蒙东、江苏、浙江、河北等网省公司先后向辽宁公司提供了相关物资信息，并最终通过冀北、蒙东公司将跨省物资调拨需求全部落实。

客服中心：点亮每一个客户的嘱托

所有人都拿休息日当工作日，怨两只眼睛不够用，恨不能长出八只手。

7号上午8时许，国网客服中心像锅开水，客户故障报修电话一再响起。各地市故障报修工单纷至沓来，客户催办工单似"万马奔腾"。天气恶劣，客户故障不能短时间内解决，便再拨国网95598服务热线——各种因素共同作用，省客服中心的电话响起得更加频繁，催办工单由每小时几件，跃升到每小时几十件——13时至18时，平均每分钟便收到3张催办工单，五个小时内国网共派发催办工单863件……

每一张工单后头，都闪着一双期待的目光。大家绝不能让这目光暗淡。

为将每一份客户期望迅速递到抢修人员手中，省客服中心远程工作站定向启动了应急机制，增加座席人员，用迅捷的腾讯通（RTX）转发催办截图，将客户催办信息急速通知各地市公司……

"你用电，我用心"，在寒冷的冬夜，他们送出去的不仅仅是光明，更是对职责的忠诚，对客户满腔热忱的爱心，这些随心速而律动、伴血液而奔流的真诚，能连通友爱，能照亮人心！

一醉累月轻王侯，大鹏即日同风起。如此迅疾紧张的大兵团作战，主帅纲举目张掌控全局，主战场雄风奔腾势不可当，还要众葵向日、群雄逐鹿。面对这场经纬缜密、细节纷繁的战役，所属各公司同心勠力。

营口公司：力保市民供电

当目睹多条输、配电线路覆冰舞动，跳闸报警旧声未断已闻新声，所有人都大吃一惊。在十四个小时内，营口电网发生220kV线路跳闸7条14次，66kV线路跳闸15条20次，10kV线路跳闸27条28次。

"立即启动应急预案开展去障抢险，分秒必争恢复用户供电！"一系列刚性措施破壳而出：恢复二十四小时值班，力保生产指挥和应急指挥系统顺畅，全市17座220kV变电站责令专人值守，全方位监测冰情。日常线路设备巡视"升级"，重点线路特巡"吃偏饭"，山区线路的易覆冰、舞动等特殊路段予以"提格监视"，全程"严防死守"。应急队伍二十四小时待命，应急抢修物资和抢修车辆"随时待命"，确保短暂停电的区域，立即恢复供电。

沈阳公司：线舞电不停

老天像抽了风，冷风雨雪怎么会同时肆虐？

11月7日13点，沈阳公司在心惊肉跳中启动了"应急预案"，发布黄色预警。将士们招之即来，应急抢修队伍、救援装备和物资、值班车辆等迅速集结。由于担心"节外生枝"，他们防患在先，特别通知高危和重要用户，提前做好停电及启动自备应急保安电源的准备。调控中心也做了科学的"诊断"，适度调整了电网运行方式。

共计11条10kV配电线路及66kV及以上电压等级输电线路跳闸31次，沈阳公司7个部门及23家生产单位果断处置最终有惊无险地化解了危机。

鞍山公司："冰铠甲"里树信誉

当猝不及防的冰冻雨雪突袭久负盛名的"中国钢都"，鞍山分公司处惊不乱，火速组织全部抢修力量分头赶赴要塞现场，与时间赛跑，在"满城尽带冰铠甲"中举力奋战，敲掉覆冰，扶起倒杆，接安导线。浓雾挡不住，雾霾吓不倒，冰刃刺不着。电杆全身覆冰上不去算什么？向天而舞的斗臂车就是他们延长的"胳膊"。清理导线脏物，排查、抢修故障，几乎在"第一时间"恢复了供电。

检修分公司：挑起国网畅通的重担

高岭背靠背换流站乃是咽喉枢纽，系东北送华北要塞、国网"一级重要通道"。直流战略地位扶摇上升，安全生产责任担子同比加重。高岭站格外警惕，竭诚守护。

覆冰突然大兵压境，检修分公司高岭换流站兵来将挡，第一时间启动"应急预案"，立刻派员进行"冰雪特巡"。他们既要提防站内一次设备覆厚冰，遏止随时被迫停运的苗头，又要提防温度回升让心怀不轨的覆冰一头扎下，威胁抢修工人的安全——勇士们一番番忘我奋战，终于收获今冬首份捷报。

2015年11月8日　星期日　夜

白天的抢险战斗近乎白热化，夜晚再掀波澜。生动的细节太多太多，为了简要地呈现给读者，我只好挂一漏万，抽取几个现场同期声。

现场同期声一：雨夜出兵

瓦房店李店供电所。

一位浑身湿透的中年男子急匆匆地闯进来："师傅，我们单位怎么停电了？"

这位男子是大连地震台的，突然停电后，台里的所有机器设备都停了，机器的内存数据不知道是否丢失，情况特别紧急！

"我这就去检查线路！"

李良东一头扎进风雨交加的黑夜，快速发动了汽车。

半个小时前，李良东刚刚进屋，还没来得及换下淋湿的棉袄。准确说，他已经没有干棉袄可换了。

白天，他整天都在忙着巡线、清理包裹在变压器上的厚冰。中央电视台的记者采访他："师傅，天这么冷，您怎么还穿着湿棉衣？"

李良东并没有停下手中的活："我今天已经换了三件棉袄了。"

"太辛苦了！"记者感叹，"我戴着手套都冻得直哆嗦。"

"比起进山巡线的同志，我已经很不错了。再冷，他们也要挺着，哪有空回来换衣裳啊！"

车灯切碎黑夜，照亮前方，却切不碎故障，驱散不了担心的阴影。这样不停地跳闸，要有多少用户遭受损失呀！车在前行，李良东通知"赶快来"的声音也在回响，所有刚刚回家休息的员工都服从命令，他们马上出发，分头巡查故障。

车至李店村口，前轮咬不住湿滑的冰泥路面，方向失控，汽车不走直线，滑进路边的排水沟。幸亏周边的同志们赶到，把车抬了上来。

在蒋庄谷道分，一道道灯光捅穿夜幕，眼前的情景惊呆了所有人：15基高压电杆，横七竖八地倒在田野上。李良东立刻联系调控中心和配电专工，汇报情况并提出抢修方案。

黑夜太厚了，手电筒、提灯刺得太浅，像微弱的萤火虫。雨丝不疾不徐地下着，劳动中的人们仰脸、抬手、扭身、歪脖，它便乘隙而入。风手掀衣，它更加得意忘形。寒冷则是机会主义者，顺势袭击同志们的皮肉。

深夜比白天更冷。工人们的衣服个个湿透，袖角和裤脚都结了冰碴儿。他们一边用锤子"当当当"敲冰一边向杆上攀爬，高处风大，更加冷。冻僵的手不听使唤，用嘴哈气暖暖，搓搓手再干。脚趾麻了，腕子木了，全不顾及。他们用火热的辽电人的激情迎风斗寒，温暖着冰冷的电杆，无情的大自然和坚韧的工人各不相服，竟打起"持久战"来！

抢险如救火，体疲活莫停。直到天亮日不出，人累心却坦然，15基倒电杆重新站立，焕发往日风采。李良东的手机又急促地响了起来，他对满身泥污的工友们说："大家辛苦了！回去吃点儿饭，换换衣服赶紧到所里集合！"

现场同期声二：开工在子夜

0点整，夜黑如墨，雨幕低垂。呼号一整天的风似乎累了、困了，若强弩之末，逐渐瘫软下来。近山如幻，远山若失。梦乡里的城市像淹潜在墨雾升腾的深水里，只有瘦弱的街灯忽明忽暗，在做无谓的挣扎。

引人关注的是，在瓦房店红南线，一场排除"高铁"隐患的战斗正式打响。

高铁两侧，漫山遍野灯火通明，号令声声，上百名身着橘红色工装的勇士正紧张而有序地忙碌着。他们在顺向铁路搭建高16米，宽40米的铁架。铁架必须结实坚固，防护范围要大，避免高悬在铁路上空的导线掉在高铁上。

送变电工程公司副总经理刘涛总指挥详细问询了相关准备工作，向所属公司经理挥挥手。第五分公司经理范永一声令下，工人们各就各位，开始搭建铁架。他们要将3000多根钢管合而为一，在铁路规定的凌晨4点前完成并非易事。这不同于以往的搭架，此架各个固定点"卡扣"要加密，铁架必须经得起来自"高空坠物"的考验！

凌晨4点，铁路监督部门打来电话，问询施工进度，总指挥刘涛说："我们已在半个小前停工，同志们完成任务了。"

现场同期声三："救时应仗出群才"

抢险到了攻坚时刻、决战关头，省公司领导身着工装，戴上安全帽，亲临火热的第一线，指挥战斗，鼓舞士气。

在瓦房店炮台镇转山头村500kV核南线新建工程施工现场，省公司总经理张建坤针对现场导线覆冰厚度达到30毫米至77毫米的情况，指出必须保障安全和速度双翼齐飞。张建坤在现场提醒抢修人员，线路上悬挂的覆冰随时可能掉落，抢修人员要提高自保意识，确保不发生次生灾害。断线后铁塔失衡，要先稳固铁塔，再开展集中抢修工作，特别是抢修中要确保抢修人员人身安全，遇有突发情况要及时通报。

在炮崖220kV桥普甲线的抢修现场，张建坤躲冰钻林，踏险攀坡，登上山崖后，立刻同工人们打成一片。他详细查看29号塔更换下来的A相（右线）线夹断裂情况，与抢修人员共同分析设备受损原因。要求抢修人员保存好破损线夹等物件，逐一记录，事后要认真分析受损设备毁坏的原因，为今后改进工作提供依据。

瑟瑟寒风扑面而来，陡峭的山坡枝蔓缠腿，脚下满地泥泞，头上不时掉下冰锥，公司党组书记冯凯率队到辽宁省送变电工程公司正在抢修的500kV核南线，和500kV红瓦2线和国网大连供电公司正在抢修的220kV瓦复甲乙线等4处现场。他详细了解各现场电网设备受损情况和抢修进度，对奋战在抗冰抢修第一线的干部员工进行亲切慰问，叮嘱大家要注意抢修安全，并对当前及下一步抗冰抢修工作提出了具体要求。冯凯高度赞扬干部员工顶暴风、冒雨雪、抗严寒，不畏艰苦、顽强拼搏、无私奉献的精神，代表公司党组对奋战在抗冰抢险第一线的全体员工表示衷心感谢并给予慰问。

现在是2015年11月9日　星期一

压抑得太久太久，这两天比两个月、两年都漫长！大反击的时刻终于到来，决战之前，在省公司各部、单位要员参加的早会上，总经理张建坤紧急部署：

第一，全体抢修人员要在确保自身安全的前提下投入抢险工作，确保不发生人身伤害次生意外和灾害；第二，调控人员在线路出现跳闸后，要正确判断，果断采取措施，防止N-2、N-3等造成局域电网或者大电网事故；第三，各级抢修人员务必按轻重缓急，集中力量处理对交通、社会影响大的停电故障。各市、县公司要千方百计倒负荷转供电，尽快恢复停电用户供电。受灾严重的大连、营口公司要抓紧工作；第四，供电公司分管营销的经理及主任，要亲自前往受停电影响大的企业或社区及农村，做好解释工作；第五，外联等宣传机构要主动对接各媒体，以第一手资料，做好真实情况的公正报道；第六，物资等部门以及没有直接抢修任务的单位，都要主动支援帮助一线解决各类所需，要形成合力；第七，要确保信息报送渠道通畅，以利于及时处置各类情况。

这个部署极具针对性——

气温回暖，便于抢险者施展手脚。预料之中的难题果然从高天跳下来威胁大家：塔架、导线上的每块"妖冰"都是凶器，光照不均，风力不等，"妖冰"们要做最后的疯狂反扑，向抢险勇士们做难以防范的自杀性袭击，噼里啪啦坠落——工地处处都埋伏着"高空炸弹"！

阴坡阳坡不同，地势高低不等，塔高塔矮各异，导线舞动幅度有别，无法预测哪块冰什么时候掉落。但有两点却不言自明，神出鬼没的冰坨子必然会下落，抢修者们必须出击！

冰坨子小的一两斤，大的十多斤。不用说从二三百米高空，即便从最矮距离30多米的高空直线坠落，也会呼呼生风，以我们难以想见的速度迅速掉落，咣的一声，地上砸个深坑，安全帽有用吗？

我不想找更多的理由，也不想过多描述危机四伏的险境，在此，我只想像个威猛豪迈的勇士那样，攥紧右拳，猛地向空中一挥——

"总攻开始了！"

辰篇：高路入云端

辰字的寓意真好：上午7点至9点。这是一天中最好的时光啊！那么，这是否也寓意着辽电人迎来了最好的时光？好多天不见亲爱的太阳了，看，她来了！

"全是天上活！"50多只"大红鸟"在高空舞蹈，那该是怎样壮观而生动的画面？

抢修500kV瓦海2线的攻坚战号角已经吹响，送变电所属建设公司党支部书记兼经理陈烈率领他的团队打主攻。一百多只橘红色

"大鸟"倾巢出动，各自占据有利位置、箭在弦上……

这里是此役的"要塞"之一，受损导线下就是高速公路，疾驰车辆鱼贯往来，两旁则是连绵蜿蜒的山峰密林。

勇士们急于冲锋陷阵，纷纷向陈烈请缨。

"谁也不许轻举妄动！"送变战指挥部有令，这里险情四伏，任何人上场施工必须经总指挥刘涛批准。

陈烈拨通了刘涛的手机："冰已经开始融化，现在应该派人除冰。今天不把冰弄下来，明天就上不了塔。"

刘涛回话："注意安全，由上往下除冰。"

陈烈一声令下，大家迅速有序散开，每两人一组奔赴一座塔基。勇士们清楚，只有快速打开"天路"，直捣"妖冰"老巢，才能救助受伤的导线。

旋即，在旷野，在谷峰，在险崖，叮叮当当的敲击声凌空响起。一个勇士先上塔，敲开一条窄窄的"天路"，另一勇士再上去扩大战果。敲打要快，还要留神上头，随时都有偷袭的冰块纵身跳下。人越上越高，风越刮越大，胳膊酸了，手麻了，可这丝毫削弱不了勇士们的斗志。横际云天的导线疯狂舞动，勇士们个个艺高人胆大，与导线舞动的节拍同步，导线像花藤，而他们，则是结在导线上的红花！

二人在一侧紧张地作业，另一侧仍然通电！

我的心高高悬吊！如果风突然疯狂起来，导线秋千一样舞动起来，该有多吓人？如果两组"秋千"乱了节拍，舞动的峰弧向一个方向"对撞"怎么办？

别跟我说舞动幅度被预先设计了，别跟我说"一般不会"。现在，导线上还包裹着厚冰呢，如果它突然折断……

我不敢再往下想了……

我问过多位送电工朋友，他们说，头一次上塔大多吓得要死，七八次后才行走自如。铁塔自高七八十米，设若横在深谷之上，导线垂地高度又岂止二三百米？为了节省土地，所有线路都设计在人迹罕至的崇山峻岭，为了实现峡谷大跨越，所有铁塔都立于最高峰……

上塔前，勇士们要先清理身体，谁也不敢喝水。一旦上塔短则几个小时，多则七八个小时！我担心如果他们需要小解怎么办，送电工朋友们告诉，上边活很累，水分都变成汗排泄了。我猜想，一部分汗一定因恐惧和紧张而生！我又开始担心另一个问题，要是天冷不出汗呢？

一位"80后"勇士已经在高空作业四个小时了，冷风呼号导线狂舞，他怎么也换不上间隔棒丝。几乎累得瘫软，可他还在坚持、坚持。如果自己完不成任务，工友还得上来。下面的工友非常焦急，担心他顶不住。他老婆生完孩子第二天，他就来抢险。上天不负有心人，这个小伙子竭尽全力，终于接上了线！下塔后他几乎支撑不住了，浑身哆嗦、脸煞白、嘴唇发紫，班长和工友们"呼啦"一下跑过来，紧紧拥抱他，个个热泪双流。他赶紧掏出手机打电话："老婆，我平安下来了！"

目睹此景的央视记者抹一把眼泪，向他高高地竖起大拇指："好样的！太震撼了！"

我忘了问他叫什么名字，我也不知道他妻子是谁，但我却知道，这就是他们平平常常的生活。他们一个人走着"天路"，全家跟着提心吊胆……

让我兴奋的是，干这些高危工种的年轻人，却有着宽厚而浪漫的家国情怀。何凌霄在《我的舞蹈》文章中这样描述：

> 我的舞台很狭小，一基铁青的杆塔，几根银白的导线。我的舞台很宽广，千里蜿蜒的河谷，万道起伏的山梁。我的舞步并不优雅，但光明在我沉稳的脚下延长。我的舞姿无缘优美，但精致在我娴熟的指间流淌，风吹过，

发出几声赞叹，云飘来，送上几件霓裳。烈日频繁视察，骤雨偶尔考量，钳子扳手叮叮当当在山谷激情回荡。当灯光驱散夜色，当温暖赶走寒冷，我总能看见我的舞蹈，在演绎着执着和奉献……

"大红鸟"们个个身手了得，冰块砸残了树，砸伤了地面，勇士们却无一因此战力减员。拆线、落线、运线、放线、紧线、附件安装，他们紧张而有序地工作着。啃骨头"碰头会"在路边开，白天时间短就用夜间时间延长，应急灯、地灯、车灯、手电筒一齐上阵，"深山花烛夜，焰火照天烧"。激动人心的时刻终于到来，2015年11月12日晚上8点整，瓦海线故障全线排除，陈烈兴奋地拨通了刘涛的手机："报告总指挥，削铁全部处理完毕，所有接地线全部拆除，具备送电条件。请安排下步工作。"

"好！"刘涛的声音很清脆，"留下一个分队善后，其余3个队伍立刻出发，支援核南线！"

"全是夜间活！"大家急得火烧眉毛也没用，必须听从高铁调度的命令，白天待命，只能在"开天窗"时间抢险……

"开天窗"是高铁的术语。夜里0点30分至4点30分是高铁停运休息时间。抢修高铁段高压线路，也只能在这个时间里进行。受损导线就悬在沈大高铁上方，9根伤导线重量达2800公斤，现在它们仅靠无钢芯的破损线夹相连，如我在前头说的，就好比"骨头断了，只连着筋"……

省公司总经理张建坤、副总经理张印明亲自坐镇指挥。基建部主任王鹏举，送变电公司总经理陈显伟、书记张海廷，副总经理刘涛，副总工程师刘利丰，陈江队长，以及安监部、运检部、施工部等连续作战，昼夜不歇。

导线上不时下着"冰雨"，最厚冰块超过4厘米厚，长的冰块长达9厘米，现场指挥部命令：太危险了，必须躲开线路垂直的下方。3000多根钢管用光了，厚6米，高16米，平行铁路40米宽的坚固的防护架已经搭建完毕。高铁正常运行，白天抢修的人伸不上手，就分散开来，爬塔、走线、敲冰。

现场指挥范永安排人把所有灯调试好，做好开工准备。9号午夜12点，当最后一趟高铁通过，高铁停电，抢险的勇士们立刻进入现场。单兵作战，分队交叉，整体统筹，一曲分合井然、激昂高亢的劳动交响曲拉开序幕……

第二夜却遇到麻烦了，大家早就做好进场准备，他们急得直跳脚、嗷嗷叫，却迟迟接不到开工指令。

12点到了，总指挥刘涛没有下令。12点30分过去了，刘涛没有下令。1点过去了，1点30分过去了，刘涛还不下令，现场指挥范永急得抓心挠肝，勇士们也急得抓心挠肝。满打满算也只有三个半小时的施工时间，开工时间严重缩水，停工时间却雷打不动，这活还怎么干得完？

现场的人们频频看表，每一分钟都那样漫长，似钝刀割肉。每一分钟又那样短暂，转眼快2点了！

因为高铁晚点，2点整，命令从高铁调度、总指挥刘涛、现场指挥范永口中层层传达，工人们这才急速进场。下方，工人们抱着备好的10套棉被进入高铁防护区，把高铁的线路包上。操作师坐进驾驶舱，所有大型机械蓄势以待。上方，等待已久的工人们已经做好准备。

范永指令："铁路防护完毕，可以落线了！"

施工队长关爱文粗犷嘹亮地喊了声："起磨！"卷扬机一阵轰鸣，绞磨机呼呼转动，铁臂伸高、抓紧伤导线，缓缓将它引落地面……

凌晨4点20分，上方只剩一相导线未撤，还差十分钟到截止时间，大家赶紧撤出。

紧张连紧张，担忧牵担忧，所有人的眼睛都瞪得大大的，神经绷得近乎达到了极限，他们已经三天三夜未合眼。八方关注、万人瞩目的核南线险情终于尘埃落定。

　　"全是平民英雄！"在遭遇冰灾的危急时刻，大家闻风而动，没一个人讲条件，没一个人后退，没一个人怕苦。

　　冰灾无情人有情，风雨透骨心温暖。非常时刻，平民英雄的感人故事层出不穷。请假的主动回来了，休息的主动回来了，生病的主动回来了，就连家中有特殊事的员工，也主动"找上门来"！

　　瓦房店供电公司送电工任金麒的痔疮太严重，实在拖不了了，才与大连一家医院定好了9号手术。天气一坏，他预感线路可能出问题，主动放弃手术从大连赶回单位，一头扎进风雨交加的崇山峻岭，夜以继日地开展工作……

　　送变电工程公司机具租赁分公司经理白坤，正在家乡黑山县二道乡二西村祭奠父亲，得知瓦房店抢险急需大型设备，他立刻火速赶回沈阳……

　　送变电输电公司第四分公司大队长徐平37年间四海为家，常年野外作业，身患糖尿病、高血压，一把一把吃药仍打拼在架线建设最前沿。2004年春天，是徐平生命中最寒冷的冬天——他正远在南方野外作业，已经退休的"老辽电"父亲突然病重，家人担心他的安全所以没有告诉他。父亲最疼他，他却没陪伴父亲度过最后的时刻！

　　此次瓦房店冰灾，徐平闻知险情危急，他没来得及告诉病重住院的母亲，就同项目经理梁士民火速赶往瓦海2线现场，指挥施工队抢险，将掉落在高速公路的导线移走。高耸云天的铁塔冰光闪闪，要一点点地剗。他们奋战到晚上8点30分，才锚完线，让高速路恢复通车。

　　白天，妹妹徐静打来电话，语气忧伤地告诉哥哥，妈的病重了，盼哥哥早点儿回来。可徐平正在导线下紧张地指挥，百米高空的导线上，他的徒弟们正迎风斗寒，艰难地安装间隔棒，他怎能在这时放下工作回家？

徐平觉得对不起母亲哪！今年6月24号，母亲病重需手术，妹妹打来电话，医院有规定，必须要徐平签字，"哥，赶紧回来吧！"可徐平却远在新疆大戈壁竖塔架线呢！徐平的一颗心裂成两瓣儿，一瓣儿在沈阳，生他养他的母亲需要他；一瓣儿在新疆，单位需要他，一群年轻的工友需要他！硬汉徐平头一次说话那样没底气，像个犯错的孩子："妹呀，还能挺几天不？现在回去哥不放心哪，这里就剩最后一档线了，哥干完马上就回去！"

徐平回来后立刻赶往医院，母亲7月2号才做上手术，足足耽误了一个礼拜呀！徐平常常自责，母亲要是及时手术，病情就不会这样重吧？

徐平疼母亲，母亲更疼儿子。现在，老人天天强忍剧痛坚持着，看一眼少一眼哪，为了多看几眼亲人，多看几眼儿子，她必须坚持！儿子抽空来看她，是老人最高兴的时候。老人自知活不了几天，她最想念的就是远方的儿子。但老人知道儿子的工作危险，怕儿子分心，又不忍心打扰儿子。儿子不在跟前，她又疼又闹心，一口饭都不想吃，一口水都不想喝。女儿哄不行，儿媳哄也不行。女儿无计可施，只好说："妈，你不吃饭，我给我哥打电话吧，让他陪你。"

"别打！"老人立刻精神了，"我吃，我吃！别给他打电话，别让他闹心了！"

看见老人满脸痛苦地吃饭，每一口都那样费劲，吃了吐，吐了再吃，在场之人无不潸然泪下……

现在，徐平好几天没看到妈妈了！

"师傅，你回去看看吧，这几天人手够。"梁士民催促道。

徐平说："这么忙，我也走不了哇，再等几天吧！"徐平往嘴里填一口凉饭，"工地上的东西都是我经手放的，急着用，别人找不到哇。”

梁士民含着眼泪告诉我：“师傅太敬业了，拿单位当家呀！三十七八年如一日，太了不起了！干工作玩命啊，他这个‘老先进’，是流汗流出来的。多么难得！技术精通，资格老，坚持硬干，还没脾气。这次抢险，哪里紧急就前往哪里指挥，挖地锚坑，放线，扯线，他全上手……”

瓦房店抢险刚结束，辽西的一个工地“告急”——徐平匆匆到医院看看母亲，流着泪向母亲告别，便火速赶往阜新……

11月29日，我的文章已经写完，徐平仍在阜新野外紧张施工。他的妹妹徐静哽咽地告诉我：“我哥惦记我妈呀，天天打好几个电话，问询我妈的病情。还让我把手机贴我妈嘴唇上，想听听我妈的声音。”

尾篇：弓拉满月

我喜爱日月星辰，因为她们都是发光体。而且是来自上天的神秘而高贵的发光体！在地上，在人间，在我们日常生活和各类机械运动乃至科技活动中，电，只有电，才能发出类似日月星辰的光芒！木头点燃了能发光，煤点燃了能发光，还有诸多类似发光的东西——这，怎么能同电相比？电宛若一位胸有诗书气自华的学者，谦逊而内敛。明明有高贵的豪杰血统，却士为知己者用，只听从“知音”指挥，甘愿将自己化成各种动力动能。电从不炫耀，只是默默地发挥着作用。我们可否这样解读，电肌体的每一次打火，都是对误操作或外物入侵的警告？

辽宁电力人忠业守责，钟爱此职，同无形无色恣肆放浪的电流结成挚友，结伴前行，走进千家万户，服务军工商大业，建设江山社稷，能不豪情万丈？

即便“妖冰”军团突然大举狂猛入侵，“辽电铁军”也临危不惧、果决反击，招之即来，来之能战，战之能胜，尽显英雄本色！

这组大决战的数字足以表达辽电人的精彩——

2015年11月6日"妖冰"野蛮入侵，毁坏力是巨大的，在30个小时内，有225条线路跳闸290次（不计复跳次数）。而在辽电人的努力下，至11月9日15时，全部恢复供电。

最惊心动魄的3处险情抢修神速："沈大高速路"11月7日20点30分抢修完毕并恢复通车；"沈哈高铁"于11月7日16点零8分恢复通车；"红沿河核电厂"于11月9日18点58分正式送电，红沿河核备电恢复运行。

冰灾突现是偶然的，国网辽宁省电力有限公司这支队伍能快速反应、迅猛出击，展现英武豪气，啃下这块硬骨头，却是必然的。神枪手是子弹喂出来的，摄影师是胶卷喂出来的，辽电人出手不凡，能打硬仗。而他们能打胜硬仗的功力，源于漫长岁月的扎实锤炼。

争做"最美国网人"，春风一样提振精神，春雨一样滋润心灵。"传递信的温暖"专题网站，众多"三信"感人故事茁壮成长，"最信任的带头人""最信服的身边人""最信实的感人事"像3个美丽的花园，看着养眼，想着养心，做着养身。建设"创先争优十大工程"、实施"95598光明服务工程"、组建"国家电网辽宁共产党员服务队"，基层组织活动式样新颖、活力蓬勃。

277支国家电网辽宁共产党员服务队，长长的须根扎在基层沃土，伴地气茂盛生长——闻香识人，美丽的服务花朵处处盛开。

"弘扬雷锋精神，做优秀国家电网人"主题实践活动日益深入人心，"比思想、比能力、比服务、比贡献、比廉洁，树标杆、树形象、树威信、树品牌、树正气"的"五比五树"活动蔚然成风。"党的好女儿"周琴、"摇橹电工"王柏山、"敬业楷模"程金雁和"抗洪勇士"高山等为代表的一大批国家级劳动模范和党员标兵，树立了国家电网人的品牌形象。

辽电新建项目突出科技领先，工程推进速度与质量双翼齐飞，大幅提升了御灾水准。同是大连地区，同面临摧毁性冰雪灾害，2007年"3·4"风暴高塔曾经连片被毁，这次它们经受了考验，个个昂首挺胸，巍然屹立。为蓄储后力，电网建设步伐仍在加大，2014年投产66kV及以上输电线路2026公里、变电容量925万kVA。立足当前，辽宁电网人竭诚推进高标准电网建设，省内多条富含科技含量的线路惊喜亮相。着眼未来，实现特高压落户东北、打通"辽电外送"通道，曙光初现……

搏冰大决战在险浪翻卷的战斗中完美收官，"辽电铁军"并未停止飞奔的脚步。在"后方"，管理层和数十个专业的辽电团队，又激情出发，科学领衔，管理升级，创新开拓，服务争优，正能量展翅翱翔，用智慧和汗水描绘辽电新愿景。北风呼号，雪霰扑面，寒冷透骨，千山鸟飞绝，万径人踪却不灭——百姓们躲在温暖的室内"猫冬"时，恰是他们的施工旺季。他们背上行囊带上工具，告别父母和娇妻爱子，奔赴荒郊野外，攀爬险壑高山。田野光裸，树叶落尽，雪原浩荡，地冻三尺，北国大地冰封千里，天地化为"唯我独舞"的大舞台，汉子们嗷嗷叫着奔赴新战场，耍着欢儿地再展豪情，威猛地驱动载重大卡车呼啸向前，犁翻厚雪，留下一路白浪奔腾……

头一次接触这个行业，头一次接触辽电人，我被他们的精神震撼了！救急抢险是短暂的，以分钟计，以小时计，以天计。他们忠诚职业、坚持操守的打拼却是漫长的，以月计，以年计，以一生计。当我们享受光明时，对他们来说却危险时时在，故障天天有。这些都被他们悄悄地拦挡、化解了。他们就像隐藏在崇山峻岭里的导线，即使没人在意，没人关注，依旧流淌着奔放的热情。他们就像立于险峰上的铁塔，即使永远孤独，无人喝彩，也仍旧站在山的最高处……

安居在小铆钉里的"全世界"

序

浮躁世态让许多人患上"跪大症"，元、吨、克、官职、平方米等，越大越好——人性中的贪念快速膨胀、上不封顶。可当他们蓦然回首，却会大惊失色：天哪，分子大于分母！坏了，大字前怎么多了个"负号"？

我现在用文字推出的这位朋友，却反其道而行之，咣当一脚迈进"小"里，并乐此不疲。人家上大学，他上"小技校"；人家向往当大官，他向往学门小手艺；人家要在大世界饱览大风光，他安于在小车间小打小闹……

我这样说太含混，准确地从大往小排序便是，他缩在一家大工厂的第22厂，缩在手艺人岗位上，又缩在小小的铆钉里，这一缩便是二十年。

我问他将来的打算，他微笑地说："当个优秀铆工。"

"你都两次拿铆工状元了，大家都叫你'铆工王'，还怎么优秀？"

"创新永无止境，我的铆工手艺也要水涨船高。"

他的声音弱、柔、低。

却深深地打动了我。

准确来说，几乎是震撼——

北方春天里的第一缕暖风，从"南面来"；

平衡术上的"最后一根羽毛"，将改变世界格局；

导火索喉咙里轻轻吐出火花，引线插进巨无霸大炸药包……

我想起一个词：四两拨千斤。

不是有意低调，也不是惯常的谦虚，真实的他就这样。

我这才对他刮目相看：敦实的个头儿，粗胳膊壮腿，肌肉里像安了弹簧，随时要在工装里起义。

大眼睛双眼皮，黑眸闪闪亮，通天鼻。如果他的脸短点儿，像黄晓明。如果他的脸再窄点儿，像陆毅。现在，他只像他自己，中航沈阳飞机工业（集团）有限公司第22厂中一个地地道道的金牌铆工——柳军。

埋头铆：道是无形却有形

一个猛子扎进去——"没影了"！

明明经历千辛万苦、千锤百炼，安居乐业时，他却消失在机件深处，默默守候着自己的岗位，过着"与世隔绝"的寂寞生活。

1997年7月，柳军迈出技校大门，一脚踏进工厂后，铆工岗位找不到他了！在别人抱怨"学非所用"时，柳军甘愿当个"打杂的"，师傅随叫随到，让干啥干啥。柳军乐此不疲，干得兴致勃勃。早早地来，晚晚地走，劳动时间跟着"活儿"转，在冲床前忙碌，成型、拉伸、落料、冲孔，修理掉铁件"张扬"的部分；摆弄折弯机，让硬硬的铁管铁棍像面条一样"听话"，俨然是位出色的"面点师"；在切割机前"当裁缝"，把铁片剪切成需要的各种形状……

灰尘抹花了柳军的脸，他的鼻翼上有对忽闪忽闪的"黑翅膀"。油污画成的地图深深浅浅地展示在工作服上，大圈套着小圈……

185

当资料柜、餐车、商业柜台等产品贴上"合格证"，源源不断地出厂，令客户们称赞不已时，柳军感觉十分欢喜。柳军喜欢站在产品前，歪着头琢磨，他喜欢以一串子"如果"跟师傅对话，"如果"后头跟着的便是他的新想法。师傅于清蒲称赞他道："这就对了，我们铆工干活，不光要用手干活，更重要的，是用脑袋干活。"

让铆工们生产上述产品，有人说这是旁门左道，不务正业。柳军的"工友前辈"、在第33厂工作到退休的母亲张荣久，则有自己的见解："儿子，技多不压身。有机会扩大手艺种类，机会难得。"

母亲的话像雨露一样润泽了柳军的心田。刚进厂时，柳军兴奋又忧愁，党支部书记刘跃对厂领导说："这回咱22厂可强大喽，我抓了两个军回来。"

他的手在空中一比画："这个叫柳军，这个呢，叫佟军。"

谁料，柳军和佟军连民兵都不如。见到零件直蒙圈，连图纸都看不懂，更别提"上前线"啦。

"没想到，在技校学的东西跟实际到处都对不上号，"柳军感慨道，"理论跟实际脱节，是当代中国教育的最大弊端。"

我万般惊愕——连"最务实"的技校都脱节，那我们的高等教育会怎样呢？

在工厂扎实实践了二十年的柳军对中国的现行教育忧心忡忡——

世界上最先进的大学，无不与实际紧密结合。世界上多数"没有围墙的大学"，不仅仅拆除实物围墙，而且将大学与社会融为一体，它们更拆除了"心理围墙"和"行业围墙"，敞开胸怀，将社会上各学科顶尖高手请到大学授课，使理论与实践无缝对接。

痛定思痛，柳军埋头工作，让理论和实践"双驱动"默契携手，联袂前行。

1999年10月1日，震撼全球的庆祝中华人民共和国成立五十周年大阅兵在北京拉开帷幕，柳军第一次体会到"国家自豪感"——他和师傅、工友们的手艺，在北京长安街上展示给全国人民，在天安门城楼前被潮水般的欢呼声淹没！

在东北沈阳，柳军指着电视机上的"国庆彩车"兴奋不已："快看、快看！这辆大彩车是我们做的！"

他们为工厂争了光，为辽宁争了光！

接到辽宁省政府的嘉奖证书，柳军的热血再次沸腾，感到无上荣光，原来一个小小的铆工，也可以为家乡争得荣誉，为祖国赢得喝彩！

半年前，五六位骨干师傅牵头，带领徒弟们开始了彩车制造。李树阳师傅带领柳军和张新成主攻"三节帆"难题。这是彩车最引人注目的部分，也是最出彩的部分，以液压泵为动力，将造型优美、跃升自然的三节帆一层层顶起来……

刚入厂时，柳军和佟军连零件图都看不明白，打下手都不合格，钻个小孔都会紧张。师傅不让他们伸手，怕浪费材料。当了一年多"打杂的"练手，现在柳军已今非昔比，计算、画线、焊接、钻孔样样行，还能在设计、用材、技术难点上"出点子"。担心"三节帆"的第三节铝材不坚固，柳军建议用不锈钢板增加强度。牵一发而动全身，不锈钢板增加2倍重量，另一个问题浮出水面，机件连点薄弱有待解决。师徒们群策群力，改变加工方式，将原设计的钻孔、铆接，变成了对角划线、焊接。

确保三节帆升降流畅又坚固耐用，前提是保证工艺精度。每节帆与帆的间隙，必须控制在5毫米以内。超过5毫米的间隙大了，会导致帆叶晃动，间隙小了则影响升降。哪怕机件发生微小的受热变形，也要掌控在微小的精度变化之内。帆斜角45度，铆接空间太小，手伸出去还要"拐弯"，柳军甘愿付出指甲劈、腕伤、脖子扭疼的代价，仍一丝不苟地进行调整。他的手像泥鳅鱼一样游弋自如，责令铆钉或冲锋向前，或坚守在指定"阵地"……

柳军穿过"当打杂的"和制造彩车这两道"关卡"，实战能力突飞猛进，回到班里工作，扫一眼图纸，便能独立操作钻孔、划窝、铆接、压铆所有工序。

柳军自豪地说："我带第一个徒弟时，回想起我刚出校门晕头转向的样子便像抓住了'导航舵'，知道在哪里推一把，在哪里顺一下，在哪里拐个弯儿，徒弟进步飞快。"

锤铆：纵横不出方圆

对于庞大的机器"整体"，铆钉是微不足道的，微小到从不抛头露面，似乎可以忽略不计。

对于铆工的人生而言，终身跟这么小的、"拿不上台面"的附属物打交道，似乎是很难的。

事实上，如上的两个"似乎"是不存在的。

我们赖以生存的世界看上去如此庞大，本质上却是由"微观"所构建。

妙手文章由一个个单体字词联袂，巨无霸机器由一个个小机件构建，诸如恐龙一类的庞然大物也由一个个小细胞组成。

"不积跬步，无以至千里。不积小流，无以成江海。"

天下大事，无不大处着眼，小处做起。

无数事实证明，大小跟质地毫无关系。

铆钉的体积很小，直径才3.5毫米，最长26毫米，钉头6毫米。最细直径2.5毫米，长7毫米，钉头5毫米。一个机件有密密麻麻尽职尽责的350个铆钉坚守阵地，足以证明其重要作用不可替代。

铆钉的嵌安却要劳神费力。

夹角拐弯处的铆钉最"抠手"，柳军要用0.5磅的小锤"颠敲"。小锤长度80毫米，锤头尺寸25毫米，加柄长度400毫米，在一个铆钉上颠敲，颠平一个铆钉要七八下。铆钉少的盖板8个铆钉，要颠敲五六十下。

锤铆全凭感觉，既要稳准狠，飞锤方向多变，却锤锤生根，纵横不出方圆。更要确保力道均匀，唇齿啮合。新材料帽盖极脆，上有4个小旋钮，锤劲儿强弱和精准度稍有偏差，帽盖便会颠出裂纹。一旦脆裂几百块钱就没了，还贻误工期。除了柳军，班里几乎人人都颠裂过。

一旦进入工作状态，锤子就是柳军身体的一部分，是他延长的手指，是他睁大的眼睛，也是他的"精准卡尺"。节奏强弱、音符长短、旋律收放，尽在掌控之中……

柳军干过四五百个继电器盒，没出过一件废品。艺高人胆大，他敢在玻璃钢机件上随心所欲地完成"钻孔、划窝、铆接"三大工序！玻璃钢上划窝极难，用力大了打滑，用力小了不下粉末。"埋头钉"更难，劲小了墩头不齐，劲大了材料炸裂。柳军像个高明的裁缝，在如履薄冰的状态下随便"穿针走线"……

面对突然拦住去路的"工装"障碍，同事们一筹莫展。

"工装"系术语，指焊接点均匀平整，没有一点儿疵瑕。

焊点消失，遇热平板收缩无痕，要求精度如此之高，这怎么可能完成呢？

柳军把"应力释放"引到工艺中来，革新焊接工艺，将过去一次焊接细化，分成三次焊接、三次修形。

柳军率先"打样"，再将系统要领细化成章，传授给伙伴们。

彼波未平此波起。面对有60多个零件的复杂构件，柳军和班长祝宝元、徒弟王林春数次"爬坡"，仍达不到"工装"精度。"修形"独占1/3时间够沮丧了，板面还"里出外进"！

探索在其他机件上成功应用的"内型胎"，效果不佳；改变焊接方法，由150毫米一个焊点，改为每隔30毫米一个焊点，只是略有好转。这怎么行？

柳军剑走偏锋，大胆尝试先焊接、再组装的"反向操作"，终于迎来柳暗花明，不仅产品的质地令人叹为观止，工效也提高了一倍多。

柳军以可贵的"一根筋精神","脚跟"扎在第22厂二十年,"心根"扎在小小铆钉上,昂首向前,放眼人生大世界。他改造、革新工艺、小发明数百件次;他制作专用工装,创造经济价值534万元;他制作出"电气仪表盒加工标准工作法""口盖搭铁线定位防错法""多种材料复杂铆(去掉)工接法"等工作方法,助推产品质量、工效、团队劳动价值扶摇直上。

我尽力抑制自己内心热流翻涌的喜悦,"越过"关注柳军的一串儿热门话题,故意打张"冷牌",问他怎么干起铆工来?

"多亏我的母亲。"

这一刻,柳军大大的眼睛晶莹闪亮,泪液汪洋。

原来,柳军爱上铆工竟是源于"童子功"——

母亲张荣久年轻时就是第33厂的铆工技术骨干,她心里装着满满的自豪和热爱,领着柳军在厂里转,看她工作的车间,认识她劳动的工具,欣赏她铆制的产品。小柳军拿起铆钉冲着太阳看,惊喜地说:"妈,你看,多像闪亮的星星!"

岁月往而不返。母亲张荣久早已退休,五六岁的儿童柳军已成为人夫为人父的壮汉,不变的却是向上向善向美的"铆钉情怀"。当年母亲教诲一直响在柳军耳畔:"孩子,别看铆钉这样小,作用可不小哩!地上跑的汽车,水里游的船,天上飞的飞机上,都有太多太多的铆钉哩!"

那时,对铆钉的热爱已在柳军幼小的心灵里生根、发芽儿。

母亲指着22厂的厂房说:"儿子,这是亚洲最大的厂房。"

柳军不知道什么是"亚洲",也不知道它在哪儿,却高高地向母亲竖起大拇指,比母亲还自豪。

柳军指着厂门口那两排老槐树告诉我,他小时候常在树下玩,每到春天槐花开,满厂香啊!蜜蜂来,蝴蝶飞,非常好。我奇怪小柳军当年竟有那样的想象,他看着未开的槐花骨朵,告诉母亲:"妈妈,你看,多像挂在天上的铆钉!"

听了这话，我先是吃惊、愣神儿，继而——眼窝湿润……

父母是孩子的第一任老师。耳濡目染、潜移默化润泽孩子的心灵，左右孩子的人生走向。孩子一生可能有无数的施教者，但第一次教育却是父母施加的。

当我们谴责"80后"不能吃苦，当我们怪罪"90后"习惯不好，当我们埋怨太多人利益至上时，父母们是否反思过，你们孩子的第一次教育发生在什么时候？你们又教了他们什么？

物质基础决定上层建筑，孩子决定祖国的未来。那么，如果家长和媒体疯狂地热衷"童星秀"，冷落打拼在生产一线的"务实者"，孩子们会有什么样的"基础"和"未来"？

在慈母的引导下，柳军把自己当成一枚"人在阵地在"的铆钉，一辈子不动摇。上级领导曾两次征求这位业务尖子的意见，调他去管理部门，把他的脏工作服换成洁净的工装，让他有职衔，可是他婉言谢绝了。

柳军迷茫时总想起母亲的话："别当白领，学门手艺吧，是艺都养人。"

柳军选择工种时想起母亲的话："报铆工吧。工作中有什么难题，我还能和你切磋切磋。"

柳军当"打杂的"时也会想起母亲的话："多干几个工种没亏吃，技多不压身。"

我为柳军欣慰，有一位务实善良的好母亲，让他透过小小的铆钉，展现中国人的扎实进取精神，绽放朴素的人生哲理和人格魅力光芒。

我赞赏柳军的不服输精神和挑战精神，我更钦佩他"将一件事进行到底"的执着性格。当"人生贵在减法"成了多数人只说不做的口头禅，当"世界这么大，我想出去走走"成了被滥用的空话，当"宁坐奔驰车里哭，不坐自行车上笑"成了价值取向，当年20岁柳军却将"根"扎在第22工厂，从未想过要离开。一个小小的铆钉，便是他的"全世界"。

双面铆：浓妆淡抹总相宜

人厚道，技术拔尖，遇"高坎儿"敢冲锋陷阵，"打对垒"能摧城拔赛，老班长祝宝元退休后，柳军便顺理成章地成了接班人。

但，这只是班里的"内参"。走出铆工班，推开第22厂的小门，迈出集团公司的大门，和社会上的高手们过招，柳军头上的光环能否失色？在群雄逐鹿的打拼中能否占有一席之地？

2013年秋天，黄叶飘飞，秋风萧瑟，寒冬急着抢班夺权，组织冷风频频发起狂猛进攻，柳军所在的集团公司却"热气逼人"，众多技术尖子们势如惊涛夺岸，争相进行华山论剑，踊跃报名参加沈阳市劳动技能大赛。

限于参赛名额，各分厂组织了声势浩大的"海选"，优胜者拿到集团公司竞赛的入场券，再胜出者才有资格登上市级擂台。

为防泄密，确保选拔质量，厂长顾德勇和厂工艺室主任白雪山亲自出题。两张考卷，一张理论卷，一张实际操作卷。结果，铆焊班班长柳军众望所归，夺得初选赛冠军。亚军也出自铆焊班，叫王林春，是柳军的徒弟。

我看了实际操作考卷部分的答卷，是现场制作"铆钉盒"。

若非亲眼所见，我还以为那是先把数据装进电脑，再按程序，靠点鼠标"生成"的"机制产品"。400毫米×400毫米，内有16个田字格。依铆钉种类再制作18个小方格。铆钉、钻孔、弯边成形工艺样样不少，锉修、剪切、锯形缺一不可，画线、折角、铆接、装配成形项项精优。

后来我才知道，这是铆工的"顶级考题"。过了这道又窄又险的"独木桥"，就能摘得"彼岸"的高级技师证书。

柳军耗时3小时45分完美收官，徒弟王林春紧步其后，师徒二人再次以冠亚军的名次双双跻身沈阳市技师比武大擂台。

决赛烽烟四起，各路英豪群雄争霸、各展绝技。经过多轮较量，柳军艺压群雄、一骑绝尘……

柳军曾荣膺沈阳五一劳动奖章，两次夺得"铆工王"称号，首次参加沈阳市劳动技能大赛便摘得状元荣誉……

一花独放不是春，百花齐放春满园。

柳军将大量精力投放到打造精品团队的工作中，让铆焊班集体焕发活力。组织月评"班组之星"，激活每个员工的积极性和创造性；提出"安全防线固守，和谐天长地久""我要安全，我签名"主题活动，将安全常态化；倡导"要敢想、敢干、敢为人先""不敢想，就不会有创新；不敢干，就不会有新工艺；不为人先，班组建设就没有竞争力"的新思想；推广"学习工作化""工作学习化"，师徒结对、一帮一，营造浓厚的"比、学、赶、帮、超"的学习氛围，在思想上互帮、安全上互保、工作上互勉、技术上互学、生活上互助，让班组成员情有所系，心有所归。

我感动又感慨，柳军用实际行动上演了一出精彩的"哲学戏"。技能水准上，个性要跳出共性。管理上，个性又要融于共性。二者联袂互助，才能共同繁荣，共同精彩。许多人恰恰相反，专业技能平庸，鲜有个性，却硬要在共性中"展现"个性，"展现"自我，这怎么行？

柳军当铆焊班班长13年，好戏连台。班组所有成员都多次荣获各种奖励和荣誉。

2008年，柳军牵头的某型号QC攻关小组《缩短某型号零件加工周期》的课题，荣膺辽宁省质量科技成果一等奖。

柳军领衔的铆焊班一路高歌，获奖证书、奖旗数不胜数，我按近年的时间顺序，挂一漏万地历数几个铆焊班闪光的"大脚印"——

2010年，荣获沈阳市质量信得过班组；

2011年，荣获辽宁省质量信得过班组；

2014年，荣获全国质量信得过班组。

柳军说："人人都要争先夺优，谁也不能落下。拆开了，我们每个人都是为他人着想的班长，合起来，我们每个人都是技术过硬的高级技师。论个体，人人能独当一面。论整体，我们是一个拳头。"

跋

告别第22厂，一推门，我便被满天满天的"钉花"吸引。一簇一簇的，银光闪闪，高高地挂在老槐树上。我万般惊喜，当年小柳军描述的"星灿烂"仍在，只是树更高，枝伞撑得更宽大，星星们更多更密集了。

正午的艳阳当空，微风轻唱，那些手拉手的"亮铆钉"个个兴奋，疯啊闹哇奔跑哇，都想挣脱同伴，可又都舍不得离开。像柳军手中的铆锤，既放荡不羁，又敛收自如，锤颠线向四方炸开，却"纵横不出方圆"……

我都看迷了。猜想哪个是"锤铆星"，哪个是"双面星"。突然，一股急风抢亲似的扑过来，闪花了我的眼睛。淹在背光里的一组组"铆钉星"沉浮摇曳，一片闪亮……

不过，我仍然知道它们的身份，一定是喜欢捉迷藏的"埋头星"。

一心向党的百岁英雄

离休两年后，他从云贵高原投奔儿女来到东北辽宁，在大连旅顺安度晚年。

每天不闲手、比上班还忙，爱好广泛、净干"跨界"的事，人们对他的身份猜测起来——

他家的菜园种得最好，左邻右舍全借光，有人说他是地地道道的农民；

他脚蹬缝纫机熟练地改衣裤、补衣物、做书包，有人说他当过裁缝；

他自做大衣柜、五斗柜和沙发，有人说他做过木匠；

他的根雕作品在展览会上一鸣惊人，有人说他是艺术家；

他的六个儿女个个懂事、有出息，有人说他是教育家……

他，就是辽宁省军区大连第十六离职干部休养所离休干部，有着84年党龄、现年101岁的老红军郭瑞祥。

不怕死的"少年地下工作者"

夜深沉，一轮明月吊悬天穹，整个大地像一幅淡淡的水墨画。忽然，一个焦黑的"墨点"用力点在地平线上，时而跳出时而隐入，这便是只有 15 岁的少年地下工作者郭瑞祥。他怀揣地下党交给的重要情报，在险象环生中勇敢穿行，一次又一次圆满完成任务，从未出过闪失。

1935 年，河北魏县敌情复杂，日寇和乡绅到处抓捕共产党员，郭瑞祥迎险而上，成为尹野马村地下党组织的重点培养骨干。郭瑞祥人机灵，脑瓜快，当过药店伙计，还写得一手漂亮的毛笔字。他踊跃参加"穷人会"，宣传共产党的主张，投身杀富济贫斗争。白色恐怖时期敌强我弱，处处危机四伏。他们在坟地里开会，在菜窖里密谋，在敌人眼皮底下四处活动、收集情报，再把情报送出去，一旦被抓就掉脑袋。有人形容这叫"吃阳间饭，干阴间活"，这些英雄执行任务时，仿佛每一刻都是生命的最后一刻。少年郭瑞祥胆大心细，机智勇敢，眼见共产党员一个一个牺牲，他仍然毫不退缩，总是在危急关头勇敢地站出来："我不怕死，我去！"

他一头钻进夜幕，趁附近没人，赶紧把油印传单放在人们必经之地，把标语贴在墙上。这些富有鼓动力量的文字就是流动媒体，每个字都是一团火，像点燃干柴一样，烧旺劳苦大众的抗敌烈火。

1937 年，已经是青年先锋队副队长郭瑞祥组织年轻人半夜出发，悄悄割地主家的麦子。夜里割麦看天象，月圆太亮容易暴露，伸手不见五指太黑又看不见麦子，弯月当空时最好。于是，80 多年前的华北平原，不时出现这样的夜景：天上有一把弯镰月当空映照，地上有三四十把弯镰月闯进麦田……

这些麦子，救了穷人的命，也鼓了八路军的干粮袋。

1937 年 3 月，17 岁的郭瑞祥正式在党旗前激动地举起右拳，入党后的他若一头牛犊拼力耕田，工作更加出色。为严守组织秘密，他以"向慈善捐款"的名义向母亲要铜子交党费。第二年，母亲李秀堂也加入党组织，担任尹野马村妇女抗日救国会会长，母子携手同心，双双战斗在对敌斗争的火线上。

1939 年，在抗日最困难的紧要关头，在国共混编的抗日队伍中担任团长的国民党反共顽固分子突然翻脸，杀害了郭瑞祥的上级，下令抓捕、屠杀共产党员，党组织被打散。郭瑞祥决心重建队伍，他冒死东奔西跑，找回40多名热血青年一起参加了八路军，奔赴河南濮阳续写新的战斗传奇。

两封家书里的"铁汉柔情"

1949年2月，郭瑞祥已经是12年党龄、久经考验、战功赫赫，有着丰富对敌斗争经验的解放军政工干部。为响应中央军委大举南下、解放全中国的伟大号召，郭瑞祥踊跃报名，第一时间递交了参加南下远征的申请。

郭瑞祥曾有过顾虑，当时大女儿才3岁，妻子于纯也即将临产。夫妻婚后在同一个部队工作、从未分开过，现在自己一走了之，把妻子送回娘家，他很不放心。但这顾虑一闪而逝，彻底消灭国民党反动派，解放全中国，建立新中国，天下还有比这更大的事吗？

送别时，于纯挺着即将临盆的身子，微笑地说完"放心走吧，不用惦记我"，话没说完便忍不住转过身去，双肩不住地抖动……

岁月飞逝，当年郭瑞祥在南下途中写给妻子的信，时隔漫长的七十载时光，仍传递着这位老英雄的铁骨柔情！

现选取几个段落：

第一封信，郭瑞祥满怀喜悦，思念阔别快半年的妻子，也惦记她腹中就要生产的孩子，热情地邀她来部队：

纯：

你想我吧？我怕你想我，所以我在江北就给你写了两封信，估计你要收到的，怎么见不到你的回信呢？6月29日又给你写了一封，估计也快到了，你收到没有呢？

妻子即将临盆，一连3封信都没有回，不知道碰上了哪些困难，身体怎么样，郭瑞祥非常惦念：

现在已到阳历7月5日了，按咱那时算，你该与咱的小宝宝见面了，怎样呢？现在天气很热，蚊子又很多，你辛苦了，你的身体如何？没有出什么毛病吧！我离你这样远，又不能去看你。家里二位大人的身体如何？很好吧！告诉二位大人说，不要挂念我，我的一切都很好。

他一心想看到妻子，却又不知道妻子现在身体状况如何：

……你生小孩满月了的话就来，如不满月身体没什么病很健康也可以来，如果没有生、估计在路上生不了也可以来，要是有特别原因不能来那就不要来，等以后再说。现在铁路都通了，从徐州到南京，从南京到杭州，从杭州到上饶就到我住的地方了，我就在上饶住（赣东北上饶分区政治部），以后来也容易，要是不能来你一定给我来个信……

这封信的落款时间为：1949年7月5日。

爱妻一直没来部队，果然发生了悲剧！刚生下的一个大胖小子不幸夭折，郭瑞祥把内心巨大的痛苦压在心底，担心这封信再勾起妻子悲伤，于是故意对儿子的夭折轻描淡写：

纯：

你的信我接到了，看了好几遍，一切情形我都知道了，小孩的死我并不过分难过，可是你不满月就到县委会急着来，我心里有些不痛快。我听家属说你到曹县路上就累病了，你的身体如何？体力恢复了没有？很想念。

"看了好几遍"几个字，浸透了郭瑞祥深深的痛苦。妻子在条件简陋的乡下娘家生产，因为消毒条件不好感染疾病，儿子生下来仅仅活了一个多月！郭瑞祥很自责，如果自己在家又会是什么情景呢？

> ……你这次没有来也好，来的家属还有的吵着要回鲁西南去，因为我们现在又准备到大西南去，解放西南的人民，有些家属能去不能去还是个问题，不能去的恐怕要先留到赣东北，等以后才能去。

他一再开导妻子，又安慰妻子说她不来也对。因为丈夫去山高水险的南方打仗，妻子最担心他的安全——

> 现在主力部队已经开始出发了，我们在后边跟着部队走，一定是平安的，望你不要挂念，并告诉二位大人千万不要挂念我，又不是小孩啥事我都懂，我的一切都很好，不要挂念！

把悲伤留给自己，郭瑞祥在信中故意让口气轻松些，这位钢铁汉子又在信的结尾"点题"道：

> 小纯，我从信上看出你很生气，不要生气。咱俩这样年轻，将来还缺小孩子吗？只要你不烦小孩就行。你不要笑话我这样说，这是实话，好好爱护身体，不要光想我，人家说我比在江北胖了，人家说我：你想怎小于吧？我说我不想，你信吧？
>
> 就这样吧，我写着人家光看，不，后边这几句没人

看，算了吧。

　　代问二位大人好！

你的祥

阳历 1949 年 8 月 29 日

　　信为竖排字，用毛笔写的行书体，端庄娟秀。这是军营铁汉的另一面：字字温暖人心，句句柔情似水。

夫妻联手镇压叛乱

　　1950 年 9 月的一天夜晚，月辉如洗，溪流轻唱，芭蕉叶随风而舞。谁料，美妙景致下竟掩藏着危机，在依山傍水的遵义眉潭县李义坝村保安十三团兵营，一场恐怖的暴动若明火一点儿一点儿凑近炸药包的导火索，危机转瞬即发……

　　郭瑞祥掏出手枪叮嘱妻子于纯："情况紧急，人手不够。给！你和警卫员一起看住保安团长！"

　　妻子一愣，郭瑞祥知道她没打过枪，咔地将子弹推上膛，把枪把递过去："他要敢跑，你就开枪！"

　　说完郭瑞祥急火火冲出屋子……

　　于纯忍住丧子之痛，身体刚一恢复，她便回到十六军群工部。部队领导想让她歇歇，特批她去看望丈夫。谁知，偏偏赶上了保安团叛乱！

　　渡江战役后，郭瑞祥随同所在二野五兵团西进贵州深山，参加剿匪战斗。他肩上担着重任，任驻扎眉潭县的国民党保安十三团政委，宣传我党我军政策，教育改造这些起义的保安团干部，然后将该团改编进解放军队伍。

　　这天晚上，内线突然来报：保安团要反水，附近的土匪马上就来接应，形成里应外合之势……

情况万分危急！保安团七八百人，而负责训练、改造他们的解放军干部战士，只有12人。贵州出过多起类似事件：国民党军投降后再反叛，杀害解放军干部。

郭瑞祥紧急部署，迅速抓捕相关的国民党军官看押起来并火速通知驻在同村的眉潭县大队紧急驰援，阻击前来接应的土匪。保安团的特务连最危险，看住特务连就能控制住全局。郭瑞祥下令把机枪架在高墙上瞄准特务连，谁敢反叛立刻击毙！

草木皆兵，风声鹤唳。阻击土匪的枪声密若爆豆，令人心惊肉跳。于纯攥紧手枪，一点儿不敢大意。充满变数的夜被恐怖的气氛无限拉长，屋外的风像凑近的脚步，每一次击打窗户的沙粒和枯叶，都那样惊心动魄，引人联想。这是一支没有缴械的国民党部队，谁知道七八百人里还有多少个一触即发的爆点？

于纯持枪的手抖着，她担心战士们能否扭转叛乱局面，担心丈夫和战友们的安全。可一见团长张代龙的眼珠左右乱转，她很快镇静下来，立刻举枪厉声大喝："别动！动就打死你！"

第二天，拂晓挣脱了黑夜，浅红色的霞光抹红东窗，战士们总算盼来平叛捷报！

冒着随时有可能发生反叛暴动的危险，经过复杂的斗争和教育，郭瑞祥牢牢控制住队伍，把他们分编到解放军部队，充实了我军力量。

企图反叛的保安团长张代龙痛定思痛、改过自新，他在临走前把一台望远镜赠送给郭瑞祥："感谢郭政委，没有你，我就成历史罪人了。"

现存郭家的这台德国产军用望远镜，虽然黄色牛皮外套已经破了、镜身也黑漆斑驳，但却无声记载着那段惊心动魄的历史。

"从'根'上开始美，这就是初心！"

一进郭瑞祥家，如同进了根雕艺术展览馆！

客厅展柜摆着很多根雕作品，窗台上，衣柜顶，床头边，都是各具风采的艺术形象！爱国忠臣岳飞，战衣飘飞，倚剑雄视天下；花木兰秀目圆瞪，英武洒脱；屈原仰天长啸，仿佛在怒视滔滔汨罗江……

孔雀开屏，野狼长嚎，雄鹰展翅，夫妻鸟偎依，梅花鹿飞奔……其中，黑底白花的开荒牛格外生动。巧用树根原色，牛下颌、脊背和尾尖白色，其余全部为黑色。整体健壮雄强，局部亮色生动，令人拍手叫绝！

四女儿郭惠丽说："雕岳飞那块木头，是我家劈柴火的垫板，在地上扔三四年了。突然有一天，这块烂木头就成了岳飞雕像，我们都非常惊奇！"

郭瑞祥常常指着一个乱糟糟的树根眼睛一亮："这里有只天鹅！""这里有对鸳鸯！""这不是屈原的《山鬼》吗？"别人过来左看右看，什么也看不出来。可郭瑞祥借助斧锯刀锉忙碌一阵，很快便"如愿以偿"。

中国根雕协会会长马驷骥看后大加赞赏，他连忙联系郭瑞祥，力荐老政委加入中国根雕协会。

提起根雕艺术，郭瑞祥一语双关地说："从'根'上开始美，这就是初心。树根子看上去乱七八糟的，实际各有各的美，就看你能不能找到。人生的路也一样，就看你找没找到正道，怎么走。"

郭瑞祥15岁成为党外积极分子、"穷人会"骨干，17岁加入中国共产党，19岁参军入伍，20岁指挥战斗。他南征北战，出生入死，在部队十几个岗位任要职，荣立二等功1次、三等功2次，胸前别过"三级独立自由勋章""三级解放勋章"和"独立功勋荣誉章"。但这位功勋卓著的老英雄，永远装着初心。

他的初心在孝敬里。郭瑞祥11岁时父亲被地主殴打致死，母亲李秀堂拉扯他和妹妹艰难活命。为响应党的号召，这位伟大的母亲亲手把一儿一女送进部队，家也不要了，娘儿仨一起远走他乡当八路，一块打鬼子。八路军医院缺人手，李秀堂又介绍儿媳于纯参军，在战地医院当护士。郭瑞祥称母亲是老革命功臣，也是郭家的大功臣，对母亲万般尊敬。每一次百岁母亲发脾气，八旬郭瑞祥都直溜溜立正站着，洗耳恭听。为母亲盛饭，郭瑞祥要双手捧碗，毕恭毕敬地递给母亲。

他的初心在使命中。在军事法院办案，郭瑞祥恨不能点月当灯、挽日不落，为厘清波云诡谲的案件呕心沥血，彰显公平正义。"掌管生杀大权要特别严谨，误判一下，人家的命就没了！"由于审理案卷精力太集中、物我两忘，他错喝过杯里泡烟蒂的脏水，误把烟盒当馒头咬。

他的初心在日常生活中。每次取药、理发，他都谢绝医护人员的登门服务，坚持自己去干休所。每次用药他都询问价格，挑便宜的药用，为党节约每一分钱。干休所开大巴车拉老干部去体检，每次他都站在车门口，逐一把老干部搀扶上车后他才上车，其实他的年龄最大。邻居们每每听到楼道里响起拐棍声，见他独自上下楼，都油然地产生敬意，这可是百岁老人哪！他拒绝儿女们的搀扶、陪同。离休前，他眼里只有工作，只认工作不认人。他始终坚持原则，"一把尺子量到底"。离休后，他让艰苦朴素的光芒照亮生活，一只军用搪瓷杯用了44年，一台缝纫机用了70年，一对沙发早就年过半百，毛衣坏了剪掉袖子改成半袖衫，再坏就改成背心。"能自己干的就别麻烦别人。"现在，他仍然自己洗衣服、洗澡、缝补衣裤。此次去北京领七一勋章，出发前他还亲手补好带破洞的袜子穿上……

他的初心寄在老物件里。那双多次换底、穿了70多年的黑色皮凉鞋，牵引出"三双鞋走同一条路"的故事：1939年，郭瑞祥的入党介绍人尹文泽被国民党杀害。虽非亲非故，可母亲李秀堂认为"共产党员就是亲人"，她半夜跑了几十里地去收尸。没找到尸首，只找回来一双鞋；1943年，武工队政委郭瑞祥在冀鲁豫一带行军打仗，收到老百姓赠送的行军鞋，打开一看，鞋里帮竟绣着"李秀堂"三个字。母亲做的军鞋，发到儿子手里！不在一个省，军鞋千千万，这太巧了！郭瑞祥舍不得穿，一直珍藏着。后因鬼子突然偷袭、火速撤退太急，还是丢了这双鞋；郭瑞祥指着眼前的"第三双"资深旧凉鞋说："1958年我参加第四届全国司法工作会议时在北京买的，我穿着这双鞋和毛主席、朱德、邓小平等党和国家领导人一起照过照呢。"

他的初心融入家风。管好自己这根弦要一辈子绷紧，任何时候都不能松懈。百岁老人郭瑞祥仍然军容整齐，扣紧领扣，梳背头，拔直腰板。三伏天再热，也不允许儿子光膀子，这里又藏着一个激情四射的故事：1946年冬，在现山东省东明县发生一场敌众我寡的战斗。千余名敌人把百余名八路军三面包围，背后临水，多次突围被打退，个别干部和部分战士有些胆怯，在眼见队伍要被"包饺子"的生死关头，东明县独立营政委郭瑞祥脱了衣服、光着膀子，左手拿手枪、右手拎大片刀大声怒吼："党员骨干跟我上，冲啊——"两军对垒勇者胜，敌人被吓得抱头鼠窜，他带领部队杀开一条血路，让这支队伍死里逃生……

这是郭瑞祥第一次、也是最后一次光膀子。

"管好家庭也是爱党爱国"

家庭是国家的细胞，家庭生态健康，国家肌体才健康。郭瑞祥认为，"管好家庭也是爱党爱国"，这关乎党和国家的命运和前途。

儿女们已经习惯，绝不占公家一分钱便宜。郭瑞祥的公车，一次都不准家人坐。儿女们已经习惯公私分明，绝不借爸爸的光，哪怕私用公家的一张信纸、一支笔、一片药。

四个女儿中有三个当兵，两个儿子也是军人，郭瑞祥画了条不可触碰的红线：绝不用手中的权力和社会关系为孩子们提干、找工作开绿灯。四女儿郭惠丽复员后才知道，她所在军的军长曾是父亲手下的"八班长"。小儿子郭惠东在四川大山里当兵，并不知道他的上级领导也是父亲的老部下。二女儿郭惠文医科大学毕业，在部队医院手术立过三等功，部队裁员，她乖乖到地方小医院去应聘。三女儿郭惠斌从部队疗养院退下来，自己折腾了大半年，总算找到在一家地方妇幼保健站打杂、干零活的职业谋生。"背靠"身为部队高官父亲这棵大树，儿女们没有一个在部队提干，而是"齐刷刷"地到地方自谋职业。

1999年，两个儿子一块遭遇下岗，两个家庭突然失去生活来源，当即手足无措、茫然无助。大儿子郭江和妻子同时丢了工作，收入按下急停键，支出却扩大了，孩子即将上大学，怎么办？两双眼睛直勾勾看着天花板、愁眉不展。按当时的政策要求，两口子不能一块下岗，可他们偏偏"赶上了"！有人提醒道："你的事好办哪，市领导区领导到你家走访慰问时，你老爸说句话就行，区长还没你爸官大呢！"

郭江陷入深思：奶奶、姑姑、父亲母亲都是老八路、老党员，前辈们吃了那么多苦建功立业打江山，后辈怎么可以向上伸手、坐享其成？

爸爸立下的家训一次次在耳边萦绕："永远不给党和国家添麻烦，努力学习，艰苦奋斗，没有共产党员克服不了的困难。"郭江攥紧拳头，精神一下子振作起来："人要自带光芒，而不是被动吸光！"

郭江从风光的国企书记兼厂长，一下跌到谷底，成为个体小商贩。他在自行车上绑着自己发明的新式晾衣架，身着破旧工作服走街串巷，一边发传单一边叫卖。一个晾衣架只挣几块钱，嗓子都喊哑了，有时一天也卖不出去一个。熟人看了个个惊讶："郭厂长，你怎么干这个？"

郭江也开过商店，起早贪黑忙碌一年多，本钱都回不来。他干脆又骑上自行车，风里来雨里去，漫山遍野收购被喜鹊叨破的残次苹果卖给果汁厂，挣点儿微薄差价。这活太难干，他要扛着苹果袋猫着腰钻树空，要七拐八弯地走，把它们一袋一袋运下山，再用自行车驮到果汁厂。下坡时惯性太大刹不住闸，他连人带车摔倒，顾不上胳膊肘、肩膀和大腿多处受伤火辣辣疼，却心疼袋子摔破苹果，它们天女散花似的到处滚。他一个一个从沟里和树丛里把苹果找出来、装进袋，再次上路……

弟弟郭惠东到个体汽车配件厂打工，每月只挣千八百元。

每个冬天都是通向春暖花开的路。两台差点儿熄火的家庭机器又重新运转起来：哥儿俩开了家五金商店，现在已走出磨合期困境，进入提速时代……

郭瑞祥引为自豪：六个儿女四名党员，个个遵纪守法、爱党爱国、乐观向上……

孙辈们一共七个孩子，各自忙着自己的工作。爷爷从北京领回七一勋章，孙辈们既兴奋也备感压力：怎样继承爷爷的光荣传统，让红色基因代代相传？

他们决定，除了在一起聚会交流，还专门建立个微信群，群的"头条位置"有一段用加粗字体写的话：爷爷就是我们的样板。他一辈子对党忠诚，对任何利益不争不抢，把任何工作都做得出色。他们每做一件事都要深思——如果换作爷爷，他会怎么做？

60岁，点燃激情

——记沈阳军区后勤史馆馆长徐文涛

引　子

当我亲耳听到沈阳军区后勤史馆馆长徐文涛激情的演说，亲眼看到那些推陈出新、艺术品位很高的整体设计，特色专题和精彩的解说词，我震撼了！

继当选2010年"感动沈阳"十大人物，沈阳军区学雷锋学苏宁自学成才标兵，荣获金质荣誉章后，2011年9月9日，徐文涛又以最高票数折桂第四届辽宁省道德模范……

采访徐文涛后，我被点燃的激情火花四处飘飞，这也让我想点燃更多的人。可是，在酒桌，在健身房，在邻人间，这些"火花"一次次被熄灭。这些人中有企业主，有干部，有教授，有退休工人，也有风华正茂的年轻人——难道他们都是"阻燃材料"？都是冷血者？

想了想，我理解了他们。放目现实，在这个逐利成潮的时代，只有GDP、CPI、VIP、房价、工资、官运才与人们息息相关，冷不丁冒出个靠办"史馆"成为"感动人物"的人，能不是炒作？

有人质疑："不就是弄点儿图片，搞搞解说吗？"

有人则说："又出了个不食人间烟火的人！"

这后一句话"点燃"了我的灵感！

虽然我们已经摒弃了"高大全"式人物的写作方法，可看看我们的媒体，大凡推出一个典型，都是十全十美的人物！问题是，只要他（她）是人不是神，那怎么可能完美哟！

"十全十美"典型推出后，大凡有两种反应：媒体们如出一辙、自说自话：你们爱信不信，反正我信了；读者们则是：你们爱咋宣传咋宣传，反正我不信。

当年徐迟把陈景润写成了木讷、呆，有缺点的人，反而使陈景润几乎以"唯美"的形象受人推崇；《亮剑》中李云龙也以"优点和缺点同样突出"而为人称道……

在讯息发达的网络时代，真实本身就是力量！读者已经拥有"全球共享"的资源，媒体若仍然只打"半遮面"的老牌，这与掩耳盗铃有什么两样？

国是我的国，家是我的家

> 一个真正热爱祖国的人，在各个方面都是一个真正的人。
>
> ——苏霍姆林斯基

一把钥匙和"半个微笑"

2009年，盛大文学起点中文网联合国内各大知名论坛进行了一项调查问卷，其中一个令人汗颜的现状是：有近半数人不知道自己爷爷奶奶的名字。至于"姓氏由来""家谱排序"则更是高难问题了！

这么多人的"集体失忆"令人深思：当代人多么幸福，幸福得除了追求更向往的幸福，什么都不管不顾了。然而，当代人又未免有些可怕，这么多人几近忘了自己从哪里来、向哪里去、为什么去……

一个人如此，会削弱亲情血脉；一个家庭如此，会弱化家族的传承；一个民族如此，将又怎样？

其实，家与国、国与家从来都同气连枝、密不可分。正如歌中所唱："都说国很大／其实一个家／一心装满国／一手撑起家／家是最小国／国是千万家／……有了强的国／才有富的家／国是我的国／家是我的家／我爱我的国／我爱我的家。"

一个不爱家，不了解、不铭记、不感恩自己亲人的人，说他爱国，谁信？

在商品经济大潮哗哗拥来之时，当我们的家和国物质富有后，怎样传承历史、继承先辈的优良传统，建设与之相匹配的精神家园，已经成为摆在面前刻不容缓的问题……

2004年11月，时任沈阳军区联勤部部长的侯树森高屋建瓴，把建"后勤史馆"纳入议程。但，他深知：如果找不到责任、能力、水准"一肩挑"的人，这件事有可能只是拉个架子、摆摆样子。侯部长闭目深思，一个个人选在脑袋里"放电影"，突然他眼前一亮，徐文涛的肖像在他心中渐渐浮现、清晰起来……

彼时，徐文涛刚刚做出一个让人钦佩又震惊的事：提前两年主动辞去联勤部某分部副部长的职务，主动给年轻干部让贤……

侯树森把徐文涛请到办公室，单刀直入："你辞职后有什么想法？"

"我个人没什么想法，如果单位有事情，我可以去办。"

"我们计划建个'后勤史馆'，现在没合适人选，你行不？"

"可以考虑。"

"你回去考虑考虑，"侯树森朝他的爱将笑了笑，"尽快给我回话"。

徐文涛回老首长个微笑，突然挺胸拔腰、脚跟并拢"咔"的一个立正，严肃地行个标准的军礼："是!"

笑容绽放在两张脸上，却表达着同一个主题：这事定了!

侯树森知道，徐文涛当兵35年，从来没离开过后勤工作。初入部队时的"尖子班长"、沈阳军区学雷锋标兵、优秀基层干部，读军校时的优秀学员，下基层单位时的"改革新星"，数十年来他多次迎难而上、"摧城拔寨"，先进和立功从未离开过他!

军人以服从命令为天职，首长交办的任务，徐文涛从未说个"不"字。徐文涛所说的"考虑"，是想跟妻子和女儿商量一下。但他心里有数，家人肯定会投赞成票的!

第二天，徐文涛带着妻子和女儿的热诚鼓励，向侯部长报告。接受任务后，侯部长交给徐文涛一把钥匙。那一刻，徐文涛心里沉甸甸的——这把轻若鸿毛又重如泰山的钥匙，就是史馆的全部资产……

当得知史馆要由废弃的旧食堂改造，不许破坏原主体结构时，徐文涛的情绪再度降温：在有限的窄小天空中飞行，怎么张得开翅膀？

侯树森向来简洁干练，他再一次"单刀直入"地提出要求："争取明年'八一'前或年底建好，让老干部们看看。"

首长下令，军人立刻领命、敬礼，不容迟疑。但有时这敬礼是下意识或本能的。

徐文涛麻利地敬个英武的军礼出来，可心中的压力不减分毫!

徐文涛的目光直视前方、旋风一样"刮过去"，熟悉的办公楼、营房、花木们纷纷退去，熟悉的鸟叫和战士向他问好声都过耳不闻，他心中只有一个目标：旧食堂。他口中默念着：现在一无所有，离开馆只有八个月呀!来到食堂跟前，他张开手，发现那把钥匙热得烫手、浸满了汗水……

为了攻克"山头"，徐文涛拼了！怪时针走得太快，恨分身无术。削减睡眠、深耕黑夜，连走访、调查、取经都重新"编队"甚至合并同类项、穿插进行，2004年12月31日，徐文涛把半个月时间就完成的史馆筹建报告递给首长，侯树森详细阅后只简洁地回答他两个字："很好！"

徐文涛来不及品味和享受首长的赞扬，只礼节性地回以"半个微笑"，脚步已经旋风一样刮出屋外。此时的"很好"，像一发刚刚压进枪膛的子弹——现在最紧迫的是，他必须带着新指令瞄向新目标……

宁让身受苦，不让脸发烧

徐文涛告诉我，他每年都要回老家看看。

1951年5月7日，辽阳市白塔区南林子徐家诞生了个营养不良、又瘦又小的男孩。谁也没想到，当年那个瘦削、弱小的男孩就是后来吹打弹拉唱样样会、说写干行行精、扛上威武的大校军衔、让十万人竖起大拇指的徐文涛！

由于家庭贫穷，小文涛遇到过太多麻烦。

季节难为他，冬天早他一步，让他穿不上棉衣；夏天早他一步，让他脱不下棉衣；土路早他一步，总是在下一双鞋还没指望的时候就"掏烂"了脚上的鞋子……但这丝毫也不影响他打柴、挖菜、干家务、上学……小文涛有股子不服输、不示弱、不怕苦的硬汉气魄。

徐文涛人生路上拼力向上、只挂前进挡，得益于父亲徐景云的言传身教。祖国如朝阳喷薄初升、气象万千，14岁的"猪官"父亲也交了好运，靠读过几年私塾的底子，幸运地迈进了辽阳纺织厂的大门。由于吃苦耐劳，扎实地走过学徒、技工、车间主任和管理能手的各个阶段，被推荐到青岛纺织干校学习三年，以新中国第一代识文断字、蓬勃奋发的青年才俊的形象，荣幸地在鲜红的党旗下举起右拳……

父亲坚毅、硬朗、宁折不弯。但他却常常以开阔的视野和胸怀，向家人传递着柔情和爱。父亲爱中国传统文化，在物质匮乏的贫乏生活里，以倒背如流的《名贤集》《千字文》《三字经》《弟子规》《朱伯庐治家格言》等儒学经典雨露，滋润着孩子们心灵的禾苗。他告诉孩子们，徐家祖上世代为农，从山东移民东北后房无一间、地无一垄，能有现在的生活，我们已经很知足了。一辈子都不要忘了六个字："爱国、爱党、爱家！"没有国，就没有我们的家。家家都过上好日子，每个家庭成员都力争成才，国家就强大了！

虽然当年不敢大张旗鼓地讲"爱家"，但父亲的"内参"有理论依据：大丈夫要"齐家、治国、平天下"，家是首选。父亲讲述的家史永远让小文涛刻骨铭心：爷爷争强好胜、侠肝义胆、要面子。只因家贫，打光棍五十年娶不上媳妇。奶奶在死了两任丈夫后才嫁给爷爷，一辈子生了14个孩子，可就活了父亲1个。爷爷闻知本族亲戚要结婚，却怎么也拿不出两毛钱礼金。要面子的爷爷哪受得了这个？一股火窝心不散，抑郁而死……

母亲李素珍是徐文涛的另一任老师。别看她一个字不识，她的耿直、坚韧和善良却无声地滋养和教育着徐文涛。

"只要功夫深，铁棒磨成针""没有过不去的火焰山"，母亲的话语，永远珍藏在徐文涛的心中，一辈子不敢忘怀。母亲有一颗宽阔的心。每每徐文涛做事吃了亏，母亲从不埋怨他，却以"吃小亏占大便宜"的源于乡村的哲理，为儿子打开另一扇窗……

对他人，母亲永远善良而纯朴。每每自己的孩子打了其他小朋友，母亲从来不问起因、不听理由，只责怪自己的孩子。

"不要说别人，"母亲强调说，"只要你骂人、打人了，就是你的不对。"她步步紧逼，直到孩子认错为止。

徐文涛的小天平只能这样平衡：欺负别人就是错了。错了，全家人就都没面子、脸发烧……

徐文涛妻子任红军深情而怀恋地评价："我婆婆对谁都好。她说，'要饭花子到咱家，也不能让人空手走'。别看她一个字不识，却是个大气的女人，她多次告诫我们：'贪小的人，大事不成。'"

"终身辛勤劳作，一生纯朴为人"，父亲单位送给母亲的挽联，浓缩了母亲可敬的一生，也成为徐文涛牢记不忘的座右铭。

多年之后，当徐文涛攥热了侯树森部长交给他的钥匙，站在冷寂而颓废的旧食堂跟前时，他不仅有来自父亲的智慧的强力支撑，母亲的话也犹在耳畔："宁可身受苦，不让脸发烧。"

习惯的力量

习惯能加强诺言和天性的力量。

——尼可罗·马基亚维利

小木匠"老徐"17岁

"少年不知愁滋味，爱上层楼。"

不管什么条件，徐文涛都坚守着不服输、争上游的习惯。

缺吃少穿的苦日子如乌云般厚厚压来，徐文涛却偏偏乐在其中，试图在乌云缝隙寻找穿透云层的阳光，哪怕只是一丝丝，都能带来无尽的惊喜和快活。直到上学了，他才发现个天大的问题：手指头都掰酸了，怎么也数不全10个数！

父母没有责怪他，老师也没有说他笨。但看着那么多同学流利地数过100，和他们率真无忌的笑声、怪怪的表情，他急呀！从那一刻起，他就一头扎进书里，拼力学习。

家人以为，这孩子将来能算开生活中的小账，最好会背小九九，就行了！不料，期末考试时小文涛后来居上，竟取得了数学96、语文100分的好成绩！老师同学们纷纷对他刮目相看，推选他为"三好学生"、选他当班长——此后直到万分不舍地离校，学习委员、少先队中队长、体育委员的荣誉，从未离开过他。

小文涛不懂得勤能补拙，也不会太多的学习诀窍，但他明白一个道理：只要养成能吃苦、敢拼的习惯，像父母那样有志气、有骨气，就没干不好的事！

生活清贫徐文涛不能掌控，但他有自己的"表达方式"：衣服破、16岁前没穿过袜子，学校组织看电影因拿不出1毛钱只能借故躲开，他都在学习和各项活动上"补齐"！1966年，他已经通读了《毛泽东选集》四卷，"老三篇"和《反对自由主义》，有些篇目他甚至都能熟练成诵。他迷恋宋体、楷体、黑体等美术字，使他在刻钢板、校黑板报、校办小报上大放异彩；刊登在校报上的文章，被老师当成范文；乒乓球台前，他的球技总能赢得观者的掌声；他以中长跑尖子生的成绩，被选为校队主力……

然而，受挫的事也时有发生。

一次上书法课，徐文涛因只带了毛笔没带砚台被老师厉声训斥："身为班长，写大楷不带学习用具，还上什么课?!"在全班同学面前丢丑，徐文涛恨不能钻进地缝里！但他咬紧牙关挺着也没有道出实情——他买不起呀！

见儿子乒乓球打得这样好，还是校队主力，母亲偷偷给他2块钱买个球拍，父亲火了："哪有钱买那个？打它有什么用！"

徐文涛纳闷儿一向通情达理的父亲为什么不支持他打球，但他也理解父亲操持家事的辛劳与苦衷。

1968年9月，徐文涛离开他无限眷恋的学校，成为新中国第一批下乡知青。父亲少见的大方，竟塞给他几张票子，让他买锛凿斧锯。

"兵荒马乱的，不学门手艺，"父亲解开徐文涛的疑惑，"将来靠什么养家糊口?"

我高兴的是，徐文涛不唱高调，而是实实在在地道出事情的"由头"，告诉我学木匠的真相。试想，一个人连自己都"建设"不好，甚至屡现生存危机，只是嘴上抹蜜，张口就"一心为了集体、为了国家"，谁信？

以艺养人的观念牢牢扎根。入伍后，徐文涛被告知他"坦克乘员合格"，可乐坏了！他想：在部队有了开坦克的手艺，回来后开拖拉机也行啊！到了黑龙江某偏僻的后勤仓库他才傻了眼：怎么一辆坦克都没有哇！

我问他愿意"扎根农村六十年"吗？

"不愿意有什么办法？"徐文涛说，"这是国家的事，谁也不知道将来会怎样。再说，要是不好好干，就是有机会回城，也轮不到哇！"

徐文涛像一粒生命力极强的种子，哪怕鸟儿衔走、风儿吹来，只要落了地，不管什么条件都能生根、发芽、成长。下乡后他很快适应了环境，跟农民同吃同住同劳动。住火炕、吃粗粮、喝见不到油星的汤，很快适应了鸡刨狗咬、粪坑遍布、气味扑鼻的生存环境。认认真真地劳动，种地、铲地、割地、打场都是一把好手。冬天顶着刺骨的寒风送粪，好多人坚持不住，他用破布包严了耳朵照样上工……

精神和理想，永远是生命的希望和阳光。只要精神追求不止，就能在寒冷中获取温暖，在迷茫中找到坐标。

哪有空泡病号、酗酒哇，徐文涛连愁的时间都没有。他像一棵蓬勃的青春树，风来了舒展腰肢筋脉，雨来了滋润根须清洁尘垢，阳光来了吸收营养补补钙，惊骇的雷声和闪电来了，索性拿它练练胆子！他像只勤劳的工蜂不知疲倦地飞来飞去，见蕊就采……白天劳动很忙，他宁可拖着疲惫的身子少睡觉，也要帮乡亲们干木工活。青年农民大柱盖房子，他给砍房架子；小海子等人爱打球，他逐个在他们的背心上印了字；一个农民盖房子，徐文涛从辽阳买了

40斤钉子背回来，送给他当贺礼；好几个农村青年结婚的对箱、饭桌，都是徐文涛做的……

他的木匠手艺也突飞猛进。1970年青年点盖了3间房，徐文涛包揽了全部木工活！

1970年12月，徐文涛穿上军装后，好多人为他高兴。闻知徐文涛已经离开村子，刘秉威、小海子等4个青年农民走了40多里路赶到鞍山，只为跟徐文涛合个影……

偶有闲暇还要练毛笔字、学二胡——徐文涛要做的太多了！

这样不知疲倦的劳动和助人为乐，威望怎能不高？压上知青点长的担子，他要操心的事更多了，才17岁，就有了"老徐"的绰号……

每逢来到决策的交叉路口，徐文涛就提起毛笔潜心习字，体会气定神闲、聚精会神的感觉；兴起之时，他把一切烦恼抛开，以串三个把位的激情快弓演绎二胡独奏曲《赛马》，心头的愁云旋即便可云开雾散——这世界唯有豁然开朗、万马齐奔、一往无前……

一切为了史馆！

唯有民族魂是值得宝贵的，唯有他发扬起来，中国才有真进步。

——鲁迅

认真比聪明更重要

站在废弃的旧食堂前，徐文涛想起亚里士多德的一句话："认真比聪明更重要。"

没有文物、没有资料、连个助手都没有。但开弓没有回头箭，紧握认真二字，徐文涛的腹稿很宏伟：一定要建成一个人们爱看、爱听、爱来，传播红色文化的高标准后勤史馆！

白手起家，徐文涛只能亲力亲为。他集设计、装修、安装，指挥与跑腿融于一身。为了省钱，他多次到建材市场跟人"砍价"，硬件建设与软件资料收集同步进行、择机穿插，施工期间他多次走访老前辈、阅读数千万字的资料，学习各军、地史馆的经验……

为了赶在2006年的"八一"前开馆，徐文涛每天睡眠不足三个小时。恨不能挽日不落，点月当灯！语不惊人誓不休，不到楼兰终不还。但这不是匹夫之勇，要建个他心中的重史实、有特色、尚精神、扣心弦、涤灵魂、壮士气的史馆谈何容易？走路、吃饭、坐车、睡觉，就连坐在马桶上，他的思维都在燃烧，企望碰撞出更新、更精彩的思想火花！有时刚睡着，他也会突然激灵一下坐起来，抓起床头的小本子，把偶得的灵感记上……

难度决定高度。展馆不过3000平方米，在上溯百年、包罗万象中如何取舍？怎样把高屋建瓴与深入浅出、艰深宏伟与平易亲切寓于一隅？

很快，徐文涛有了构想：画面要气势恢宏、先声夺人，内容要震撼，史料要经典，解说词要精彩，思想要大胆，全程各部分都要体现震撼人、鼓舞人的要素。总之，这个史馆既要"爆发力强"，也要是个"长跑选手"！

人类历史从来都不缺少构想，我们耳闻目睹的美好构想比比皆是。但因为构想的难度和高度，实现的则少之又少。

徐文涛实现了！

欣赏了整个展馆，我仿佛看见他爬了好多道大山，涉了好多条河流，茫茫荒野上，无论酷暑严寒，在石缝、草丛、树隙、荆棘里寻找，时而俯首、时而翘企、时而跳跃，采摘最美丽的花朵，宽进严出、层层筛选、优中选优……

在3个综合馆及6个分馆展出的2000多幅图片、300多个冲击力很强的标题，数万言解说词，几乎个个振聋发聩、启人深思……

在"东北解放战争"专题馆，徐文涛这样强调了东北重要的战略地位："毛泽东说：'只要我们有了东北，中国革命就有了巩固的基础。'"

如下是说明和表格：东北地区面积达130万平方公里，幅员辽阔、土地肥沃、资源丰富，有"谷仓""林海"之称。叙述了人口、耕地面积、森林面积后，又以数字（1943年统计）说话：

木材积蓄量30亿立方米：占全国1/3；

产煤：2532万吨，占全国49.5%；

产铁：171万吨，占全国87.7%；

钢材：49万吨，占全国93%；

水泥：150万吨，占全国66%；

发电：107万千瓦，占全国78.2%；

铁路：1.4万公里，占全国50%；

公路：10.8万公里，占全国50%。

徐文涛还费尽心思地想出了"抢占先机，挺进东北""辗转曲折，立足北满""筹粮运弹，鏖战松江"等吸引眼球的标题。

徐文涛的解说并非照本宣科，而是根据观众的行业或身份特点，临场发挥，组织不同的语言。

"我们总把密切联系群众挂在嘴上，总感慨解放战争时期群众跟共产党的关系好，看看过去我们是怎么做的，就一目了然了。"启发几句后，徐文涛把观众的目光引向展板："根据中共中央东北局《七七决议》精神，东北党政军干部纷纷走出城市，丢掉汽车，脱掉皮鞋，换上农民衣服，不分文武，不分男女，不分资格，统统到农村去。为创建巩固的东北根据地而奋斗。广大农民革命和生产积极性空前高涨，踊跃参军支前……"

徐文涛感慨我们现在有的官员总说群众的觉悟太差，差在哪儿？不差在群众，而是我们的官员自身出了问题。我们整天把群众啊政治呀挂在嘴边，做到了吗？

徐文涛又从厚厚的《张闻天传》中摘录了几十个字，足以让人震撼：

"什么叫世界大事？就是民众的觉悟。"

"人民的觉悟就是打不烂的工事。"

"什么叫政治家？给人民解决了土地、房子、牛羊问题，他就是最伟大的政治家。"

如上洗练、经典、引人深思的观点和精彩的解说词，在史馆中随处可见。

然而，精彩的背后，却是难以想象的艰辛。为了在文海里捞出几十个字，为了一件文物的追索，徐文涛认真、感人的事例数不胜数。仅我手头掌握的部分资料，就多达108个。篇幅所限，我只选取几个小故事——

故事一：被反锁在阅览室。2005年10月，北京。徐文涛经朋友引见、出具单位介绍信，才得以进到这个不对外开放的史料室。工作人员很信任他，打开室门后，让他自己翻找。

徐文涛伸手碰了碰离他最近的泛黄的厚本子，只翻阅了几下，立刻两眼放光：这正是有关沈阳军区后勤的史料！他像蝶儿见到了花朵，马儿看到了草原，苍鹰扑进蓝天的怀抱，浑身上下都激荡着狂喜、振奋和痴醉！如果不是怕惊扰别人，如果不是必须抑制着情绪，这个年过半百、霜染双鬓的大校，真想像孩子一样蹦个高、喊他几嗓子！

此前他已经阅读了2000多万字的史料，走访了数百位后勤老前辈，甚至一头扎进某单位几十麻袋废弃的文件中仔细淘金，灰头土脸、热汗淋淋地把每一本蒙着厚尘的资料、每一页飞舞的单页都翻个遍，忙碌了30多个小时。拿着一沓子陈旧的、在他心中闪闪发光的史料兴奋地说："太好了，太好了！差点儿与这些宝贝失之交臂呀！"

现在，他徜徉于一排排高高的史料架子里，如掉队的散兵历经磨难终于找到大部队一样惊喜！哈，哪张脸都亲切，哪双眼睛都传神，哪句话都好听，哪双手都温暖！

然而，他必须急刹车、收住兴奋的翅膀！"只选对的，不能依个人兴趣选"，喜欢跟需要是两码事。徐文涛忙碌了两个多小时，手指头都翻酸了，居然未遇"所需"！徐文涛索性向前迈了几大步，再觅知音，却还是徒劳。徐文涛突然提醒自己：如果这样跳跃式翻阅，遗漏了珍稀品怎么办？于是，他又退回原地、从头再来……

在那个封闭的资料室外，时间、工作次序、午饭、晚饭、交接班都按部就班。大家都以为徐文涛早就走了！只有徐文涛，胸怀理想、肩挑责任，把整个世界浓缩成一个资料室，如痴如醉地工作着！

肚子咕咕叫，他不理。手表秒针一直在左腕疾行、鸣叫，他充耳不闻！霓虹灯送走晚霞，夜生活再次启幕——徐文涛那双眼睛越来越明亮，生怕漏掉一个有用的史料；那双手简直成了犁铧、细齿梳子，沿着文字序列的肌理耕耘、梳理……

故事二：兵贵神速。2006年5月，徐文涛看着《沈阳晚报》上的一条消息眼睛放光：沈阳重型机械厂退休老工人李洪儒，想给手中的历史文物找个"家"。徐文涛喜出望外、浑身灼热，立刻赶了过去。由于地址不详，他在铁西区十三路一带折腾了一个多小时才如愿以偿。军容整齐的徐文涛见到李洪儒老人后立刻立正，啪地敬个军礼，真挚地说道："我是沈阳军区后勤史馆馆长徐文涛，我在报上看到消息后，特来拜访。"

这些泛黄、陈旧的收条果然来历不俗：1945年，我军把一批武器弹药和军需物资寄藏在李洪儒家。在危机四伏、搜查不断的白色恐怖中，李家人冒死保存了这些武器。解放军分期分批取走武器，每次都留下收条。这11张收条见证了那段非同寻常的后勤历史，也见证了当年我党我军同人民群众生死与共的血肉联系。徐文涛介绍了后勤史馆的情况和来意，李洪儒慷慨地捐赠了这些宝贵的历史文物。此后相继有14家单位找到老人，李洪儒不断地重复那句话："你们来晚了。"

故事三：一切为了史馆！2007年国庆节，沈阳463医院。徐文涛火急火燎地跑前跑后，安排舒适的干部病房、找最好的医生和护士，挂号、抓药、打饭、护理老人、嘘寒问暖。他楼上楼下跑个不停，总是气喘吁吁、满脸热汗，眼神和口气流露出关爱和焦急。陌生人连连赞叹："你看这大校，对父母多孝顺哪！"

其实，徐文涛与两位老人素不相识。

晚上，他突然接到刚刚认识的一位北京朋友的电话："徐馆长，我父母从山东济南去东北长白山旅游，母亲突然得了腰脱，走都走不了了。"电话中满是焦急和担忧，"他们现在困在沈阳，人生地不熟的，您能不能帮帮他们？"

"请告诉我联系方式，"徐文涛边听边记下电话号码，"请放心，我一定安排好！"

老人病好后急着回去，却买不到国庆期间非常紧缺的软卧车票，徐文涛立刻找军代处主任王志国帮忙解决燃眉之急，并亲自将二老送进软卧包厢……

"徐馆长，您放心，"北京朋友闻听父母的充满感激讲述，非常感动，"后勤史馆资料的事，我一定尽力！"

他们的相识，始于"资料"。

听说北京某大档案馆有毛泽东主席关于指挥东北战区后勤工作的手书信件，徐文涛心痒痒得不行。"听说"不一定准确，要眼见为实。难的是，这种不对外开放的档案馆不让馆外的人靠近，怎么验证是否准确？徐文涛出具了沈阳军区开的介绍信，如上的北京朋友同意帮忙寻找。可一段时间后，他回信说：文件太多，没有找到。

"帮助别人，就是帮助自己"，徐文涛用事实再次印证这句话。几天后，徐文涛终于弄到了梦寐以求的11件毛泽东手书稿复印件……

虽然我在农村生活过，但在展馆中见到乌拉草还是很惊讶——

萧瑟的冷风劫匪般在那片秃疮般萎黄的洼地上撒野，抽打得细瘦的枝条乱发一样四下翻飞，不堪虐待地发出声声怪叫。蛇冬眠，鼠匿洞，鸟飞逃。植物们换上尽失生命气象的黄装，生灵们远远逃遁……

然而，一个身材挺拔的军人却劈面而来，任风手打疼他的脸、扯飞他的衣角，踏破冰封、踏断残枝，在破棉絮般的荒野上东寻西找。当地上那一墩墩假发套似的东西进入视野，他惊喜地招呼后边的同伴："你们看，这就是乌拉草！"

为了再现当年我军在滴水成冰的东北以乌拉草抵御严寒的情景，让当代年轻人看看乌拉草什么样，徐文涛专程来到丹东凤城荒野……

徐文涛凭着这股认真的劲儿，让后勤史馆如期开馆并一炮走红！

被毛泽东主席接见过13次的老劳模尉凤英参观后欣然说道："后勤史馆是爱国主义教育的最好课堂，应该让全社会都来参观受教育。徐馆长的讲解非常生动感人，独一无二，应当立功！请领导把史馆拍成电影。"

沈阳军区前进报社原社长、现任东北解放战争史研究会副会长的冯荆育激动得热泪盈眶。"能把历史梳理得这样清晰，确实很不容易，"他眷恋地指着展板，"好久没这样感动了，这里的展出内容很精彩、很震撼！"意犹未尽，他感慨地写下留言："史馆生动再现了军区后勤六十年风雨历程和丰硕成果，这是人民战争的伟大胜利，是毛泽东军事思想的伟大胜利。对我参与编写《东北解放战争图志》有很多震撼心灵的启示，希望加强同东北解放战争研究会的联系，深入挖掘馆藏内涵，不断扩大展馆的社会影响。"

特立独行

我独自一人，却像攻克城池的军队一样前进。

——萨特

敢捅"马蜂窝"

为了还原历史、向后人负责，史馆拥有大气魄，敢于打破传统和禁忌，顶住异议、压力，谢绝善意的劝告，扯去"遮羞布"，把真相大白于天下。徐文涛千呼万唤，终于淘到1936年出版的"中国疆域变迁图"，并把它放在史馆最抢眼的地方。有好心人劝告："还是慎重吧，这是鲜为人知、非常敏感的话题呀！"

徐文涛深谙此情。这段历史很久以来为史家所忌讳，宣传媒体回避，教科书回避，以至于才过去百多年，竟然湮灭无闻！

是的，伤疤不好看，甚至有失体面。但我们怎么忘了埋于历史表土下的民族疼痛呢？重疾下猛药——如果知情者不把这段我们必须铭记的历史告知后人，以沉痛的教训警醒后人，难道不是知情者的失职吗？

徐文涛毅然决然地剥去历史厚土，撕开真相，展露伤疤，让子孙后代在惊骇中知耻而勇、奋力拼搏！

这张图把1858年中俄签订《瑷珲条约》，直到1945年以前国民党统治中国期间，历代统治者亡国败家割地赔款的历史事实一一列出……

此图如同一记惊雷，震撼了人们的心灵。每一个炎黄子孙看着中国巨大的版图一年年地缩小，数百万平方公里国土生生被蚕食、掠夺，无不万分惊讶、痛惜、知耻、感愤！老人们叹息，青年们摇头，教员们感叹，将军们扼腕——生龙活虎的现役军人，或高高地挥舞拳头，或牙齿咬得咯咯响……

许多人感慨万千！他们说，过去我们常常自谓"地大物博，幅员辽阔"，可是究竟有多辽阔，并不真知底细。现在看了这张图，我们真真切切感受到"伟大"这两个字的含义，而这"伟大"之中又包含的多少辛酸屈辱的沧桑往事。由此更增加了观展真正的价值：知耻知史，爱国爱党，发奋图强！

为了满足众多热血观众的要求，徐文涛精心仿制了一批"胶质"《中国疆域变迁图》。我获此图后，心情万般复杂地珍藏起来……

徐文涛还一反"大凡人物有争议"就回避的"常规"，实事求是、客观地表达历史。关于抗美援朝战前复杂的形势，徐文涛让金日成、斯大林、彭德怀等人不同观点的激烈交锋"还原"，让人知晓这场战争非同寻常的震撼及历史意义。

徐文涛坚持以尊重历史、向后人负责的原则，拨云见日，还原真实。可人所共知，这样求真务实的结果往往是：干事是为了工作，一旦出了问题，责任却要个人承担。因此，我们的流行语中才有了三思而行、舌间半句、明哲保身。徐文涛绝不这样，虽然他积累了40多年工作经验和教训，在解放军后勤学院读书时更是曾以哲学课"第一名"的成绩惊动全院的高才生，但他的态度永远是真诚客观的……

触碰"历史痛点"

我以审视和挑剔的心理仔细看了史馆内容，发现徐文涛积极推进、树立正面导向时，以不怕非议的过人的胆量，"把美撕破了给人看"。

当年中国人民志愿军入朝作战，美国人至今承认这是他们建国以来"唯一的一次败仗"，徐文涛却激情地告诉我："我们夺取了战争的胜利，但由于战争初期后勤保障不利，也有血的教训！"

"请看，这个展板就说了一个让人痛心的故事，"徐文涛停了停，"我们后勤老领导谢宁就亲眼目睹、采访了这个悲惨的故事。"

2011年8月23日下午3点，伴着柔丽的阳光，我同徐文涛一起拜访了原东北军区后勤部政治部宣传部的谢宁老人。谢家仍然住沈阳城中心很少见的平房。一进客厅，我就欣赏到了谢宁先生60多年前的半身黑白相片，瓜子脸、宽额头、大眼睛。高挺笔直的鼻子、唇线分明的嘴，在军帽、军装的衬托下，尤显英气逼人。

"太帅啦！"我指着照片说，"一点不比当今的一线影星逊色！"谢宁老人客气地递上水果，礼让着我们。我急于进入情况，象征性地摘几粒葡萄、瞅一眼徐文涛，示意可以开始了。

徐文涛说明来意，谢宁老人满脸和善，先说了些建史馆的事。当我转移话题，让他说说当年朝鲜战场的情况时，谢宁老人脸色陡然紧了，红而白、白而红，憋了半天，嘴唇微微颤抖——"那个战役太惨啦！"只开个头，谢宁老人居然说不下去，当即悲痛欲绝、泣不成声……

那是插在老人心中的一根刺、是永远的痛！

1950年11月，由于战事紧急，后勤保障尚未跟上，我十五万志愿军战士来不及换冬装，穿着单衣过了鸭绿江！

身着夏装、围打敌人的我军勇士们，借夜幕掩护悄悄摸上去……

大雪没膝，寒气进逼。风刀一把把抛来，割剖、凌迟着这个匍匐于地、等候进攻命令的坚强群体。起先，天空中布满牙齿，穿透薄布啃咬着志愿军战士们的身体。很快，四面八方到处都是牙齿，牙齿们包围过来，渐渐收紧、收紧，一口接一口吸着战士们的体温，把血肉之躯吸凉、吸成冰雕，还在不停地吸着吸着……血液流速迟滞，脉管已经挂冰，心脏之火即将熄灭——死神能夺走战士们的生命，却夺不走他们钢铁般的意志和伟大的精神！宋阿毛和他的战友们忍着极限的承受，仍然群虎般卧在雪地上，等待着进攻的号令！

每个小时，不，每一分钟，都是挑战生命极限的考验！每一秒钟，都有剥夺生命的危险！等啊等，挺啊挺——进攻的时间到了，冲锋号激越地响起！咦？"死鹰岭"阵地上的前卫尖刀连怎么没有反应？

二十军第九兵团一一七团六连的一百二十五名志愿军战士，已经全部冻死在阵地上！

坚守阵地的宋阿毛知道寒冷残忍、绝情、步步紧逼，他预感自己的青春即将终结。但他仍以视死如归、为国捐躯的坚贞和令人震惊的坚强意志，写下绝笔诗：

> 我爱我的亲人和祖国，
> 我更爱我的荣誉。
> 我是一名光荣的志愿军战士！
> 冰雪啊，我决不屈服于你！
> 哪怕是冻死，
> 我也要高傲地耸立在
> 我的阵地上！

十五万志愿军战士大都身着单衣，这一百二十五人仅仅是微小的一部分！

娄适夷部长和谢宁目睹此景，惊讶得目瞪口呆！

"老长老长的烈士垛呀，"谢宁老人一边哭一边讲述，"烈士垛码放得很整齐，头是头脚是脚。头上清一色的大檐帽，脚上清一色的回力球鞋，天哪！一人多高、好几百米长啊！我们那些可怜的战士……"一阵急切的哽咽狂猛地袭来，谢宁老人实在说不下去了。我连忙递上毛巾，老人揩掉眼泪缓了缓，又接着说："冻破脸、冻坏胳膊腿、冻掉手脚、冻掉耳朵的伤员们遍地都是呀，他们东倒西歪、疼得可地打滚，整个山岗一片凄惨的号叫声，娄适夷（曾任东北军区后勤部宣传部长、人民出版社副社长等）见了哇哇大哭，哪顾得上采访啊……"

"敌人的海军陆战师都逃跑了，整个山坡上，到处都是敌人丢弃的坦克、火炮，"谢宁老人举了举拳头，"朝鲜老百姓上来，气坏了，把美国鬼子的衣服扒光了，连内裤都不留。敌人的白条尸体也码成垛……"

西线战场冻伤两万人，东线战场冻伤三万人，五万多活蹦乱跳年轻的躯体，没有死伤在与敌拼杀格斗和硝烟中，而是牺牲于艰苦的战斗环境！

"当时的志愿军有三怕，"徐文涛感慨道，"一怕没饭吃；二怕没子弹打；三怕负伤了抬不下来。"

"文涛胆子大，"谢宁赞赏地说，"这话对是对，除了文涛的解说词，没人敢这样写。"

宁讲万言史，不冷一人心

"感动一个领导，就感动一个单位，感动一个人，就感动一个家庭。"这样哲思闪耀的星火在徐文涛的思绪中随处飘飞。有时一天要接待几个团，他不停地讲啊讲，口干舌燥、嗓子冒烟，可仍然激情万丈、口若悬河。观众那样忘情、专注，他们的表情随着讲解内容而变化，阴云密布、破云晓日、春光乍泄、狂风突袭、晴空万里，徐文涛如同加足油、挂快挡的车子拼力前行。观众们不仅被展馆内容感动，也被徐文涛的精神感动。有的观众心疼亲人那样为他递上洁白的手绢、面巾纸，有人专门跑出去买来矿泉水、冰棒、饮料，徐文涛也被观众感染、感动，心灵的清爽和激情化作更流畅、更丰富的演讲……

面对几百人的团体观众如此，面对几个人甚至一个人，也是如此！徐文涛对自己的另一个要求是："宁讲万言史，不冷一人心。""这年头感动一个人不容易，不放过任何机会，尽量做，感动一个是一个。"因为他知道，只有点燃心灵的火种、星火燎原，我们的"红色家园"才能日益壮大、永世传承……

2011年8月19日，我在杂志上看到一幅照片，照片上徐文涛正单独为一个"小矮人"解说。"小矮人"头大、身材瘦小，衣服穿在身上，如同直接挂在骨架上，头顶还不及徐文涛肩膀。我算算比例，他大概不到一米五。

这个"小矮人"叫林卓。黑龙江省哈尔滨市的一个普通工人。他闻知沈阳有个后勤史馆，专程赶来收集亲属的原始材料。林卓大爷原在沈阳军区后勤某分部服役，是林氏家族最出色的人物。

林卓的语言如同他的个头儿、长相一样其貌不扬，走路脚步也很轻，像一片片叶子飘来飘去。见面后，他受宠若惊地跟徐文涛握手，握力也很轻、若有若无。但徐文涛已经读懂了这个"小矮人"的不同之处，有言在心口难开，他憋得额头"青筋舞动"，那是跳动的红色脉搏呀！拘谨的表情荡起面颊红云，那是内心涌动的红色风雷呀！这样普通的一个人却如此执着红色文化，我们怎能不为他奉上红色文化的盛宴？

面对一个观众，徐文涛三个小时不停歇，以同样的激情，同样的认真，同样的内容，让"小矮人"与"一个团队"享受同等待遇，感受中国军事后勤百年来的风雷云涌、波澜壮阔……

结束后林卓久久地陷于激动中不能自拔，似有风雷在他的体内狂猛激荡，感谢的话争先恐后地挤在喉头、不肯礼让，憋了半天，直到面颊灿若云霞，才蹦出几个破碎的词。他再次移动那轻若飘叶的脚步，握手仍旧力轻劲薄，如同两张叶片象征性地包夹一朵花蕾……

开馆后，徐文涛没有一个休息日，慕名而来的人太多。"五一""十·"和春节，都是他最忙的时候。分身乏术，徐文涛只有一个办法："全天候，零距离。"

2009年5月初，徐文涛正在医院忙碌，89岁高龄的父亲大腿截肢，作为儿子，他心痛如绞。手术刚完，父亲苍白的面孔、多处插满管子的样子，更让人忧心忡忡、愁肠寸断！

这时，沈阳药科大学读大一的戚凝打来电话，她要在五四青年节组织学生会来史馆学习并与部队官兵联欢，请求馆里能予以协助。徐文涛应下后，看看病床上的父亲，他的眼窝潮润了，他刚向父亲轻轻说了声"对不起"，就被懂他的妹妹和妻子"撵走"……

戚凝和同学们也想要参观军营，可这已超出徐文涛的职责范围。面对这些热情的学生，徐文涛没有推脱或拒绝，而是请直属工作处处长协调，先后找了通信站的政委、教导员、连长等六个人，获得准许后，他又亲自把学生们送到连队……

事后戚凝再三致谢，徐文涛这才揭开"谜底"："我为什么这样做？第一，你是大一的团支部书记，刚踏进大学校门就来展馆和部队学习，非常难能可贵，我必须帮你。你第一次办事成功了，有个良好开端，将对你的一生有着重大意义。从你人生和事业的角度出发，我要支持你；第二，我要告诉你一个道理，当今社会上还是好人多。我和你素不相识，支持了你。六个人都和你素不相识、都支持了你，你获得支持的概率是100%。我想让你相信，只要年轻人勤奋好学，就会得到全社会的支持！"

别人和我比官职，我和别人比价值

"我现在60岁，按理说，按照大校职位早就应该退休了。只因工作需要，我还肩负着责任，就一直坚守在史馆的岗位上。无论干什么，无论多大年纪，都不要忘记：人生的本质是责任。我们从生下来就是家庭的希望，要负家庭责任。长大后无论当工人做工、当农民种地，还是从事其他行业，都要肩负着责任。婚后要尽丈夫的责任、父亲的责任，当爷爷奶奶后，还要精心培育下一代。最重要的，则是奉献。人的价值，就是对社会、对他人的奉献中产生的。检验价值的标准，就是对社会有没有用。人，有作为才有地位，有奉献才有价值。

"我的智商不比别人高，我学习好、工作好，别人为此而惊叹，其实我只是时时把责任放在心头，多下了许多笨功夫罢了。就拿建史馆来说，近三千个日夜我冥思苦想，无时无刻不在琢磨。一听别人说哪有文物，我就眼睛放光。不管费多少劲儿、求多少人，也要尽力搜集齐。因为，文物最能体现真实，是最好的证人，是不动声色却无比生动的叙述，是史馆最重要的文化力量。现在，我一共搜集了几百件有价值的文物，这是一笔宝贵的财富。虽然史馆的工作千头万绪，可我从不嫌麻烦。我一直把史馆当成家，当成学问来研究，当成事业来做。把'爱国主义教育、传承红色文化'，当成自己价值追求的体现。

"追求名誉和地位，乃人之本性。追求官职本没有错，但要有限度，要方方面面考虑，绝不能'一根筋'！提升了正常，不提升，也是正常的。太多人一再追求官位，提升了高兴，不提升就翻脸，这怎么行？官职上不封顶，副师晋正师，五级晋四级，四级晋将军，有头吗？组织部是你家开的吗？再说，职位高低跟社会价值没有必然联系。更重要的是，'该提没提，方显英雄本色'！面对不称心的事，要以最快速度、最健康的心态调整自己，把精力集中在多为社会做奉献上，而不是发牢骚、闹情绪。我们身边这样的官员很多，顺风顺水还可以，一旦升官晋级未果，立刻消极处事、大发牢骚，就像党和人民欠了他什么。怎么不想想你是不是做到了无功不受禄？和平年代，没有流血牺牲，没有摧城拔寨、力挽狂澜，怎么就非得提拔你？

"'知恩知足心态好，爱党爱军感情深。'我出生在世代为农的家庭，现在已是大校，我非常知足。月薪万元，够多了。食着百姓小米，花着纳税人的钱，拿着国家俸禄，要感恩，要回报。怎么回报？对我来说，就是要放大价值。资本家追求利益最大化，我追求人生价值最大化。现在感动十万人远远不够，十万是起点，百万是目标，只要我身体行，只要组织需要、社会需要，我会当一辈子红色传人！

"现在生活条件好了，生存环境好了，为什么还有很多人迷茫、无所事事？太多人生活在幸福之中，太多人又生活在牢骚之中，为什么？最重要的原因就是没理想、没精神支柱、没榜样，放大了说，一个没有偶像的民族是危险的民族！

"我问过太多的大学生，许多人没有偶像，也没有崇拜的人，这是一件可怕的事。过去我们只强调精神是有偏颇的，现在完全放弃精神，难道不也是偏颇吗？当今社会，大家不缺知识，而是缺榜样。我们需要时代最强音，需要引领时代民族精神的榜样！"

2011年年初，干部处长已经向徐文涛说明：因为你已经60岁了，虽然你仍然在岗位上继续工作，但已经不能调资、不能晋级。

徐文涛听后没有丝毫不快，更没有半点儿牢骚，而是感到无官一身轻松，忘记名利比蜜甜。但工作激情不能减，永远不能忘了责任和担当。"别人和我比官职，我和别人比价值。"

"前卫"的"后勤"

> 一个人的生命价值，要看他贡献了什么，而不应当看他取得了什么当了多大的官。人应该以尽可能多地给社会做贡献为生活目的。
>
> ——爱因斯坦

后勤"不后"

步入后勤史馆，一个鲜活、生动、飘荡的"红领巾"图形赫然显现，这是徐文涛亲自和老战友梁冰设计的东北地形图。洒脱、前卫、创意新颖的造型，既具象了史馆本体的规范，也抽象地昭示了史馆外延的灵活……

"红领巾"下侧飘逸的"开口"，10个大字赫然醒目"强大的后勤，胜利的保障"。这行字既是全馆的主题，也是后勤史诗的"诗眼"……

"这是哪个领导题的词？"好多人问。

"不"，徐文涛直言不讳，"这是我想出来的。"

以不同的视角易位思考，时刻想着史馆的社会意义，对各种人都有启发。这是徐文涛最重视的内容之一。就连小学生对"后勤"的意义产生了质疑，徐文涛也深入浅出地跟他们对话："你们家谁买米、买菜、做饭、收拾卫生？""我妈。""衣服脏了，谁洗？""我妈。""上学的书包哇笔呀本子呀，谁管？""我妈。"

"那么，在你们家，你妈就是后勤部长。"见孩子们个个面呈新奇和求知的表情，徐文涛又启发道："小朋友们，没有干后勤的行不不行？""不行！""你们说，后勤重要不重要？""重要！"

一个孩子在留言簿上写下稚嫩却让人深思的话："有一种感动来自真诚，有一种教育来自尊重。这是个非常难忘的六一儿童节，我们向徐爷爷致敬！"

史馆正门，著名书法家李仲元先生的楹联掷地有声："开记忆闸门，奔来白山黑水；看后勤将士，捧出碧血丹心。"

"用后勤语言，书写后勤历史"。内容必须新颖、独具匠心，绝不步人后尘，这是徐文涛创建史馆、组织内容的又一准则。老同志看了，回到激情燃烧的岁月；领导看了，更加重视密切联系群众，执政为民；士兵们看了，更加鼓舞斗志，爱军习武；孩子们看了，知道今天的幸福生活来之不易，更加勤奋学习，激发热爱国家、报效国家的热情……

仅以后勤史馆的业务展馆为例：浩瀚繁复的内容，他别出心裁地以"金色血液、军中先行官、白衣天使、军事大动脉、铁打营盘、经济卫士"六个专业馆的名称概括,用词简约、文采优美、意境深远。有出身军旅的观众这样描绘道:"这些标题,有如久卧潜伏之地,突然听见一声嘹亮的冲锋号,这一声响,直唤得新兵们心潮激荡,振奋精神;直让老兵们热血沸腾,感慨万端!"

我们只知道,展馆4万多字解说词、2000多幅珍贵照片,字字如金,幅幅震撼,却很少有人知道,这些宝贵的果实,是徐文涛从浩瀚无边的"史料森林"里,一个个、一朵朵"采摘"的呀!

观众颇具诗意地感慨道:"这是一份家谱,一份无须记全姓名却个个鲜活生动,令后人终生铭记的家谱,一份无须分清血缘却又脉脉传承相袭,为民族永远骄傲的家谱!"

中国人民解放军军事后勤陈列馆馆长,后勤指挥学院历史研究室主任徐庆儒,用整整三天时间把史馆从头至尾看完后评价道:"建馆思路清晰,内容取舍得当,政治与军事、军事与后勤、综合与专业、纵向与横向、形式与内容都达到了完美结合。知识性、可视性较强,整个展览是成功的。是集后勤历史大成的窗口,是很好的军事教育基地。"

"以大见小知后勤,以小见大知军史。"总后司令部参谋长刘铮少将的留言,诠释了后勤史馆非同寻常的建馆理念。

一位北京的记者被邀请参观史馆,他本不想看,却碍于情面,只好声称"有要事赶时间"只能看"三五分钟"。然而,他一头扎进史馆,竟如同蝶恋花、鱼遇水、逢知音一样达到了物我两忘之境!惊看表,不知不觉过去三个小时!差点儿误了登机时间,这才意犹未尽地道出告别语:"我们当记者的什么展览没看过呀?原以为后勤展馆不会有什么特别,只想'点到为止''意思一下',结果出乎意料,不但后勤不'后',史馆有'史',而且还别具特色,令人震撼……"

但是徐文涛并没有停留、沉迷在赞美声中,而是百尺竿头、层楼更上，对自己提出一个近乎苛刻的要求："史馆不死，常看常新。"为了这8个字，徐文涛只能在超负荷时开足马力、弓拉满月。当展馆名气如日中天地一再向外、向外时，徐文涛的历史挖潜却只能向内、向内。

2006春节，徐文涛住院手术，谁能想到许多佳词丽句竟然诞生在疼痛中、病床上！

2009年徐文涛半夜昏迷、开始说胡话、满身淌汗，妻子吓坏了，赶紧送他去医院。谁能想到，第二天，他又英姿勃发、眉飞色舞地出现在演讲现场！

徐文涛身材高挑、挺拔，瓜子脸、头发自然卷曲、面庞轮廓分明，儒雅威武中流露着艺术家气质。他演说的声音厚重、富于磁性、表情激昂，伴以得体、适度的肢体动作，一开口就先声夺人，仿佛把观众带进艺术殿堂——谁能想到，这却是个被诊断出4个+号糖尿病患者，是个近期内体重骤降了30斤的人?！

一位老战士留言希望办个"纪念抗美援朝战争展览"，正是这一句话，让徐文涛足足干了一个月！

2011年8月19日上午，得知他要办"纪念'九一八'展览"，"这……还不到一个月，"我惊讶地问，"来得及吗?"

"我有这个本事，"徐文涛面呈微笑高高举起右拳，"连宿连夜干，我半个月就能干出一个展览！"

我知道，徐文涛干事素以高标准、严要求著称，这样看来，时间真是太紧了。但我也知道，徐文涛雷厉风行、从不食言……

每次演讲都是一次创作

徐文涛办公室堆积了太多的资料。图书、报纸、杂志、史料、册页应有尽有。他告诉我，他们家里没什么财富，就是书多。每天每天，徐文涛都要在这些资料中畅游一遍，和它们亲切对话、交流，依门类或属性，把这些"新兵"分到该去的连排班组，或种在思想的土壤养育、催芽，或组织它们立刻"参战"。"活学活用""天天为用而学""把鲜活的历史，变成鲜活的教材""21世纪的文盲不是不识字的人，而是不会学习的人"这些话成了徐文涛常挂嘴边的话。

1983年10月，在后勤学院近千名考生中，徐文涛的哲学试卷以97分高分折桂！全日制脱产学习两年，他一直是优秀学员。学问的溪流，打通了闭塞的思想，滋润了大片大片知识秧苗茁壮成长，助推这位血气方刚的"后勤人"扶摇直上、蓄势再发……

只读万卷书，行万里路不行，还要"把厚书看薄，把薄书看厚"，既深入进去，也要跳出来，更要消化知识，"冶炼"这些原材料矿石、提取出"金子"来。这就难了！但正是难度决定了高度。办展人的构想、内容、演说平平淡淡，观众怎么会感兴趣？吸引不了观众的展览，和"走过场"有什么两样？

我们听过太多次讲课、演讲，大多味同嚼蜡。原因很多。其中一个原因则是：不管上哪儿，针对什么人群，都只备一次课、一个稿子，拿个"通稿"到处讲，这怎么行？

徐文涛每年都有上百场演讲，每次演讲，都是一次创作！

既要"贴近群众，贴近生活，贴近形势和任务"，还要"一对一"，让备课内容针对不同对象，有不同的讲法！

徐文涛演讲超过千场，每一次都刮起"掌声风暴"！

2011年4月17日，沈阳。中国医科大学礼堂。组织者事先极力为徐文涛的演讲造势，并抛出纪律约束，同学们来得很踊跃。开始前，同学们交头接耳，议论纷纷：

"听说这个姓徐的是个军官，大校。"一个胖脸男生好奇地说。

"史馆的解说员，"一个瘦脸男生老到地摆摆手，"老古董，充其量也就照本宣科吧！"

"再说了，军队历史跟我们有什么关系呀？"他身边的漂亮女生未卜先知地总结，"无非就是讲从前我们怎么挨八国联军欺负，今天怎么怎么强大了，让我们好好学习，将来报效祖国，不就这么点儿事吗？"

徐文涛健步走到讲台前。

数百束目光从不同方向快速聚焦——徐文涛一身英武的军装，身形笔直，面庞清秀，胸前挂满闪闪发亮的军功章，以一个威武庄重的军礼开场。

"亲爱的同学们，"徐文涛洪亮而富于磁性的男中音打断了台下人的议论，"大家下午好！"

"别说，这老头儿还挺帅呢！"漂亮女生小声嘀咕。

"同学们，28年前，我也曾是一名在校大学生，跟大家不同的是，我读的是军校。"徐文涛扫视一下全场，"但是，我觉得，不管读哪所大学、读什么专业，天下大学生相同的就是，以勤奋学习，爱母校，爱祖国，报效祖国为己任！"

同学们大多神情专注，只有刚才几个同学相互看看。其中漂亮女生向邻座挤挤眼，以怪异、调皮的笑容"证实"了她刚才的预测。

"同学们，"徐文涛热情地招招手，"表达上述内容的实例很多很多，我们先说第一个话题，校训……美国耶鲁大学的校训是：真理和光明。第一，为国家和世界培养领袖；第二，保护、传授、推进丰富知识与文化。那么，它们做得怎么样呢？现在，我就背诵一下耶鲁大学校长，在三百年校庆上的演说，这个演说很短，只有156个字。"徐文涛双目闪亮、表情灿烂，淳厚的男中音抑扬顿挫、波峰浪涌、激情飞扬，不时伴以职业演说家的手势，"今天我们不应该只说耶鲁的历史上出过五位美国总统，包括近几十年接踵入住白宫的老布什、克林顿和小布什，也不要说耶鲁是造就首席执政官最多的大学。我们更应该记住，耶鲁的毕业生有3位诺贝尔物理学奖，5位诺贝尔化学奖，8位诺贝尔文学类和80位普利策新闻奖和格莱美奖的获奖者。耶鲁，我们的耶鲁，自始至终坚持为人类文明和社会进步服务的理念！"

礼堂立刻被引爆了，暴风雨般的掌声排山倒海而来！

"同学们，"徐文涛的声音再次响起，所有掌声都来个急刹车，礼堂鸦雀无声，"美国哈佛大学的校训只有两个字：真理。麻省理工学院的校训是：动脑又动手。清华大学的校训是：自强不息，厚德载物。"

"哈佛大学校长对新入校的新生说，"徐文涛扫视全场，"哈佛大学最值得夸耀的，不是培养几个总统，培养几个诺贝尔奖获得者，重要的是，要让凡是进入哈佛的每粒金子都发光！"热烈的掌声尚未平息，徐文涛激昂地挥着拳头，"今天，我就让你们发光！"

校训只是开场白，徐文涛话题一转，从大学生实际问题切入，演讲了立志、学习、精神、继承、发扬、报效国家等命题……

四个多小时的演讲，徐文涛一口水没喝，同学们生怕漏掉一句话、连厕所都不愿去、手都拍疼了——一场演讲，掌声风暴刮了七八十次！

演讲一结束，同学们呼啦啦跑上讲台，将徐文涛围个水泄不通，本子、帽子、围巾、教材纷纷举过来，都成了签名道具……

"这回我可有偶像喽！"漂亮女生跳着脚挤上来，从胳膊丛林里递上签名本子，还激动地表达情绪，"徐馆长，您讲得太好了！"

2008年起，徐文涛经常为大学生演讲。他知道他们热情澎湃、有冲劲，但也知道他们有书生气、自负、好高骛远。为当代大学生上课，既要让他们感到新鲜、生动、务实，更要让他们感到有深厚的文化底蕴。"掌声风暴"背后是常人难以想象的苦功：各个大学行业不同、专业各异，每次演讲徐文涛都要"一对一"备课。仅就"校训"而言，他居然研究了中外100多个大学的校训……

当今人们的价值观多元、追求多元，每个人心中都有太多的"问号"，要让人听得入心、入脑、信服，光有热情远远不够，更需要满腹的才情和深入内质的思考。徐文涛为此刻苦钻研了几千万字的中国近代史、党史、军史，并侧重哲学、教育、文学、艺术、演讲、表演等学科。每次演讲或讲解，针对不同的受众群体进行创作——托起精彩的幕后，还辅以故事、诗朗诵、情节、细节等多种形式的强力支撑……

徐文涛进行了1000多场红色演讲，足迹遍及东北白山黑水的部队、机关、学校、社区，还曾到达南海之滨的广州空军的后勤机关。

沈阳市委宣传部原部长刘迎初，认真地听了一次徐文涛三个多小时的演讲后，激动地拉着徐文涛的手："老徐，你是个优秀的演说家！"

渴望爱情

只有在你的微笑里，我才有呼吸。

——狄更斯

遥远的思念

一轮朝阳喷薄而出，把山顶逆光而立的、手握长枪的年轻战士威武身姿钩上了闪亮的金边，变得格外生动。脚下云雾缭绕、林海浩瀚，黛蓝色的远山渐次淡去——好壮丽的北国风光！

徐文涛没心思欣赏这些美景。

1972年，中苏战争一触即发。白天，徐文涛和战友们最关注的是几十里外——苏联人的炮口、枪口，正瞄向这里！他们驻守的黑龙江东宁县绥阳地区，则是前线的前线！

不，哪怕夜间，徐文涛也高兴不起来。他和女友任红军失去联络两年多了，她现在怎么样？自己还能和她重续前缘吗？

他向女友提出过那件事，可任红军在信中说母亲不同意。"母亲的意见，也是我的意见。我刚工作，你刚参军，年龄还小，这事先放放。"徐文涛的心弦一下就绷紧了！"先放放"是多久？还能捡起来吗？

238

当兵两年来，徐文涛时刻想着任红军，如同揣在怀里一轮小太阳，温暖而不安。这温暖照亮了他工作中所有的阴影，让他越过一个又一个困难，以始终饱满的状态、激昂的斗志，成为同期战友中的佼佼者。如果干得再出色些，离她就更近了吧？这不安让他忐忑战栗，失去联络后，她还是原来的她吗？

1970年10月，当回城的第一批指标下来，任红军以知青选举第一名、贫下中农推荐第一名、党支部审批第一名的优异成绩顺利回城，被分配在丹东铁路分局。两个月后的12月末，身兼民兵连副连长、青年点点长的徐文涛也光荣地穿上新军装……

说他们"两小无猜"也不夸张。1963年5月，两个人像辽阳的春天一样明媚、蓬勃向上。他们同在一个学校，徐文涛是六·二班尖子，任红军是六·一班尖子，都是"校队"的运动员。每天早上，他们都要参加野外训练。欢声笑语，鸟儿轻轻唱，花儿悄悄开。奔跑着的身体加速后，路边的树、房屋、山岗纷纷后退，他们的能力和知识则节节攀升……

运动场上，任红军的跳高、跳远项目次次给人惊喜。徐文涛的400米、800米更厉害，只要他下场，就能第一个在终点挺胸、撞线……

学校黑板报前围了一大群学生，大家连连赞叹："徐文涛的文章太好了！"第二期板报，仍然上演了如上情景，只是赞叹的对象换成了任红军！

1967年8月，是任红军最兴奋的日子——她理想实现了！她穿上了人人羡慕的草绿色军装！在当兵最红、不爱红装爱武装、"抢军帽"的时代，成为解放军战士比当今彩票中奖都轰动啊！全校师生羡慕她！徐文涛簇拥在欢送的人群里，为她高兴地拍红了手掌……

然而，任红军的军装穿了才一年。

十年动乱期间，任红军的父母被批斗，任红军也被迫脱下军装，下乡到辽阳农村。徐文涛没想到会这样同她再度相聚！明天会怎样？都是未知数。但徐文涛知道的是——任红军是好人，任家人都是好人！徐文涛最担心的是，任红军才17岁，挺得住吗？

任红军下乡到辽阳穆家公社鲁家大队一小队，徐文涛在该公社横道大队二小队，相距5公里。为了关怀、安慰任红军，徐文涛把这5公里跑成了"热线"。我在前边说过，17岁的小木匠"老徐"很快被知青、贫下中农们认可。17岁的任红军同样是巾帼女杰，昔日养尊处优的"大小姐"迅速变成泼辣能干的"铁姑娘"。跟犁撒种、铲地、翻耕、插秧已是"小菜"，向水库大坝上挑土、扛水泥袋子，在弯而不平的土路上推独轮车，样样抢在先。肩膀、手脚都磨破了，鲜血淋淋，她也绝不叫苦、绝不请假……

徐文涛刚入伍，二人还有书信往来。

她的回信不谈感情，字字句句貌似普通，可对于徐文涛来说，每一个字都会呼吸、有温度，每一句话都是一把火、一束阳光！相爱的人常常从字字句句中走出来，向他微笑，给他激励，助他向上……每一次捧读她的信，让他好像浑身都生发了力量，让他在练兵场、新知识中不知疲倦。无论阴云密布的月夜，还是暴雪狂猛袭击的时刻，抑或极限越野训练，徐文涛都一马当先，队列、投弹、射击、知识考试，徐文涛样样突出。即使三个月新兵训练结束后，让他去榆树县农村一个生产队支农一年，徐文涛照样干得兴冲冲的！政治建队、科学种田，19岁的新兵蛋子"老徐"频出新招、跟农民打成一片……

当班长后，连长用淘大粪、种菜考验他，徐文涛也毫不退缩。阳光炙热，大粪臭浪翻卷，徐文涛甘愿被臭气浓浓包围、仔细兑水稀释粪便，再一勺勺均匀地浇蔬菜……

为节省经费，徐文涛重操旧业，修门窗、桌凳、仓库，战友们亲切地叫他"学雷锋的小木匠"……

徐文涛怀揣一把火，要烧掉所有的困难——远方的任红军顶着压力仍然向组织递交入党申请书，他怎能甘居人后？

部队调防黑龙江边境，离苏联近了，离危险近了。但徐文涛却兴奋地想：接受祖国考验的时候到了！立功的时候到了！

为伟大的祖国站岗，无论雨雪之夜、酷暑炙烤，还是冷风割面、虎叫狼嚎，徐文涛都毫不在乎、心生自豪。只是，被女友拒绝，两年音信皆无，让他悬心吊胆、空落难耐……

1973年3月，徐文涛当兵三年后第一次回家，他的心情也跟东北的早春一样，乍暖还寒。他以沈阳军区后勤部学雷锋标兵的身份，带着心爱的二胡到沈阳参加文艺会演。看望亲人让他兴奋，不知道任红军近况却让他惴惴不安……

复杂和忧虑把徐文涛的脚步引领到同学姜恩才家。

"我知道她家，"姜恩才催促道，"走，看看去！"

姜恩才借故离开，屋里只剩他们两个人了。徐文涛抑制着脱兔般的心跳，收敛呼吸，平静地观察着任红军。三年不见，任红军更漂亮了：脸白净了，皮肤细腻光洁。但洁白皮肤里仍隐隐透出经历过劳动锻炼的结实。朝气集中在眼睛上，那两粒"黑葡萄"极富神采、闪闪发亮……

"你怎么回来了？"任红军首先打破沉闷，这一刻有如石破天惊——徐文涛从未见过她这样美而羞涩——长长的睫毛忽闪忽闪，眼帘低垂，双颊红云弥漫……

徐文涛回答了她的问话，任红军也用清丽的声音娓娓说了她的近况，徐文涛涌动的青春和激情瞬间转换成真切的关心：任红军工作很好，组织把父亲的问题定性为"人民内部矛盾"。他真替她高兴。现在她正全力扑在工作上，加倍努力，争取尽快入党。

徐文涛心潮激荡，昨天他们只因同是尖子生、优秀知青而相识、相知、相互欣赏，今天和明天以及更久远的未来，只有让这种优秀品质发扬光大，他们才能同结秦晋、比翼双飞！

三年不见，这次他们的谈话仍如几年前的通信一样，相互体贴，相互鼓励，相互支持，但不谈爱情。

"两个兜管四个兜的"

回部队后，徐文涛像一座拧紧发条的机器，不知疲倦地劳动。立不了功怎么跟上女友的步伐？

随部队从吉林移防到黑龙江边境后，徐文涛项项活动积极参与，仍是"学雷锋的小木匠"，仍是业余文艺骨干，二胡能自如地串3个把位，快弓、跳弓和高难的乐谱都有突破性进展。但徐文涛清楚，这些都是"点缀"。军事本领不过硬，算什么军人？

越野、负重拉练难不住这个学生时代的长跑能手，但"单项"可是硬碰硬哟！除了指定训练，徐文涛也操练其他项目，他的身影频频穿梭于风雨雪夜，很快，在队列、射击、投弹、爆破、大工作业等项目中，徐文涛项项拔尖，跻身稀少的优秀战士行列。在倡导"一花开放不是春，百花齐放春满园"的时代，徐文涛把他的班带成了全连的"尖子班"，部队提出了"向徐文涛学习"的口号……

1973年9月，红叶燃烧、大雁南飞，东北大地风光壮美、丰收在望。徐文涛也收获了抑制不住的喜悦——他激情满怀地站在鲜红、庄严的党旗前昂首宣誓……

徐文涛以梯队"干部苗子"身份被送到教导队培训，后被留在教导队，被委以军事教员、代理干部的重任。身着"2个兜"军服，却经常给"4个兜"（排以上干部）甚至营长、团长上课，徐文涛在部队中声名鹊起……

"现在年龄还小吗？"1974年7月，徐文涛再次见到任红军，他开门见山地问。

任红军腼腆地笑了笑，向母亲努努嘴。徐文涛笑了，那样自然、生动。任红军也是认真的人，她压抑着内心的感动和欣喜，不想让男友再心怀不安，立刻跑过去："妈，徐文涛特意回来的，"她亲切地搂着母亲的脖颈儿，"这回，我们年龄还小吗？"这位当年在抗日战场烽火硝烟里出生入死的大学生、军人，没有直接回答女儿的话，只慈祥地微笑："客人来了，"老人指着厨房，"还不做饭做菜去？"

"妈，你真好！"任红军读懂了母亲的笑容，红霞腾地飞上了面颊，欢快地向徐文涛招招手……

炖豆角、焖米饭。厨房里有说有笑。虽然他们有过太多交流，可这次，显然有质的飞跃！只是，也许爱情太高温，米饭焖煳了！母亲没有丝毫抱怨，那和善的微笑仿佛在"力挺"他们。两个年轻恋人知道：人生崭新的一页将由此开始，这是今生今世最香的一顿饭！

1976年3月，二人登记结婚时，徐家的彩礼只有160元钱，简直就是裸婚！"徐木匠"请假回来，亲手打了箱子、柜、写字桌。婚后二人又各奔东西。任红军的工作已调到辽阳市妇联，徐文涛则在黑龙江省尚志县的大山沟里任职"多了2个兜"的排长。两年后，徐文涛被调回沈阳军区联勤部，此后30多年，他一直在后勤安营扎寨……

家和万事兴

> 我宁愿用一小杯真善美组织一个美满的家庭，不愿用
> 几大船家具组织一个索然无味的家庭。
>
> ——海涅

妻贤夫业旺

徐文涛3次与提职擦身而过时，和前几次的情况几乎如出一辙：群众威望高、工作出色、立功连连，只是最终揭晓的提职名字却是他人……

徐文涛真诚地告诉我，每次他都很上火，都辗转反侧、夜不成眠。前面也叙述过这些，正是他这种不掩饰的"人性真实"感动了

我，我才咬牙放下长篇，写他！人都是感情动物，生命中会遇到太多不如意。逆境是捶打的砧、考验的关，经此而抵达人性的升华。但它也是危险的崖、深幽的渊，不小心就削弱善良、沦陷美好。在这"一闪念"的非常时刻，身边亲人的轻轻点拨，将决定当事者的行为取向！

"文涛哇，从农村干到今天，挺好了！要知足常乐。"任红军打来热水轻轻放在徐文涛的脚边，试试水温后，给他脱袜子、挽裤管，温热的水浇在脚上、舒服在心，"我们受党培养这么多年，要正确对待个人的进退去留。光想着该提自己不行，还要替组织想想，组织掌握太多干部，要全盘考虑和平衡多种因素，组织决定自有决定的道理。"

见徐文涛的脸还绷着，任红军调皮地挠挠他脚心的痒痒肉，"越是这种时候，越要禁得住考验。如果闹情绪、发牢骚，就说明你素质低、露馅儿了，以前全是装的。"

"我也没装啊，怎么能说'露馅儿'呢?"

"可是，如果你的部下闹类似的情绪，你会怎么想呢?"

见徐文涛在认真思考，任红军又挠了几下脚心："官大官小没完没了，钱多钱少够用就好。"

擦干了脚，任红军递上乐器："文涛，好久没听你拉二胡了。"

当激昂的"跳弓"响起，美妙的音乐拉开《赛马》序曲、渐入佳境，这世界只剩一马争先、群马争跃、你追我赶、万马奔腾……

2000多年前孔夫子就说"妻贤夫祸少"，此言确实非虚。

我采访任红军，半为写作，半为答疑解惑。

任红军进来的瞬间，我还是微微吃惊：蓝衣白衫、黑裙子、中等个头儿，看不出厅级领导的气派，倒像普通的邻家妇女。白净的面孔、大大的眼睛。时间洗去了她曾经在乡下干过重体力农活的痕迹，也消隐了漫长岁月经历的风雷电闪。她一说话，脸上立刻春风扑面、阳光和煦、拨云见日，热情、严谨、和善。那双大眼睛尤为明亮、清洁，这目光仿佛告诉我，人世间所有的人、事和美好都是它发现和选择的……

这双眼睛发现了徐文涛，甘愿和他相濡以沫！

当年徐家一贫如洗，任红军没一点儿"大小姐"架子，同公婆一道生活，起大早生土炉子、做饭，以苦为乐；小产差点儿送命、在医院走廊里生孩子，徐文涛都不在身边；两地生活十年，多少难缠的家务事，徐文涛"爱莫能助"。在照顾好家庭的同时，任红军的工作职务节节也攀升，她肩上的担子在不断加码呀！

这双清洁的眼睛的主人也曾遇到过痛苦，尤其是父母遭遇不公的批判，自己被迫告别深爱的军队时。但它从未出现过怨愤与不满，而是永远直视前方，勇敢向前。

任红军经历了太多"考验"，但她始终以阳光的态度面对困难，以拼搏的干劲对待工作，以善良的心灵对待他人，以美好平和的视角对待人生……

任红军的眼睛也流淌过愧悔的泪！

数十年过去了，每每提起含恨离世的父亲，她立刻泣不成声！每年的清明节或父亲的忌日，任红军都要备足祭品，弥补她无法弥补的愧悔……

或许与这段刻骨铭心的记忆有关？任红军数十年间养成了一个习惯：无论遇到什么事情，都与人为善，先替对方着想。

"每次我有坎坷，她都开一服良药。"提起妻子任红军，徐文涛的表情如轻风亲吻的大草原，荡起一波波平和、柔美的"笑纹"。

别开生面的婚礼

一家一个孩子，怎能不爱？但，如何爱，怎样爱，徐文涛永远有他的主见和方式。孩子小时候，徐文涛说："孩子是教出来的，不是惯出来的！"孩子渐渐长大、成才了，徐文涛也不横插脚，"帮助不包办，指导不干扰"。

女儿徐巍越发漂亮、事业出类拔萃、要找对象了，征求父亲意见，徐文涛说："不必门当户对，工人、农民、知识分子，都行。条件有三：第一，身体好；第二，心态好；第三，要好学上进。"

经人介绍，徐巍与工人家庭出身、医学博士高飞相爱，很快步入婚姻殿堂。徐文涛慷慨地对高飞说："我家条件要好些，婚礼的所有的事我来办、费用我承担，你家就高高兴兴地出人就行了。"

对女儿他却非常"抠门"，只给5万块陪嫁。这与别人拿几十万、上百万形成了巨大反差。但徐文涛和女儿都很高兴，因为他们的幸福观早就达成一致："幸福生活要靠积累，靠自己来创造、奋斗！靠父母的财富，不是真正的幸福！"女儿出嫁前，徐文涛不再多说。因为，20多年的默契，不必赘言。徐文涛只交代一条："公婆不在沈阳，你要经常去看看，好好孝敬老人。家庭和睦比什么都重要。处事要大方，吃亏是福。这一点，照你妈的样子做就行。"

婚礼怎么办？

徐文涛是大校军官，妻子任红军是局级领导，严格遵守纪律规定，宴席不超过15桌，绝不用一辆公车，这是前提。但，他们绝不让女儿女婿有半点儿委屈之感，不让亲朋好友索然无味，办出品位和特色，这也是必须的前提！

头天晚上，徐文涛一家三口连同化妆师已经租住在沈阳绿岛别墅。这样，能够省去第二天接亲的麻烦。

2005年7月10日上午9点，一场中西合璧的婚礼拉开序幕。在喇叭锣鼓等中国传统民乐激昂、欢快声中，身着白色曳地婚纱的新娘，从别墅款款步入草坪。迎候的新郎抱起新娘上轿，司仪大喊一声"起轿"，八人抬大红轿在喜气洋洋的乐器声中复现古典轿夫近于夸张的欢快动作，200只和平鸽在人们头顶振翅、凌空飞翔，绿色草坪上的轿子如一簇兴奋绽放的花朵……

头晚下雨，徐文涛买了数百把红雨伞。婚礼时天遂人愿，一轮艳阳格外热烈！前来助阵的亲友个个撑起遮阳伞，绿绿的草坪上绽放着一大片红红的伞，如枫林、若花海、似彩霞，太漂亮了！

新郎新娘互赠礼物前，徐文涛赠送他们从黄山订制的红木镇尺，上面刻着："快乐每从辛苦得，便宜多自吃亏来。"

新娘双手敬上她给丈夫的礼物：一双筷子。"筷子是中国人神奇的发明。一双筷子有两根，相当于一个家庭两个人。合者成器，分者无力。愿我们互敬互爱，和和睦睦白头偕老。"

"好！""太好了！"现场响起雷鸣般的掌声！

新郎双手把自己的礼物、一把木梳奉上："现代社会竞争大、压力大，希望夫人自己打扮得漂漂亮亮的，也把工作梳理得井井有条。"

人们兴奋了，叫好更加响亮，雷鸣般的掌声再次刮起，经久不息……

徐文涛还精心设计了婚宴的细节。

经济实惠的自助餐开始后，向各位亲友赠送一本徐文涛亲自购买的精装《笑话集》。在背景音乐声中，请来的画家、书法家各展绝技，将这些作品送给喜欢书画的朋友。徐文涛提起二胡，献给这对新人他最拿手的独奏曲《赛马》，祝福女儿女婿比翼齐飞。然后，徐文涛又向朋友们施个礼，坐在钢琴前——顿时《月亮代表我的心》流水般舒缓、清丽、优美、酣畅地倾泻……

我问徐文涛："为什么只给女儿5万块钱陪嫁？"

徐文涛回答得非常简洁："子女行，不用为谋。子女不行，谋也没用。"

这话多么令人深思！我不敢妄言子女不成才都怪父母，但我们却不难预测，大凡父母越俎代庖，对子女进行"五星级"服务、几近把子女供起来的，效果大多事与愿违、适得其反。

可怜天下父母心，宁愿自己受苦受累也不让孩子受屈本是人之常情。但怎样才算真正的有利于孩子，这是我们整个民族面临的严峻课题。

态度决定行动

一切利己的生活，都是非理性的，动物的生活。

——列夫·托尔斯泰

该提不提不灰心，方显英雄本色！

部长政委：

我自1970年12月入伍以来，一直在军区后勤部系统工作。三十年来，是部队各级首长和党组织的培养教育，使我从一个普通战士成长为一名师级领导干部和大校军官。我发自内心地感谢军区后勤部队各级首长和党组织的培养关怀，可以说，没有首长的帮助教育、党的培养就没有我今天的一切。

现在，我军正面临一场新的军事变革，迫切需要一大批年富力强的同志充实到部队领导班子中。但是，我们分部领导班子已平均年龄50岁，亟须改变年龄结构。我是班子中年龄最大的一位，下面有许多优秀正团职干部需要提拔，但由于编制所限提不起来。我和家属、孩子经过认真思考，决定主动辞去副部长职务，给年轻同志让位。这绝不是因为近几年职务没提上去有什么牢骚和怨气，请首长准予我的请求。

某分部副部长：徐文涛

2004年11月20日

这是七年前徐文涛递交的辞职报告。

"徐文涛还差两年才退休呢！"听说这件事，知情者惊讶不已，

248

"现在流行跑官要官，有的人到点都不下，他怎么能这样干？"

组织批准报告的当天晚上，妻子和女儿特意为徐文涛办个小型酒会。

"姑娘，来，举起酒杯，"任红军微笑着招呼女儿，"庆祝你爸卸了包袱，千斤重担就此放下，后边的人会干得更好！"

"今天起，"徐文涛高兴得像个孩子，"我从此就正式卸任啦！"

和家人在一起，徐文涛特别开心。这些年来，妻子既是他的贤内助，也是他的精神导师之一，每每遇到不开心的事，她都能豁达地开导他，给他开一服良药。

姑娘徐巍两岁半就送长托，无论在国内上学还是出国留学、回来工作，徐文涛从来就没操过心！现在，他已放下肩上的重任，该为她做点儿什么。

"爸，"女儿爽快地喝了杯中酒，"这回有时间了，您可以天天拉二胡、弹钢琴了！"

徐文涛干了杯中酒，突然愣起神来。母女俩会意地对视一下，知道徐文涛又在想事儿。"让位给年轻同志，我心里很舒服，"徐文涛轻轻摇了摇头，"可是，我也不能天天拉二胡、弹钢琴哪！"

"这样吧，"妻子太熟悉丈夫了，又举起酒杯，"刚辞职，你先给自己放几天假。假期一满，不管你干什么，我和小巍都支持你！"

"爸，"女儿俏皮地说，"老爸一挥手，全家跟着走！"

"好！"徐文涛感激地看着她们，三只酒杯凌空而起，咔地聚拢……

徐文涛告诉我，易位思考，他如果干到年龄退休，现在的下级也过了提拔年龄、永失提拔机会。现在把这样水平高、年富力强的人提起来，对工作对部下都有利。

我陷入了沉思。商人多挣钱，官人高提职，这无可厚非。让人深思的是：钱多少算多？官多大算大？如果掉进钱眼、沉迷官职、不择手段又会怎样？即便理论上想开了，设身处地从大局着想、主动让位后人的又有多少?

就此议题我"抠问"徐文涛,他的回答真实可信。

1989年,他在基层干了四年,荣立军功,被誉为"改革新星",提职呼声最高时却"花落他人";1994年,在副参谋长、正团职位置干得有声有色,大家都觉得他"转正"参谋长顺理成章,可是却再次失之交臂;当了五年分部副部长(副师)后,他的能力、军功、年龄都是"黄金季",部长职位却提了他人……

面对多次被"截和",徐文涛告诉我:"哪一次我都窝火好几天。做官的哪个不想提升?但怒火很快就风吹云散。因为,提不提职是组织的权力,怎样对待是个人的觉悟。沧海横流、世事变迁,组织培养这么多年,我怎能只打自己的小算盘?"

"提不了职就发牢骚,"徐文涛说,"讲怪话最多的不是老百姓,而是那些想提没提起来的人!我最看不上这样的干部。怎么?官非得你当?再说了,提了这级想那级,一级一级无止境,有头吗?"

"善身善事善千秋,明理明德明万代。"徐文涛告诉我,他最佩服、为之感动落泪、定为终生榜样的就是"胡子将军"孙毅中将。这位战功卓著的副总参谋长,早在20世纪80年代,就主动退出领导岗位,让位年轻人。还有长征时期的红一师师长、原东北军区后勤部部长李聚奎上将,在他80岁时为子女留下了这样的至理名言:"纵然给我更大的权力,我也决不以权谋私;纵然给我更多的金钱,我也决不丢掉艰苦奋斗;纵然让我再活80岁,我也决不止步不前。"

群众是我们的衣食父母

我没想到徐文涛的工作配车居然是破旧的"捷达"!我更没想到,这辆配备给他的捷达只是"接送客人"的公务用车!

"上不攀下不比,老老实实管自己。"太多领导配备了昂贵的豪华车,车接车送要耗费太多油料,徐文涛想得更深的问题是:"过去老百姓那样拥护共产党，是因为我们的干部'吃亏在前，享受在后'，甚至和老百姓同吃同住同劳动，现在待遇掉了个个儿，变成了'享受在前，吃亏在后'，令人担忧的是，这样干群关系不也'掉个个儿'吗？

"共产党来源于群众，就要把自己当成群众的一员。事实证明，什么时候密切联系群众了，什么时候就取得胜利。什么时候脱离群众，什么时候就失败。我们党成为执政党，其中一个重要原因，就是关心群众，为群众谋利益。现在我们的一些干部，嘴上说着'执政为民'，实际整天在考虑小集团、小部门利益和个人利益，就是这些'歪嘴和尚'，把中央的好政策糟蹋了，一弄就走样……

"我给同志们讲历史，每讲一次都是在净化自己的心灵。为了我们今天的幸福生活，新中国成立前2000多万烈士献出了宝贵生命！可是，目前在民政部注册登记的烈士才180万，还有1820万无名烈士无人知晓哇！想想这些打江山的人，我们有什么资格跟组织讲待遇、讲条件？有什么资格不好好为老百姓做事？"

"群众是我们的衣食父母，"徐文涛语重心长地说，"怎么能把群众的利益和尊严抛在脑后？"

1987年春节，一个面庞清秀、形体标致、态度和蔼的军官在沈阳202医院家属楼东看西问、挨家走访。这个二层小楼院内垃圾成堆，缸、白菜、破桌椅把楼道挤得很窄，有的地方侧身才能通过。一个平房住20多户，共用一个厨房，厕所不分男女！

户主们打开门后，上上下下打量着来人，脸上写满了问号："你是谁？""你找谁？""你是哪来的？"来人笑眯眯地回答："我不找谁，就是到你这看看。"主人更加怀疑了，这个破地方，人称"鬼见愁"，当官的谁来呀！当得知来人叫徐文涛，是202医院新来的副院长，主管行政后勤工作，人们这才凑近了他，打开话匣子。多数人诉说居住条件之苦，也有人用怪声说"这是解决不了的老大难"。

五天时间，徐文涛走访了70多户，春节没休息地研究对策，大年初六一上班，徐文涛就带人治乱除差。房门破，房子漏，下水堵；墙坏了，厕所不分男女、臭气烘烘，一个一个解决。在1000多人参加的群众大会上，徐文涛演说两个小时的治院方案，突出"吃穿住行衣"5个字，群众给他鼓掌20多次。

"徐院长可真是个干事的人哪！"

"李向南来了！"

"上级给钱给物，不如给个好干部。"

"中国的老百姓多好哇！"徐文涛感叹道，"只要给他们干事了，他们就高兴、知足了，问题还没有从根本上解决，老百姓就满意了！"

建章建制，奖勤罚懒，调整干部，收拾调皮捣蛋的；盖住房、建浴池、增开通勤大客车，徐文涛在此工作四年，202医院有了翻天覆地的变化，他因此被誉为"改革新星"，荣立三等功。

徐文涛密切联系群众，并非刻意而为。

我采访时，徐文涛忽然向门外招招手："请进吧。"一个面色黝黑、结实的年轻"军营美工师"（养花工）进来后，徐文涛把装着迷彩服的塑料兜递给他。年轻人高兴地致谢。我问了问，养花工叫王海文，黑龙江人。1994年来这里，已经干19年了。他的主要工作是给军营除草、摆花。他告诉我："徐大校没一点儿架子，哪次见了我都先说话，后勤院内不少工人跟徐大校都是好朋友。"

花工刚走，徐文涛接个电话，告诉我"接两个朋友"。几分钟后，徐文涛竟把一对老年夫妇领了进来。

老头儿瘦削、满脸褶皱，因牙齿脱落，两腮塌陷，显得格外瘦。七八枚奖章在他左胸熠熠生辉。老太太个儿很矮，面色红润，说话若高音喇叭，响而脆。两个人都很激动，紧紧握着徐文涛的手不放。

"我可找到你啦！"老头儿说。

"以为你不能接见我们呢，"老太太激动地拿出小包，"徐馆长，我们都带来了！"

老头儿叫刘光汉，82岁。妻子叫裴芝兰，77岁。家住沈阳市苏家屯区白清寨乡营盘村。老头儿拿着2009年第8期《老干部之友》杂志，指着上面刊登徐文涛事迹的文章，说他们看了特别感动。这次他们专门给徐文涛送来史料。他们边说边递上厚厚的《海内外杰出人士风采录》和一些照片："放在我孩子那儿不安全，放在史馆我就放心了。"

得知二位老人靠几亩地为生，刘光汉每月240元退休金，裴芝兰每月只有50元生活补助。为了省钱，他们骑自行车16里地到白清寨公共汽车站，再坐公交车到沈阳市文化宫，边走边打听，又走3站地到后勤史馆，我们都很感动。徐文涛特意戴上军功章、笔直地立正，给老人敬礼、致谢，亲切地跟老人合影。

刘光汉非常激动，指指徐文涛的军功章，再指指自己的奖章，又拿出自己多个先进、劳模证书，哽咽地说现在老了，干不动了，过去他得过很多"优秀"哩！徐文涛非常感动，临别掏出几张票子塞过去，二位老人执意不收，徐文涛便安排司机送他们回去。

徐文涛心里装着老百姓、关心群众的事太多了，我随意截取几个片段——

片段一："哪里能证明我的劳模身份？"2008年2月的一天，冷风阵阵，清雪扑面。闻知一位老人从黑龙江赶来找他，徐文涛立刻扔下一句"我去接您"，赶忙到传达室把老人接进史馆。见老人面色苍白、清泪欲滴，徐文涛边嘘寒问暖边捧上热茶、削苹果。老人叫刘廷久，家住黑龙江省双城市。买不起卧铺票，这位78岁的老人坐一夜硬座车专程赶来。他和老伴现每月工资780元。在抗美援朝战争期间，他曾经是我军双城布鞋厂的工人，因生产成绩突出被评过劳模。按照现行优抚政策，若被省军级以上单位评为劳模，每月可享受80元生活补贴。每月80元对这位家在农村、身边有四个儿子、生活十分拮据的老转业军工相当重要。他期望能查到他50多年前所在的军工厂的单位属性、级别。徐文涛深深为老人的经历和处境感动，立刻查找档案，东翻西找，在过人高的资料中，理顺军需工厂变迁的历史脉络，终于认定这位"老军工"原所在军工厂确实是东北军区后勤部所属的军工厂，1956年划归总后勤部管理。开好证明后，徐文涛馆长又从自己的钱包里拿出200元钱给老人做路费，感动得这位老者眼含泪花地返回双城。

第二天，电话里传来喜讯：黑龙江省总工会已经给刘廷久办理了优抚事宜，老人在电话里千恩万谢，说他们全家都十分感激徐馆长，感谢解放军，感谢共产党……

"重要的是，为群众解决了困难，也树立了党的光辉形象，"徐文涛强调说，"算上老两口，4个儿子、4个儿媳、4个孩子，至少14个人——有他们的口口相传，他们的亲朋好友都要感谢解放军，感谢共产党，这样做，就是为党旗添光辉，为军徽添光彩！"

片段二："共产党解放军讲情讲义。"我在前边叙述过，徐文涛闻知李洪儒有11张解放军当年给李家留下的收条，以军人速度第一时间对接、收藏。收条以其铁一般的事实验证最后解放全中国，东北人民是功不可没的，历史事实告诉后人，没有人民群众的支援，就没有革命的胜利。

"人家把文物白白献出来，"徐文涛说，"咱绝不能让人家吃亏！"2006年8月1日史馆开馆，徐文涛派车把老人接来参观，并送给他3000元钱。此后每年（只有2009年老人家动迁没找到他）八一建军节，徐文涛都自掏腰包送给老人500元钱。

"以后我年年都去看他，把军民鱼水情延续下去，让他们感到老实人不吃亏，跟解放军办事不吃亏！这样一传十、十传百，就提高了我党我军的威望！"

片段三："如果你硬要这样做，你的事我不管了！"2010年春天，满怀感激之情的高艳芝老人来到史馆塞给徐文涛2万块钱。徐文涛拒绝后，高艳芝非要送给徐文涛两瓶茅台酒和中华香烟，徐文涛一甩袖子："如果你硬要这样做，这事我不管了！"

"对不起，"见老人呆在那里，徐文涛连忙向她道歉，和蔼地说，"你父亲是革命前辈，我帮这个忙是责任，也是义务，完全是我应该做的。你爸爸为打日本鬼子，命都没了，我们为他落实政策，还收礼、收钱，岂不是罪过！如果我真这样做了，对得起你爸的在天之灵吗？"

高艳芝的父亲高鹏万是一位抗联老战士，也是抗日联军出色的"猛将"之一。他富传奇色彩的斗争事迹曾被辽宁省委《党史纵横》杂志重点推出。省委党史政策部门建议将高鹏万同志评为烈士，但苦于他最后任职的单位无法查实，经省委党史部门介绍，他的大女儿高艳芝来后勤史馆求助。徐文涛当即答应："你放心，我一定尽力！"

徐文涛查史料、找熟人，初步确认了高鹏万在修建于洪机场时，其首长就是军区卫生部副部长、后调任空军后勤部的刘放部长。但徐文涛的兴奋很快消失了——老首长已经去世。

徐文涛没有因此而放弃，他出示已经查到的史料、照片，部长夫人睹物见人，爽快地为抗联英雄提供了"身份证明"……

而类似这样的事情，徐文涛已经做了太多了。

一个馆长一个兵

后勤史馆建筑面积3000多平方米，二层楼分3个综合展厅，6个专业展馆，如此规模十多个人管理很正常，因为光保洁工作量就很大。谁能想到，徐文涛领着一个志愿兵就承担了全部工作！身兼策划、设计、管理、解说、保洁、维修数职。他把这种精兵简政、一人多角称作"用后勤精神，建设后勤史馆"。

这位年过六旬的大校军官，为了节约，把自己当小兵用，把史馆"当日子过"！有人算过，建这个史馆至少1500万元，而联勤部只用了500多万元；管理费用每年节省至少20万元，开馆五年节约近百万元。抠细节、算小账，能省则省。开馆后，因为工作节拍太快，晚上不回家住在史馆已是常态。为打节约牌，徐文涛没有单独的休息室，只好住在办公室的沙发上。这间办公室冬天阴冷，徐文涛要穿着大头鞋、盖着棉大衣才能睡着。徐文涛中午从来不回家，不仅为了节约油料，也为了节约他人的时间。

史馆开馆后徐文涛没一个休息日，几乎每个双休日都要接待观展团。因为限定自己"双休日、节假日不用公车"，徐文涛经常坐公交车。如果时间来不及，就打出租车。当年为了便宜，徐文涛在沈阳市的苏家屯买的房，打车到单位一趟要30块钱，可他从不报销。

我几次去史馆都很不适应，正厅向右一拐如入暗洞，眼前突然漆黑一片，什么都看不见。尽管徐文涛在前边引路，我只能听他的脚步声辨别方向。实在太黑了，他才啪地开亮一盏灯，在灯光"晃"的瞬间看清眼前的路，再啪地关掉。如果没有参观团来，徐文涛从不开灯。有人观展，看一馆开一馆灯，看完马上闭电。

徐文涛这样我毫不奇怪，唯一的一个兵也情愿如此大工作量地奉献？情愿起早贪黑、事无巨细地工作？

我认识这个"80后"年轻战士刘波，中等个头、团脸、白白净净，敦实而憨厚，见人就礼貌地笑笑。开车接送人、干零活，总是进进出出忙忙碌碌不闲着。人多时，他可能凑过来，但绝不多言，明亮的眼睛转得很快，似乎随时准备接领什么任务。刘波告诉我，他老家在成都金唐县，2001年入伍，2005年学开车，以前是联勤司令部的公务员。

"史馆的这些字，都是刘波刻的，"徐文涛向展板比画一圈，"看看，挺带劲吧？"

"都是你刻的？"刘波见我这样惊讶，没有说话，只是微笑着点点头。我欣喜地走了一圈，展板上字体多种多样，楷体、隶书、行书、宋体、黑体，以及各式各样因内容而变化多端的变形美术字，尤其财务部展板，都是小字，笔画那么细，仍然刻得标致、娟秀、漂亮，粘贴得那样整齐，哪像出自一个司机之手哇！

刘波是按司机调来的。但现在，司机只是他的一个"称谓"。标题下的内容多去了：装修、安灯、修理电器、刻字、做展板、做灯箱、联络事情，这还不算兼职秘书、保洁、采买、摄像、摄影、杂勤……

"这些照片全是我拍的，"刘波指着眼前的展板，白净的脸上绽放着笑容，"来之前我只会开车，现在，学了这么多东西。"

"在这干感觉怎么样？"

"好哇！"

"人家开车就开车，你多了这么多活，不觉得累吗？"

"不觉得累，"刘波犹如翻开书的封皮，脸上兴奋得直放光，内文细节呈现在我眼前，"虽然累了点儿，但我很高兴、很自豪。别人除了开车什么都没了，我却学到很多手艺。比如战友结婚吧，别的司机没什么事，我却能拍照、能录像，好多人都羡慕我呢！徐馆长让我'一人多能、一人多用'，特别锻炼人。往长远看，铁打的营盘流水的兵，离开部队那天，别人转业两手空空回去，我会这么多技术，多好哇！"

"在这儿干得顺心吗？"

"好哇！"刘波又重复了这两个字，"跟徐馆长工作特别舒心，一位师级领导，没一点儿架子，像亲人一样。我好好干工作就行，其他事不用管，馆长非常关心我的成长。我来前是士兵，来这后徐馆长培养我提了二级士官、三级士官。馆长这样爱部下，我怎么能不好好工作呀！如果没有人来参观，我们就自己找活干。您看，展览馆这么多展板，都是我们俩做的。他设计我刻字，他扶着我拧螺丝，配合得可好啦！"

"愿意在这儿长干吗？"

"当然愿意呀！"刘波朝我笑了笑，"三级士官月薪3500元，外加班长补助费100元，我挺知足的。"

刘波告诉我，他在老家按揭买了楼房，现在月供1547元，压力不大。父母住上楼房，也算他尽了孝，挺好的。当我问他有没有不回老家的打算，刘波说："不管离开多少年，我还是恋家。父母养我这么大，我得回去伺候他们。不过，我是军人。是军人就要服从命令，只要部队需要，能干多长时间就干多长时间。"

刘波每天都要收拾大厅，下雨下雪天观展的人进出必然带进来泥水，大厅特别脏，一天不知要清洁多少遍。平时也闲不着，每天早上都要收拾重点易脏的地方，晚上检查一遍、关闭所有电闸，一周要彻底收拾一次卫生，边边角角都要收拾干净。我听后自然又提了"累"字，刘波再次笑容灿烂地回答我："当兵久了，班里其他人不这样累，我天天干，习惯了。别人可能受不了，我愿意这样，也很快乐。再说了，比起徐馆长来，我这点儿辛苦算什么？"

手机响，有任务了。刘波接听后朝我歉意地笑笑，客气地向我告别。看着他远去的背影，我高兴地想：人的精神胜于一切，只要心情好累也不累。相反，不累也累。

精神文化永流传

> 为了国家的利益，使自己的一生变为有用的一生，纵然只能效绵薄之力，我也会热血沸腾。
>
> ——果戈理

引人关注的"风向标"

我采访徐文涛时，偶然遇上辽宁少年儿童出版社执行主编李姊昕女士，听说我要写徐文涛，她感慨地说："徐大校是个顽强的人，这种坚持宣传红色传统、传播精神文化太不容易了，这么强的社会责任心，太了不起了！这样的人太少了！尤其现在利益至上的时代，人们太重视物质和感官的时代，最缺少的就是这种精神，社会需要这样的呼唤，这是发自心底的呼唤。徐大校坚持把一件事干到底，还'自费'干了这么多事，听起来不像这个时代人做的事。当前青少年，不，整个社会最缺这种精神，最缺这样的人！但，怎样宣传这样的人，最重要的就是真实。让人听了要信服。

"我们看见树立的这个先进、那个先锋，最大的失误就是不可信。无来由地好成那样，全是优点，都成不食人间烟火的人了，这怎么行？这纯粹是拿老百姓当傻子！这样拔高、神化的人物，削弱了榜样的力量，老百姓根本不信！"

李姊昕的话引发我的联想。一位写过某位典型的作家告诉我，那个典型他熟悉，真的很好、很了不起。可是，越宣传越假、越不可信了！原因是，他每次上台前，都有人要教他"怎样说、说什么"，录像也是"摆拍"，这与《皇帝的新装》、掩耳盗铃有什么区别？难怪老百姓无奈地说："怎么宣传是媒体的事，信不信是我的事。咱们井水不犯河水。"

我那位作家朋友也感叹道："好好一个榜样，就这样削弱了公信力！"

这问题应该引起特别关注——我们都是凡人，谁也不是神。类似于神化的宣传，离地了，把典型"架起来了"，形象"高大全"，一张口还是高大全，谁信？

徐文涛一向开诚布公。

"当初我如果提了部长，55岁也退休了。现在我60岁了，还在工作。其实，对个人来说，精神永远是第一位的。这也是我热衷史馆宣传最重要的因素之一。将心比心，人人如此。更何况这关乎于民族和国家利益？

"我现在属于边缘工作，没级别，没编制，不多挣一分工资。但我弄出了亮点，让边缘工作进入主流，得到各级领导、专家、同行和社会各界方方面面的支持，我太高兴了！看看成千上万的观众留言，看着那么多人听了我的解说振奋，我觉得怎么累也值得！人的价值在于对社会有没有贡献。我贡献了，我就活得有价值。我觉得社会需要我，离不开我。哪怕我一天接待一个人，都有价值，一个没接待，我也不闲着，再干与此有关的事，这样，我就天天有价值。我建立全军第一个后勤史馆，建立全军第一个后勤史馆网站，我是全军任职最长的大校，我是全军全国展览馆年龄最大的解说员，我很自豪。2011年10月，我用微博宣传红色文化，很快就获得粉丝数万。这不是虚荣，而是体现了我的价值。别看我现在糖尿病很重，已经4个+号了，天天靠胰岛素支撑，有时累得胳膊抬不起来，腿迈不动步，但我小车不倒只管推，因为我有目标——我现在感动了十万人，还远远不够，我还要感动二十万人、五十万人、一百万人！

"观众们争着跟我合影，请我签名，拿我当偶像，我每天都生活在掌声和赞扬声中，怎么能不快乐？人的时间、兴趣都是有限的，因为我的努力，这么多人对人生有了感悟，认同中国红色文化，决心继承红色文化，精神和文化品位有了提高，我再累再苦也在所不辞！"

尾　声

就在我写作此文时，传来一个好消息：2011年10月15日至18日，中共中央召开了十七届六中全会，提出了具有远见卓识的"文化强国"的战略！建国六十二年来，专门召开这么高层次的文化会议还是首次！

徐文涛非常振奋，他要组织专题专版，进行新一轮的宣传！

我也非常兴奋，觉得适逢其时。近年我们的经济发展世界瞩目，精神层次和道德水准却大大滑坡，这与我们的文化普及、提高不及时不无关系。

2011年10月13日下午，在广东佛山南海黄岐的广佛五金城，2岁女童小悦悦过马路不慎被一辆面包车撞倒并两度碾轧、肇事车辆逃逸，随后开来的另一辆车直接从已经被碾轧过的女童身上再次开了过去，7分钟内在女童身边经过的18个路人，都对此冷眼漠视，只有一名拾荒阿姨陈贤妹上前施以援手。这则新闻在国外上百个国家引起"轰动性"议论。

广东省委书记汪洋反思道：这次事件中18个人而不是一两个人所表现出的冷漠，折射出的问题带有一定的普遍性，它是我们工作中长期存在问题的反映。我们在削除贫穷追求财富增长的过程中"一手硬""一手软"，是导致这种社会冷漠现象的重要原因之一，对此我们有着不可推卸的责任，物质贫乏不是社会主义，精神空虚也不是社会主义，道德堕落更不是社会主义。悲剧的发生反映了长期以来我们在发展方式上存在的弊端……

对此，我不想多说。但，我却不能不说貌似与之没关、实则密切相关的另一个问题：我们已经是世界经济强国，却在文化上没有跟上！

我不说中国五千年文化，制造和沉淀了多少引领世界文明的思想和观念，仅就现实而言，我们的文化占有多少"国际份额"？看看我们的图书市场、影视市场、音像市场，多为模仿、追风、向钱看的次劣产品，怎么能走出国门？在中国"红遍天"的电影，哪一部能上欧美市场主流院线？然而，我们的电影产量已居世界第二、电视剧产量已是世界第一！

"知耻而后勇，"徐文涛指着眼前堆积如山的材料说，"我现在就动手、连夜干，力争让展览尽快跟观众见面！"

点亮"绿月亮"

——记治沙老人屈长友

引 子

如果我有一双翅膀，一定飞到高空看看这500亩大的人造"绿月亮"有多大、多亮、多美；我还要看看，不知在此失踪、绝迹多少年的山鸽子、喜鹊、黄鹂和一群一群山雀飞翔、嬉闹、求爱、做窝、抚养后代的样子，观察它们怎样在此安居乐业、繁衍生息。可我没有。不仅仅因为我没有翅膀，还因为：2013年8月29号上午，雨刚住，天阴得像个高高吊着的锅底形大胶皮袋，向下坠，随时都有"开口子"的可能。我只能在林子边缘转转，仰看被30米高树冠密集切割的天空，谛听偶尔响起的鸟鸣和林子里"突儿突儿"的翅膀声，看眼前光泽闪闪的叶片脉管、工笔画一样的艺术纹理，吸吮清新而带有淡淡的植物味道和花粉味道的空气。但我仍然知足而兴奋——在不时被雾霾偷袭、威胁的省城沈阳，怎么会有这样豪华的享受？

我把这片林子形容为"绿月亮"绝非故意造词，而是我眼前这位童颜鹤发、白发飘飘、74岁的治沙老人屈长友的"脱口秀"："我栽树的这片林子恰好被利民河两道宽宽的河湾抱着,像个大月亮。"

我们用文字写月亮、用色彩描绘月亮、用相机拍月亮,而屈长友,却用一生的时间来点亮、守护月亮!我们的月亮充其量只是"摆设",而屈长友的月亮,却关乎乡亲们的生产和生活,关乎整个法库县和邻县人民的生态建设,也关乎,我们省城沈阳人民的生命健康……

月殇:"昨夜西风凋碧树"

1983年,中国农村分田到户的春风吹进辽宁省康平县沙金台乡敖力村,乡亲们个个都像注了兴奋剂,嗷嗷叫着伸手、张口、递上承包书,每个人都成了拧足发条的表、开足力的马达,很快,所有能承包的土地被一哄而抢!

只有"转子山"的500亩沙地弃儿般备受冷落、无人问津。因为,它不是土地,而是寸草不生的沙地,是打着滚翻每年、每月、每天都向村屯进攻的野兽。它们借助狂风张开大嘴,一口一口撕掉农田、沙埋房屋,一步步紧逼乡亲们后退、恣意占领敖力村人世世代代生活的家园……

我现在说说"转子山"的位置:法库县是紧邻内蒙古科尔沁沙地的边,沙金台乡是法库县的边,敖力村是沙金台的边,转子山,则是敖力村的边。那么,当时这里什么样呢?我借用"中国生态报告文学第一人"、著名作家徐刚的文字描述来还原:"康平县包括林地、水面在内的320万亩地域中,已经沙化半沙化的土壤为108万亩,接近1/3。全县与科尔沁沙漠接壤的114公里边界线上,22个风沙口以平均5公里一个的密度分布着,成千上万吨黄沙从这里风口刮进康平县城内,全县的纯沙丘面积已达3万多亩。康平县农民经历了河南种地、河北出苗的怪事,原来是因为风把种子刮跑了。1993年4月,一场8级大风在二十四小时内把一座沙丘向前移动了12米!风的移沙逼人之势实在够惊心动魄了。几十米的大沙丘已被推进到距村民住宅仅20米处，一棵棵高大的杨树和柳树挡不住这沙丘的移动，面临着同样被埋的危险。"它们"越过辽宁的边界线以每年平均30米的速度南下，直指沈阳城"。

在这样的环境下，当屈长友跟村里签订了承包沙地30年的合同、绿化"转子山"的消息一传开，所有乡亲都瞪大了眼睛：

"他疯啦？"

"那里除了豆鼠子和恶狼没别的活物，树能活吗？"

"风大沙多，不是白白往里扔钱嘛！"

当年屈长友40岁刚出头，家里养40多只羊、12头牛、两匹骡子、两匹马和一头驴，在当时，他已算摸到"小康生活"的边了。如果扩大牧业和副业，再承包点儿土地，屈长友就真正推开"小康"的大门了。日子已经"抬头"，他却要卖掉这些值钱的东西去狂风怒吼、黄沙飞扑的地方植树。家里的亲朋好友纷纷反对，老伴胡淑凡更是气得不行，百般不同意。屈长友便向他们描绘着美好前景："种树十年，强过种田。"还掰着手指头算十年后的经济账，胡淑凡这才半信半疑地同意。没等老伴反悔，屈长友拿着用全部家产换来的4000多块钱，张罗树苗去了……

二十九年后，我来到这里，抬头仰望茂盛的树木，聆听500亩林涛或高亢或浅吟多声部组唱，内心充满钦佩与敬意，甚至有些如梦如幻：徐刚先生描绘的景象真的是这里吗？确认后我简直有些惊骇了：屈长友创造了奇迹！这奇迹不仅仅受益于当地百姓，我和我的沈阳老乡以及周边的人哪个不是受益者？

唯独屈长友老伴胡淑凡和屈家人没有受益：因为，他们不卖树！的确，他们眼前有一座"绿色银行"，可他们把"钱"取出来后，不又还原了当年的沙漠？屈长友老人对我说："为了环境，我甘愿捧着金碗要饭吃。"而屈长友的家人，早就习惯了生活贫穷、默默跟屈长友站在一起，因为这些树已经成了他们的家庭成员……

1984年春天，屈长友北上黑龙江、吉林买优质的便宜树苗，还把当年在"林校"学习的知识用上、自己培育树苗，总算解决了头一个难题。靠自己的力量栽树太慢，他东家串西家说小话"求工"栽树。把仅有的财产一头毛驴卖了换来白面、大米供栽树的乡亲们午餐，屈长友亲临一线跟大伙一块干，老伴管后勤做饭、送饭，让锹镐在冒烟的沙漠里打破百年沉寂。

山岗子太硬，尖镐跟石头硬碰硬火星飞溅，刨不进去，屈长友说："刨不动的放下，我来刨。"乡亲们看得直心疼：屈长友的尖镐秃了一把又一把，磨破的手染红了镐把……植树进度怎么也快不起来，细沙水儿般流动、没有土，怎么也挖不出树坑。另一番情景便是：岩石裸露，用钎子凿开半米深的石坑以后，还要向里面回填远处运来的沙子和细土，这样才能把树苗种上……这一年里，屈长友领着妻子和几个孩子，车拉、肩挑、手拎，从几里外的井里取水，把2万多株树浇了数遍；这一年里，屈长友领着妻子和大儿子用镐刨，用锹挖，用手抠，硬是扒平了9座沙包；这一年里，他领着妻子和大儿子，靠亲戚的帮助，在树林中间又挖出了一眼水井。挖井太难太难，表层1米多深的沙子下都是石头，只能用铁钎子一点儿一点儿往下刨石头，起早贪黑干一天只能掘进半尺深，这口七八米深的水井，屈长友一家忙乎了大半年。挖树坑仅仅是头一步，而后从远处拉来好土填上、栽树、培实、浇水、铲草、维护，如果算上运送树苗，一棵树至少要10多道工序，这还不算此后永远没有结尾的管护！500亩沙漠、8万多棵树砌起的"绿色长城"岂止又是800万道工序？因为，冷了、热了、旱了、涝了、风刮断了、虫咬死了、牲口啃了、人盗了，都可能导致前功尽弃、从头再来！29年了，屈长友已经习惯不计其数的重复劳动，他的标准就一个：不能有一片空地，也不能有一个闲置的树坑！这还不计太多的埋柳、沙棘和苕条，这些"近亲们"卫星一样环绕在松树、杨树的周遭、组成植物联盟，在地下和空中各据领地，织就共生同长的生态防线……

乡亲们的"大会战"后，更多的则是零星战斗和持久战。月光中、晨曦时、细雨里，屈长友带领由妻子胡淑凡和两个儿子、两个姑娘，以及后来陆续"参战"的两个女婿组成的"屈家军"，旷日持久地在"转山子"打游击。为了抢时间，他们恨不能点月当灯、挽日不落。为了让月亮湾升起绿色明月，他们用尖镐消灭石头，用锄头消灭野草，用水桶消灭干旱……

只要不利于树苗生长的都被他们视为敌人，他们还要跟风沙战斗，同暴雨战斗，与风雪战斗……

我看了屈长友当年跟村里签订的合同，有个数字相当吓人：树的成活率必须达到85%以上。这个数字在肥沃之地已不算低，在沙包翻滚、石头密集"转山子"会怎样呢？屈长友抖动一下当年黝黑黝黑，现在白若霜雪的胡须自豪地说："85%怎么行？我至少提高了10%！"

数字是苍白的，但它却跨越了时间和空间，以燃短屈长友和家人的生命为代价，击退了狂沙进攻，终于点亮那尊世人惊喜、佑护后代的"绿月亮"……

月醒："为伊消得人憔悴"

我去采访屈长友时，沙金台乡的宣传委员宋朝晖开轿车送我。车拐下公路后，在泥泞的土路上走了不到一里，抛锚了。整个路面泥泞一片，太多鞋底破印章般盖在上面、如同拙手哆哆嗦嗦写下的省略号，车胎则充当了手术刀的职能，将土路剖腹、切割成不规则的沟疤。其中一处"深疤"几近及膝、里边沉积着脏水——我们只好下车，挽起裤管挑干爽的地方东跳西跳地走……

我头一次走这路、觉得很吃不消，而屈长友一家，这条路已经走了29年！

而他们的治沙路，更是千难万难！

栽树的日子如同打闪电战，必须集中所有力量、速战速决。

为此，屈长友把家从5里外的满斗屯搬来，树一样在沙丘和沙海中扎根。屈长友指着两人多高的一个沙丘说："这，就是我们的家。"

屈长友率领儿子姑娘一起动手，把沙丘掏个半圆的坑，上面搭几根木头横上高粱秆、盖上草，前脸安个半人高的门，便是新"家"。

我穷尽想象也不明白"地窨子"是什么，屈长友老伴胡淑凡告诉我："就是把山包抠个坑，三面借山包为墙、上边搭个盖，就成了。"

"地窨子总共才十来平方米，"屈长友长子屈广德介绍说，"里边还要搭锅灶、搭炕，别提多憋屈了！"

当卧伏河畔的"月亮"还只是个沉睡百年、戴着风沙面罩的土黄色图形时，屈长友的地窨子就诞生了。此后十多个秋冬春夏，为了唤醒绿色，屈家六口人一直生活在这个狭小、潮湿、阴暗的地窨子里！出进都要低头弯腰不算什么，烧火做饭面烟气弥漫呛得人直咳嗽不算什么，地窨子没一个窗户伏天闷热难耐、蚊蝇成群不算什么，下雨漏水用盆接、门外灌水了再淘出去也不算什么，一夜大雪埋了地窨子、只要出去一个人抠挖就行了还不算什么。但睡觉时老鼠"咔咔咔"地咬脚底木板和炕沿，稍不留神就咬了脚趾太可怕了！提起那段长达十多年的时光，屈长友老伴立刻热泪奔涌："太吓人了，头朝里睡觉也睡不着哇。困急了、熬不行了才睡，又常常被老鼠和房顶上的怪声音吵醒……"

比这更可怕的是蛇。也不知道它们什么时候进来的，蹲在门口、盘在炕上、吊在房上……胡淑凡整天拿个小棍、哆哆嗦嗦地赶跑它们……

凄厉的狼嚎撕破黑夜，兽蹄"扑腾腾"踩在房顶、尘土哗啦啦掉落，不时有什么东西在房前走来走去，屈家人只能手持利器守在地窨子门口——别想救助，方圆5公里内，就他们这孤零零的一户人家。

1986年的2月，"转山子"成了雪世界、一片洁白。时值午夜，老两口被一阵狗叫声吵醒。细一听，这狗的叫声怎么跟平时两样？屈长友和老伴拿着手电筒往外面一照，吓了一大跳，十几只眼冒绿光的狼包围了他们的小屋！

隔着门玻璃、老两口壮着胆子用手电和棍子冲狼群不停地比画，当两道亮柱、咣咣咣打门声和屈长友的粗吼汇成恐怖假象，狼群才不情愿地撤退，老两口也吓出一身冷汗。第二天早晨起来一看，圈里的牛羊被开肠破肚、血腥四溅……

"大白天经常看见几只狼叼着猪、羊从林子里走过，还有酒杯粗的蛇经常在屋里爬进爬出。"

多少年过去了，至今鼠在洞里闪光的亮眼，蛇高高抬头、脖颈儿放扁、吐着红芯子的情景，仍历历在目。我敲下如上这句话，突然觉得"失实"——时至今日，虽然地窖子已被砖瓦房取代，但老鼠进屋、蛇在玻璃窗上"拧麻花"的情景，仍时有发生……

水是生命之本。人体中的水每十八天就换一遍。水的质量关乎生命哟！而屈家人，却把所有精力都放在树苗上。小驴车天天给树拉水，哪舍得费时费力去远处拉饮用水？没渴着、吃沉淀在缸里的河水已经很不错了！千里冰封、万里雪飘的寒冬，让尖镐在冷风、雪霰中飞舞，凿破厚厚的水泡子冰层，把冰块子带回家融化，就是他们的饮用水！眼见透明的冰面太脏、里边沉积了沙尘和杂物，屈家人便让冰水沉淀了再用……

看着眼前的屈长友我万分欣慰：为救活沉睡多年的"月亮"，这位曾经得过脑血栓、至今仍没治好的慢性支气管炎患者坚持数十年劳动不止，竟然红光满面、白须飘飞、仙风道骨！他像极了能掐会算的饱学之士，他像极了胸有诗书的艺坛高手，他像极了满腹经纶的古寺仙道！然而，他只是一个在恶劣环境中苦苦打拼的资深农民！我不免心花怒放：难道在沙漠上诞生、永驻的一株草、一片叶、一个枝头、一簇绿荫也被感化了，带着浓浓的深情厚谊，滋养、回馈着这位伟大的普通人，才让他如此宅心仁厚、超凡脱俗？

月辉："衣带渐宽终不悔"

树栽上了，家人高兴、村人羡慕。但辛劳才刚刚开头。正如我们常说的"打江山容易坐江山难"一样，持续护卫和持续抚育是没有尽头的持久战。

一组树叶突然变黄，屈长友如临大敌那样惊恐、夜不能寐；一根枝轻轻断掉，能在屈长友心里暴发雷鸣电闪；一片树林得了病，无异于"塌了一片天"！屈长友和他的家人，像精心伺候婴孩一样养护这片林子。

铁锄是缝针，一下下缝合被风撕开、被害虫撕开、被牲口嘴撕开甚至被各种脚撕开的伤口。而屈长友和家人的脚印，则是留在月亮上的针脚。尽管针脚深浅不同、胖瘦不等、长短不一，却一个个绕开心爱的树，寻找随时可能损坏，也随时会被修补或替换的幼小生命。孩童时期的树太弱小了，一阵狂猛的风就能摁倒它们，然后被沙埋葬。屈家一双双苍老、瘦弱、粗壮或细嫩的手，把它们一棵棵从风沙阴谋的墓坑中扒出来、扶直、埋结实，或者用带叉的细枝在迎风头支好，才离开。这里的风并不多，一年只刮两次。但一次要刮六个月。这里的风并不是太高、都超低空飞行，却能锹一样把沙土扬高、再免费动迁，多少次，嗷嗷叫的风吼了一夜，屈长友早晨一看，沙子浪涛一样把原来地势低的凹坑抹平，一大片小树沉进沙海！屈长友赶紧叫来家人，一棵棵扒呀扒，从天蒙蒙亮扒到瘦月高悬，总算扒完、扶直了小苗，一夜吼风过后，沙海如法炮制，再次淹了刚刚扒出来的小树！屈家人纵有万般无奈，除了重复昨天的劳动又能怎样？

树的生长始终险象环生：1987年春，在树苗们的努力下，沙漠已燃烧起点点新绿。由远而近，像亮亮的萤火虫，像画在宣纸上的抽象派彩叶，像张开翅膀的绿色梦幻。绿虽然很小、很弱，却非常顽强、显示出无限的生机和美感，预示着怦然心动的奇妙未来。但，惊喜的不光是屈长友一家，还有一张张毁灭性的嘴。一次，40多张羊嘴集体偷袭，一下抹掉了2000多棵小松树的娇媚新绿！

屈长友永远记得那个雨后的日子，当地面上14个断树桩赫然出现，屈长友的头"嗡"地大了，谁顶着大雨偷盗树宝贝呀！他心疼坏了——那不是断树，而是自己的断臂断腿！12棵松树、2棵杨树，这几个割肉断骨般疼痛的数字，刺一样扎进屈长友的心里……

"加强力量护树"，成了屈长友"天大的事"。

屈长友像个战场上的将军指点江山、谋篇布局，他决定在"月亮湾"建立两个"护林堡垒"，一个是自己，另一个已成竹在胸……

姑娘屈秀清找婆家时，屈长友对小伙张健龙说："条件就一个，结婚后倒插门、家安在'转山子'。"屈秀清赶紧"打帮腔"："不光是照顾我爸妈，我们不帮一把，我爸怎么看得住这些树？"

为了爱情，张健龙只好"从命"。

他们把家安在距屈长友家400多米的地方，两户人家当年如两朵长在沙地上的蘑菇。后来，则是两艘漂泊在绿色海洋里古香古色的帆船。我采访那天，因为地上尽是水走不过去。很遗憾没当面采访屈秀清。回沈阳后，我打电话采访了屈秀清……

对于种树，有句俗话叫"三分种七分管"。面对即将成材或已经成材的这一大片林子，老人每天都要上山巡视两三趟，这是他的"例行工作"。

一次走3公里、一天两次要走6公里路，一年要走2190公里，29年，则走了63510公里。这个距离相当于10个长江的长度，相当于绕地球赤道走了一圈半还多！

"这里原来上面是沙子，底下是石头，要想种树只能先挖沙子，再挖石头，再填土，每次都挖一米多深，常常五六个人要弄两三天。"老人抚摸着一棵高大的松树告诉我，栽树的第四年，刮起凶猛的龙卷风，而后接连下雨，100多亩的小松树已从10多厘米长到1米多高，全泡死了！"给我心疼得直掉眼泪，四年工夫白费了。"

　　树像人一样有生老病死，也可能遇天灾人祸，屈长友不但要紧绷"防疫"弦，还要平均每年自掏腰包万余元，补苗5000多棵。

　　我万万没想到的是，守着"绿色银行"的屈家，几乎一贫如洗。屈家屋里没有任何家具，一个用两节电池的小半导体收音机、一个手电筒，就是他们唯一的"家用电器"！刚来时在地窖子点省钱的柴油灯，黑烟呼呼冒、点一会儿就能染黑鼻孔。而今29年过去，屈家夜晚唯一的变化是，将柴油灯升级为蜡烛！世界科技瞬息万变，电影3D即将过时，数字手机已进入微信时代，电视机也升级为立体影像，连城市的普通舞厅都声光电联袂、万分妖媚，一心建筑、守护绿色屏障的屈家人，怎么还过着点蜡的生活？

　　当我问及为什么一直没有接上电，屈长友告诉我：乡里没少张罗，一直没张罗成。电的事不归乡里管。另外，这个偏僻地方只屈长友一家，电耗分解不出去，没法办。

　　屈长友一人击退了500亩凶悍的黄沙，改善了周遭环境，受益行业和人口几乎难以计数，他分担了如此巨大的社会负担乃至我们赖以依存的负健康份额，我们为什么不能特事特办，替他分担一点儿电耗？

　　经济捉襟见肘，促使屈家每年投入万余元补树已是不小的开支。为了这片林子，大儿子屈广德一家跟老人一块生活，全家五口人只靠20亩大田。去了生活的费用，每年万余元的收入实在难以支撑。一旦手里有点儿零钱，就全都换了树苗。当年的地窖子变身简陋的小房后，眼见要倒了。2005年沈阳市领导徐文才发话，由政府补助了1万多块盖了新房。屈家人为省钱，建房木料全是低价的二手旧货。而今，所有门窗大都腐朽、已成危房，我在窗框上竟然发现一丛新生的蘑菇！然而，苦难还在步步紧逼：大儿子屈广德去年铡草时被突然灭火又突然启动的机器切断了半只胳膊，成了三级残疾。可按中国现行政策，一级残疾才能获取补助。祸不单行，春节前屈长友老伴胡淑凡在门前的冰雪中滑倒，摔成胯骨骨折。因她患有严重的骨质疏松症，同时伴有其他疾病，不能使用麻醉剂而无法手术。现在，她只能瘫在火炕上静养，吃点儿简单的接骨丹，连消炎针都没打。缺医少药，胡淑凡老人只能硬挺，左腿明显短了一截。屈长友叹息说："我没钱给她打药哇！大儿子手断了，花了一万多块，现在真没钱了。"

距此400米外，每天都义务巡逻看守林子、照顾父母的屈长友的女儿屈秀清一家情况如出一辙，全家三口人靠10亩地为生，产的粮只够几只羊和猪的食料、年吃年用。如果卖粮能出万把块钱，但，用什么喂家畜呢？因为离村子远，只区区开拖拉机耗油、磨袋面要5块钱的零星花费，屈秀清都要精打细算。但，当我提到"辛苦"二字时，屈秀清却乐观地告诉我："现在挺好的，儿子结婚后去了调兵山，我们俩跟爸一块看好这片林子，挺好的。"

屈长友告诉我："愁事也不少。但，只要上林子里转转，看到这些树所有的愁就烟消云散了。当年黄沙飞扬、寸草不生的地方，而今这么多的鸟儿来了，安家了，不时还能看到奔跑的獾子、野黄羊呢！"

我问及2005年后有人先后出价100万、160万、200万买这片林子，为什么不卖？屈长友斩钉截铁地回答："这林子不能卖，没钱我可以想办法，可是林子卖了，树就有可能被砍，树要是被砍了，这里可就全完了！再说，这些树就像我的孩子一样，快30年了，我看着它们一点点成材，这其中的感情是用钱换不来的。"看见我被感染的兴奋表情，屈长友老人又补充道："一句话，金山银山，不如我治理荒山。"

后　记

拜访屈长友老人后，我因好奇查阅相关资料，吓了一大跳：世界几乎每分钟就有11公顷的土地被沙漠化。

在中国，土地荒漠化正以每年2460平方公里的速度毁灭性地扩展，全国沙漠与荒漠化土地总面积为153.3万平方公里，占国土总面积的15.9%，超过全国耕地面积的总和。

由于环境污染屡禁不止，我们的健康时刻被雾霾天气所威胁。

令人高兴的是，康平县自"十一五"以来，累计投入3亿多元完成退耕还林和植树防沙工程，有效扼制了沙漠进攻的脚步。距此120公里、我的故乡沈阳城明显受惠：沙尘天气由2002年的16次下降到2012年的2次。我深深地感恩：这一切，正是屈长友以及与屈长友一样的了不起的平民治沙英雄们孜孜不倦、万般辛苦，才点燃了一轮轮佑护我们生命的"绿月亮"……